DANIELLE STEEL

Plus de 85 romans publiés, 800 millions d'exemplaires vendus à travers le monde : Danielle Steel est un auteur dont le succès ne se dément pas depuis maintenant plus de trente ans. Une catégorie en soi. Un véritable phénomène d'édition. Elle a récemment été promue au grade de chevalier de l'ordre de la Légion d'honneur.

Retrouvez toute l'actualité de l'auteur sur :
www.danielle-steel.fr

DES AMIS
SI PROCHES

DANIELLE STEEL

DES AMIS SI PROCHES

Traduit de l'anglais (États-Unis)
par Nelly Ganancia

PRESSES DE LA CITÉ

Titre original :
FRIENDS FOREVER

Pocket, une marque d'Univers Poche,
est un éditeur qui s'engage pour la préservation
de son environnement et qui utilise du papier fabriqué
à partir de bois provenant de forêts gérées
de manière responsable.

© Danielle Steel, 2012
Tous droits réservés, incluant tous les droits de reproduction
d'une partie ou de toute l'oeuvre sur tous types de supports

place
des
éditeurs

© Presses de la Cité, un département de place des éditeurs, 2014,
pour la traduction française
ISBN 978-2-266-25507-3

Ce livre est dédié à Nick Traina et Max Leavitt, deux étoiles au firmament. Ils ont laissé leur empreinte dans nos cœurs pour toujours.

Je le dédie aussi à mes très chers enfants, Beatrix, Trevor, Todd, Sam, Victoria, Vanessa, Maxx et Zara. Plût à Dieu que vous fassiez toujours partie des survivants. Je vous aime tant !!!

Maman/ds

1

Entre les journées portes ouvertes, les réunions d'accueil et les entretiens auxquels étaient soumis les parents, le processus d'admission à l'école Atwood épuisait depuis six mois l'énergie des familles candidates. Si, dans une certaine mesure, les enfants qui avaient déjà un frère ou une sœur dans l'établissement étaient favorisés, chacun avait néanmoins été testé et évalué à l'aune de son propre mérite. Parmi les plus anciennes écoles privées de San Francisco, Atwood était l'une des rares qui proposaient un enseignement mixte. Elle était aussi la seule à offrir un cursus complet, depuis la maternelle – à partir de cinq ans – jusqu'à la terminale. Or les familles ne souhaitaient pas revivre un tel parcours du combattant au moment de l'entrée au collège ou au lycée.

Fin mars, les réponses arrivaient par courrier, attendues avec la même anxiété qu'une admission à Harvard ou à Yale. Bien que certains parents reconnussent le côté un peu démesuré de cette pression, ils affirmaient que le jeu en valait la chandelle. Atwood était une école fabuleuse, qui garantirait à leurs chères têtes blondes un accompagnement personnalisé, en même temps qu'une formidable reconnaissance sociale (ils évitaient toutefois de mentionner ce dernier argument). Les jeunes issus du lycée Atwood avaient presque toujours accès à des établissements supérieurs de renom, en particulier les prestigieuses universités de la Ivy League.

Située dans le quartier huppé de Pacific Heights, l'école comptait à peine six cent cinquante inscrits, et l'effectif de chaque classe était réduit. A tout moment de leur scolarité, les élèves pouvaient s'adresser à l'équipe d'encadrement pédagogique, composée de conseillers d'éducation et d'orientation, ainsi que de psychologues.

Le mercredi suivant le jour férié de Labor Day, le moment tant attendu de la première rentrée arriva enfin pour les élèves de la maternelle. C'était une de ces rares journées de septembre où la chaleur s'abat sur la ville. Depuis le dimanche, la température frisait les trente-cinq degrés le jour et ne descendait guère au-dessous des vingt-cinq la nuit. De tels épisodes de canicule ne survenaient qu'une ou deux fois par an dans la baie de San Francisco, et ils ne duraient jamais bien longtemps. Dès que la brume se mettrait – inévitablement – à remonter le long des collines, le thermomètre n'indiquerait plus que dix à quinze degrés, sous l'influence de la brise marine.

D'ordinaire, Marilyn Norton adorait la chaleur. Mais à deux jours du terme de sa grossesse, elle souffrait le martyre. Enceinte de son deuxième garçon, qui s'annonçait comme un gros bébé, elle ne pouvait presque plus bouger. Ses pieds et ses chevilles avaient tellement enflé qu'elle portait des tongs. Elle était vêtue d'un short blanc, informe et pourtant trop serré, et d'un tee-shirt de la même couleur, emprunté à son mari, qui moulait son énorme ventre. Le bébé ne tarderait pas à arriver, et elle s'estimait heureuse de pouvoir être présente au côté de son fils aîné en ce grand jour. Comme tous les autres enfants, Billy appréhendait la rentrée. Il avait insisté pour que sa maman l'accompagne à la nouvelle école et se cramponnait à sa main.

Ils approchèrent du beau bâtiment neuf. Ce dernier avait été construit cinq ans auparavant, financé en grande partie par les parents d'élèves. Billy serrait un petit ballon ovale contre lui. La mère et le fils arboraient tous deux la même crinière rousse et bouclée. Marilyn répondit par un sourire attendri à celui de Billy, où manquaient deux incisives. C'était un enfant adorable et facile à vivre, qui ne demandait pas mieux que de faire plaisir à tout le monde. Et il savait que le meilleur moyen de plaire à son père était de lui parler de sport, aussi mémorisait-il tout ce que Larry pouvait lui raconter sur tel ou tel match. Depuis ses quatre ans, l'année précédente, il déclarait qu'il ferait un jour partie de l'équipe de football américain de San Francisco, les célèbres Forty Niners. « C'est bien mon fils à moi ! » s'exclamait Larry avec fierté. Tous les sports passionnaient le mari de Marilyn, aussi bien le football américain que le base-ball ou le basket. Il ne manquait jamais l'occasion d'une partie de golf avec un client, et sa séance de gym du matin était un rituel immuable. Il encourageait son épouse à l'imiter ; Marilyn avait d'ailleurs un corps ferme et svelte en temps normal. Elle avait continué à jouer au tennis avec lui tous les week-ends, jusqu'à ce que sa grossesse ne lui permette plus de courir assez vite pour toucher la balle.

Marilyn était âgée de trente ans. Elle avait rencontré Larry huit ans auparavant, alors qu'elle venait de quitter la fac et que tous deux travaillaient pour la même compagnie d'assurances. Il avait huit ans de plus qu'elle, elle lui avait aussitôt plu et il avait commencé par la taquiner au sujet de ses cheveux cuivrés. Larry était la coqueluche de l'agence, toutes ses collègues espéraient s'attirer ses faveurs, mais Marilyn avait été l'heureuse élue. Ils s'étaient mariés trois ans plus tard et elle n'avait pas tardé à tomber enceinte. A présent, Larry se réjouissait à l'idée d'avoir un deuxième garçon, qu'ils avaient décidé de prénommer Brian.

Larry avait connu une brève carrière de joueur de base-ball. A l'époque, personne ne doutait que son talent de lanceur lui permettrait un jour d'accéder à une équipe de première division. Hélas, lors d'un accident de ski, une mauvaise fracture du coude avait coupé court à ses ambitions. Il en avait conçu un sentiment d'échec qui l'incitait parfois à abuser de la boisson, et à flirter alors avec les femmes plus que de raison. Néanmoins, il ne buvait qu'en société et il fallait reconnaître que l'on pouvait compter sur lui pour mettre de l'ambiance dans les soirées. Après avoir épousé Marilyn, il avait quitté son emploi afin de monter sa propre entreprise. Grâce à son bagou et à ses talents de vendeur, les revenus de son agence de courtage leur avaient rapidement permis de mener une vie des plus aisées. Ils avaient acheté une très belle maison, perchée sur Pacific Heights, et Marilyn avait arrêté de travailler.

Les clients privilégiés de Larry – ceux qui lui accordaient toute leur confiance et faisaient désormais son fonds de commerce – étaient des athlètes de haut niveau. A trente-huit ans, Larry avait acquis une solide crédibilité professionnelle, doublée d'une excellente réputation. Quoique son destin sportif n'ait pas tourné comme il l'espérait, il se déclarait volontiers très satisfait de son sort, aux côtés d'une femme sublime et d'un fils qui réaliserait sans aucun doute ses ambitions avortées de champion, pour peu qu'il le pousse dans cette voie.

Ce matin-là, Larry n'accompagnait pas Billy lors de sa première rentrée, car il avait rendez-vous pour le petit déjeuner avec un membre des Forty Niners auquel il espérait vendre de nouveaux contrats. Ses clients, en particulier quand il s'agissait de stars de cette envergure, avaient souvent la priorité. De toute façon, très peu de papas étaient présents, et Larry avait promis à son fils de lui rapporter un ballon et des photos dédicacées du joueur.

Dans le hall de l'école, l'enseignante qui accueillait les petits nouveaux adressa à Billy un large sourire, auquel il répondit par un coup d'œil timide, sans lâcher la main de sa mère. La jolie jeune femme aux longs cheveux blonds semblait fraîche émoulue de l'université. Un badge épinglé au revers de son chemisier indiquait qu'elle était professeur stagiaire. Il fallait l'appeler Mlle Pam. Elle attribua à Billy un badge portant son prénom, puis Marilyn le conduisit jusqu'à sa salle de classe, où se trouvaient déjà une dizaine d'enfants. La maîtresse titulaire le salua chaleureusement, avant de lui demander s'il aimerait laisser son ballon dans sa case, afin d'avoir les mains libres pour jouer avec les autres. Son nom était Mlle June et elle devait avoir le même âge que Marilyn.

Après une hésitation, Billy secoua la tête. Il craignait que quelqu'un ne le lui vole. Marilyn le rassura, puis l'encouragea à faire ce que suggérait la maîtresse. Elle l'aida à trouver son casier parmi tous ceux qui s'alignaient dans le couloir. Puis Mlle June lui proposa de jouer avec les blocs de construction en attendant l'arrivée des autres. Billy leva alors un regard interrogateur vers sa mère, qui l'invita à s'exécuter en le poussant doucement du coude.

Les équipements de l'école Atwood, y compris les jouets dont disposait la classe de maternelle, impressionnaient toujours les parents lors des journées portes ouvertes. Il y avait aussi un immense terrain de jeux, ainsi qu'un vaste gymnase et toutes les infrastructures sportives dont on pouvait rêver. Larry, bien sûr, n'y avait pas été insensible. Pour sa part, Marilyn privilégiait la qualité de l'enseignement dispensé. Car si son mari avait bien réussi dans la vie grâce à son charisme et à son sens des affaires, il n'avait pas appris grand-chose à l'école, et elle voulait s'assurer qu'il en irait autrement pour ses fils.

— A la maison, tu aimes bien jouer aux jeux de construction. Vas-y ! Ne t'inquiète pas, je reste là, dit-elle en indiquant une chaise minuscule.

Elle s'y assit avec difficulté, songeant qu'il lui faudrait l'aide d'une grue pour se relever. Sur ce, Mlle June conduisit Billy jusqu'au coin où se trouvait le jeu de construction et il entreprit d'assembler une espèce de château fort avec les plus gros cubes. Il était grand et costaud pour son âge, pour le bonheur de Larry, qui pensait déjà à la future carrière de footballeur de son fils. Cependant, Billy ne se montrait jamais agressif envers les autres et il avait produit une excellente impression lors de son évaluation d'entrée à Atwood. L'équipe pédagogique avait confirmé qu'il possédait une très bonne coordination compte tenu de sa taille, et était aussi très éveillé. Marilyn osait à peine espérer que son fils cadet, quand il serait né, puisse se révéler aussi merveilleux que Billy. N'était-ce pas l'enfant le plus adorable au monde ? Coincée sur sa petite chaise inconfortable, elle regarda les autres élèves entrer.

Elle remarqua un garçon aux cheveux noirs et aux grands yeux bleus. Il était plus petit et plus mince que Billy, et portait un pistolet en plastique à la ceinture de son bermuda, ainsi qu'une étoile de shérif épinglée à son tee-shirt. Marilyn savait que les jouets représentant des armes n'étaient pas autorisés à l'école. Celui-ci devait avoir échappé à la vigilance de Mlle Pam dans le hall. Le garçon, prénommé Sean, était accompagné de sa mère, une jolie blonde, un peu plus âgée que Marilyn, vêtue d'un jean et d'un tee-shirt blanc. Tout comme Billy quelques minutes auparavant, Sean serrait dans la sienne la main de sa maman et, comme lui, il ne tarda pas à la lâcher pour se diriger vers le coin construction.

Un instant plus tard, Mlle June remarqua le pistolet et s'approcha de Sean. Sa mère connaissait le règlement intérieur, d'autant qu'elle avait déjà un grand garçon, Kevin, en cinquième au collège Atwood. De plus, Connie O'Hara avait elle-même été institutrice avant de se marier. Après avoir tenté en vain de raisonner Sean à la maison, elle avait décidé de laisser la maîtresse régler le problème. Mlle June aborda l'enfant avec un sourire bienveillant.

— Et si tu laissais ça dans ta case, Sean ? Tu peux garder ton étoile de shérif.

— Je ne veux pas qu'on me vole mon pistolet, répondit-il d'un air buté.

— Alors, ta maman peut le garder. Elle te le rapportera quand elle viendra te chercher. Mais tu sais, il ne craint rien dans ta case.

— Je vais peut-être en avoir besoin, dit-il tout en

s'efforçant d'ajuster une brique de plastique au-dessus des autres.

— Je comprends, répondit Mlle June en acquiesçant avec le plus grand sérieux. Mais je ne crois pas que tu auras à arrêter quelqu'un aujourd'hui. Il n'y a que des copains ici, tout le monde est gentil.

— Peut-être qu'un voleur ou un méchant va entrer dans l'école.

— Ne t'inquiète pas, les grandes personnes ne le laisseraient pas faire. Allez, donnons le pistolet à ta maman, conclut-elle d'un ton ferme, craignant qu'il ne récupère le jouet dans son casier quand elle aurait le dos tourné.

Sean leva les yeux vers l'institutrice et comprit qu'elle ne plaisantait pas. A regret, il lui tendit le jouet, qu'elle confia à Connie. Cette dernière présenta ses excuses à l'enseignante, puis s'installa sur une petite chaise près de la mère de Billy.

— Je me doutais que ça se passerait comme ça, lui dit-elle avec un sourire entendu. Ce matin, Sean a refusé de quitter la maison sans son pistolet.

— Oh, je sais ce que c'est. Billy, lui, voulait absolument son ballon, répondit Marilyn en désignant son fils.

— Quels magnifiques cheveux roux ! s'extasia Connie.

Les deux garçons jouaient côte à côte en silence, quand une petite fille arriva à son tour dans le coin construction. Elle était vêtue d'une jolie robe rose et portait des chaussures à paillettes de la même couleur, sur une paire de socquettes blanches. Avec ses longues anglaises blondes et ses grands yeux bleus, elle ressemblait à un chérubin. Sans un mot, elle se saisit du gros bloc de construction avec lequel Billy était en train de jouer et le plaça devant elle. Billy, subjugué, ne réagit même pas. L'instant d'après, elle avisa celui que Sean s'apprêtait à placer sur son château et s'en empara également. Tout, dans son attitude, indiquait qu'il valait mieux ne pas lui chercher des noises. Les deux garçons étaient médusés. Billy semblait sur le point de se mettre à pleurer, tandis que Sean lui jetait un regard noir.

— C'est ça qui est génial avec les classes mixtes, murmura Connie à l'intention de Marilyn. Ils apprennent à côtoyer l'autre sexe dès leur plus jeune âge. Je suis bien contente d'avoir rangé le pistolet dans mon sac à main, sinon je suis sûre que Sean l'aurait « arrêtée », si vous voyez ce que je veux dire.

Imperturbable, le petit diable aux allures d'ange poursuivit la construction de son propre château, tout en rejetant en arrière ses boucles dorées. Son badge mentionnait son prénom, Gabrielle, et aussi son diminutif, Gabby.

Une autre petite fille s'approcha du coin construction. Elle n'y resta que deux secondes, avant de se diriger vers la cuisine miniature, où elle se mit à manipuler avec zèle poêles et casseroles. Elle avait un visage très doux, encadré de deux tresses sages, et portait une salopette, un tee-shirt rouge et des baskets. Les trois autres enfants l'observaient, quand une femme en tailleur bleu marine la rejoignit pour plaquer un baiser sur son front et lui dire au revoir. Ses cheveux bruns, serrés en chignon, étaient de la même couleur que ceux de sa fille. En dépit de la chaleur, elle portait sa veste de tailleur, un chemisier de soie blanche, des collants et des escarpins – la panoplie complète d'une banquière, d'une avocate ou d'une femme d'affaires.

Izzie, sa fille, ne sembla pas s'émouvoir de son départ, comme si elle était déjà habituée à la séparation.

Les deux garçons s'approchèrent d'elle avec prudence. Gabrielle, aussi jolie fût-elle, avait réussi à les faire fuir. Izzie semblait plus commode.

— Tu fais quoi ? demanda Billy.

— Je prépare le déjeuner, répondit-elle avec un air d'évidence. Qu'est-ce que tu veux manger ?

Elle avait sorti du four et du réfrigérateur plusieurs paniers contenant des aliments en plastique, qu'elle avait disposés sur des assiettes et placés sur une petite table de pique-nique.

— En vrai ? demanda Billy avec des yeux ronds, ce qui fit éclater de rire sa camarade.

— Mais non, patate ! C'est pour de faux. Alors, qu'est-ce que tu veux ?

— Euh... un hamburger, un hot dog avec du ketchup, de la moutarde et des frites. Sans cornichons.

— Ça arrive tout de suite.

Izzie lui tendit une assiette chargée de sa commande, puis lui indiqua la petite table, où il s'assit de bonne grâce.

— Et toi ? demanda-t-elle ensuite, se tournant vers Sean avec un sourire.

— Une pizza et un sundae caramel.

L'un et l'autre étaient disponibles dans son arsenal d'aliments en plastique et elle s'activa avec l'agilité d'une serveuse de fast-food. En un clin d'œil, Izzie avait endossé le rôle de petite mère attentionnée.

C'est alors que la princesse en robe rose et chaussures à paillettes apparut.

— Est-ce que ton père a un restaurant ? lui demanda Gabby, fascinée.

— Non, il est avocat pour les gens pauvres. Ça

veut dire qu'il les aide quand les autres sont méchants avec eux. Il travaille pour « Amnésie Internationale ». Maman est avocate aussi, mais pour les sociétés. Il fallait qu'elle aille au tribunal aujourd'hui, alors elle n'a pas pu rester. Elle ne sait pas faire à manger. C'est mon papa qui fait à manger.

— Mon père à moi, il vend des voitures. Ma mère a une nouvelle Jaguar tous les ans. On dirait que tu es forte en cuisine.

Elle semblait plus encline à sympathiser avec Izzie qu'avec Billy ou Sean. Bien que filles et garçons aient tendance à se séparer en deux groupes distincts, la cohabitation dans la même salle de classe leur était profitable.

— Est-ce que je pourrais avoir un cheeseburger ? Et un doughnut, s'il te plaît, dit-elle en désignant un beignet rose parsemé de paillettes multicolores.

Izzie les lui présenta sur un petit plateau, puis Gabby attendit pendant que sa nouvelle copine se choisissait une banane et un doughnut au chocolat. Elles se joignirent alors aux garçons, et ils se retrouvèrent attablés comme quatre amis qui se seraient donné rendez-vous pour déjeuner.

Ils venaient de commencer à faire semblant de manger quand un grand garçon mince accourut vers eux. Vêtu d'une chemise blanche et d'un pantalon kaki bien repassé, il paraissait plus que son âge. On aurait dit un élève de CE1.

— Je suis en retard pour le repas ? demanda-t-il d'une voix essoufflée.

— Bien sûr que non, le rassura Izzie. Qu'est-ce que tu veux ?

— Un sandwich à la dinde avec de la mayonnaise, sur du pain de mie.

Izzie lui trouva quelque chose qui y ressemblait vaguement et ajouta de fausses chips en plastique pour faire bonne mesure. Le garçon s'assit avec les autres, avant de jeter un coup d'œil à sa mère, qui quittait la salle de classe. Elle était en train de donner des instructions au téléphone et semblait très pressée.

— Ma mère aide les bébés à naître, expliqua l'enfant. Il y a une dame qui va avoir des triplés, c'est pour ça qu'elle ne peut pas rester. Mon père est psychiatre, il parle avec les gens quand ils sont tristes, ou bien fous.

Andy s'exprimait avec beaucoup de sérieux, et ses cheveux blonds et raides soigneusement coupés lui donnaient l'air d'une grande personne. Il aida Izzie à débarrasser quand ils eurent terminé.

Entre-temps, Mlle Pam avait rejoint Mlle June, et les deux maîtresses demandèrent aux élèves de former un cercle. Les cinq enfants qui venaient de jouer à la dînette ensemble s'assirent les uns à côté des autres. Gabby serra la main d'Izzie dans la sienne, tandis qu'on leur distribuait des instruments de musique et leur expliquait comment s'en servir.

Après la séance de musique, ils eurent chacun droit à un biscuit et à un verre de jus de fruits, puis ce fut l'heure de la récréation. Les enseignantes proposèrent des rafraîchissements aux mères qui étaient restées, réparties par petits groupes au fond de la classe. Marilyn refusa en se frottant le ventre, affirmant que même un verre d'eau suffisait désormais à lui donner des aigreurs d'estomac. Les autres femmes lui adressèrent un regard compatissant.

La mère de Gabby s'était jointe à Marilyn et Connie. Elle devait avoir moins de trente ans et arborait un style un peu voyant – talons hauts et minijupe de coton blanc. C'était une très jolie femme, qui prenait visiblement grand soin de son apparence. Elle était maquillée, parfumée, et elle avait crêpé ses cheveux blonds. Son tee-shirt rose, très échancré, découvrait la naissance de ses seins. Elle ne semblait pas craindre de se faire remarquer. Elle se révéla très sympathique et exprima elle aussi toute sa compassion à Marilyn, déclarant qu'elle avait pris vingt kilos lors de sa dernière grossesse. A en juger par sa silhouette longiligne, elle les avait rapidement perdus. Elle ajouta qu'elle avait participé à des concours de beauté pendant ses études, ce que les autres n'eurent aucune peine à croire. Ayant quitté le sud de la Californie pour San Francisco deux ans auparavant, elle ne se plaignait pas de la chaleur, bien au contraire.

Les trois femmes parlèrent d'organiser un covoiturage pour le ramassage scolaire. Elles espéraient trouver deux autres volontaires, afin de ne prendre le volant qu'une fois par semaine, à tour de rôle. Judy expliqua que sa fille de trois ans, Michelle, serait du voyage quand son tour arriverait, ce qui ne devrait pas poser de problème de place puisqu'elle possédait un minibus. De son côté, Marilyn s'excusa de ne pas pouvoir conduire au cours des semaines qui suivraient l'accouchement.

Connie avait déjà fait l'expérience du covoiturage quand Kevin, son fils aîné, était plus jeune. Et comme les horaires du collège différaient de ceux de la maternelle et que Kevin n'avait aucune envie d'accompagner son petit frère à l'école, elle était ravie de pouvoir s'arranger avec d'autres mamans.

Après la récréation, elles se retirèrent et promirent à leur progéniture de revenir bien vite. Si Billy et Sean eurent l'air un peu anxieux de voir partir leur maman, Gabby et Izzie, de nouveau main dans la main, buvaient les paroles de la maîtresse, qui avait commencé à leur lire une histoire. Quelques instants auparavant, les deux fillettes avaient décidé, tout en s'amusant sur les balançoires dans la cour, de se choisir mutuellement comme meilleure copine. Pendant ce temps, les garçons n'avaient cessé de crier et de courir dans tous les sens.

— Est-ce que vous êtes au courant de la réunion de ce soir ? demanda Connie à Marilyn et Judy, quand elles furent hors de portée des oreilles des enfants.

Elles avouèrent que non.

— Elle concerne plutôt les parents d'élèves du collège et du lycée, poursuivit-elle, un ton plus bas. Un garçon de seconde s'est pendu cet été. Un gamin adorable. Kevin le connaissait, même s'il avait trois ans de plus. Il jouait dans l'équipe de base-ball. Ses parents savaient qu'il avait de gros problèmes émotionnels, et l'école était au courant aussi. Il y aura un psychologue à la réunion, pour expliquer comment reconnaître et prévenir les tendances suicidaires chez les jeunes.

— Au moins, nous n'avons pas encore de soucis à nous faire de ce côté-là, soupira Judy. Avec Michelle, j'en suis toujours aux histoires de pipis au lit accidentels. Elle n'a que trois ans.

— Apparemment, ça peut arriver dès l'âge de huit ou neuf ans, dit Connie d'un air sombre. Oh, je ne m'inquiète pas pour Kevin. Mais c'est vrai qu'il est parfois ingérable. Il n'a jamais été aussi facile à vivre que Sean, il déteste se plier aux règles.

— Les parents de ce garçon étaient divorcés ? demanda Marilyn d'un air entendu.

— Non, répondit Connie. Une bonne famille, un couple uni, avec la mère au foyer à plein temps. Ils n'auraient jamais pu imaginer une chose pareille. Je crois qu'il voyait régulièrement un conseiller dans l'établissement, mais c'était surtout pour l'aider au niveau scolaire. A la maison, la pression était forte et il prenait tout très à cœur. Je me souviens qu'il pleurait chaque fois que l'équipe de base-ball perdait. C'était un fils unique.

Les deux autres femmes furent ébranlées par ce récit. Comment concevoir qu'un de ses propres enfants puisse un jour se suicider ? Pour le moment, cependant, elles avaient bien assez de soucis avec les risques d'accidents domestiques ou de noyade dans la piscine, sans compter toutes les maladies de la petite enfance. Elles prirent congé et Connie promit de les appeler dès qu'elle aurait trouvé d'autres mamans pour le covoiturage.

A la fin de la journée, toutes trois se retrouvèrent sur le parking de l'école. Izzie et Gabby sortirent de la classe en gambadant, main dans la main. Gabby déclara à sa mère qu'elle s'était bien amusée, et Izzie en dit autant à sa baby-sitter. Sean réclama son pistolet dès qu'il mit le pied dehors, tandis que Billy serrait dans ses mains son petit ballon. Quant à Andy, il fut récupéré par l'employée de maison, car ses deux parents travaillaient encore à cette heure-ci.

En voyant la mine radieuse de son fils et de ses camarades, Marilyn se dit qu'elle avait décidément eu raison de l'inscrire à Atwood. Alors qu'ils étaient en route pour la maison, elle perdit les eaux et reconnut les premières contractions annonçant l'arrivée du bébé. Brian naquit cette nuit-là.

2

Trois ans plus tard, à leur entrée en CE2, les cinq amis étaient toujours inséparables. Marilyn, Connie et Judy les conduisaient à Atwood à tour de rôle, secondées par la nounou d'Izzie ou celle d'Andy. Ils jouaient régulièrement ensemble après l'école, et Connie, la mère de Sean, invitait souvent la petite bande chez elle. Son fils aîné, Kevin, maintenant âgé de quinze ans, était en seconde, toujours à Atwood. Il était sans cesse collé pour ses bavardages en cours ou ses devoirs non faits. Toutefois, malgré sa crise d'adolescence houleuse, et bien qu'il menaçât parfois de battre son petit frère, Kevin restait le héros de Sean, qui le trouvait très « cool ».

En mère de famille dévouée, restée institutrice dans l'âme, Connie adorait recevoir les camarades de ses fils. Elle était toujours partante pour accompagner les sorties scolaires ou encadrer les différents projets pédagogiques. Les amis de Kevin s'ouvraient volontiers à elle, car elle était sensible aux problèmes des adolescents. Ils savaient qu'elle laissait à leur disposition dans la cuisine une boîte à biscuits remplie de préservatifs. Et elle ne posait pas de questions. Son mari, Mike O'Hara, avait lui aussi un excellent contact avec les jeunes. Il avait été entraîneur de la fédération de base-ball scolaire et chef de la troupe scout de Kevin jusqu'à ce que ce dernier quitte l'organisation. Tout en les mettant sévèrement en garde contre les risques du cannabis et de l'alcool, Connie et Mike ne se voilaient pas la face et avaient parfaitement conscience du fait que les adolescents avaient besoin de faire leurs propres expériences. Ils parvenaient à rester tout à la fois fermes, bienveillants et pragmatiques.

Sean s'avérait plus facile à élever que son frère. Il ne semblait pas tenté par les conduites à risque, ses résultats scolaires étaient très honorables et il respectait scrupuleusement les règles. Après shérif, il avait voulu devenir policier, puis pompier, puis de nouveau policier, et il se passionnait pour les séries télévisées dont les héros combattaient le crime. Du haut de ses huit ans, il n'aspirait à rien tant qu'à la paix et à l'ordre, aussi bien dans sa famille que parmi ses camarades de classe.

A la faveur du boom de la construction, l'entreprise de bâtiment de Mike O'Hara était devenue l'une des plus prospères de la ville. Plusieurs années auparavant, il avait commencé à petite échelle, soutenu dès le début par son épouse, et aidé par son diplôme en économie. A présent, les clients fortunés de Pacific Heights se disputaient ses services, ce qui lui permettait, à lui et sa famille, de mener une vie très agréable. Ils s'offraient chaque été de belles vacances et se rendaient dès qu'ils le pouvaient dans le chalet que Mike avait construit dans la station prisée de Tahoe, juste au bord du lac.

Avec deux petits garçons à la maison, la vie de Marilyn Norton était plus mouvementée que celle de Connie. Elle n'avait pas tardé à retrouver sa silhouette de jeune fille après la naissance de Brian, qui avait maintenant trois ans et requérait tous les soins et l'attention propres à cet âge. C'était un enfant sage, un peu introverti, et de caractère facile. A la grande déception de Larry, Brian était moins costaud que son frère Billy ; il n'aimait pas particulièrement les jeux de ballon et montrait peu d'intérêt pour le sport. Il pouvait rester assis à dessiner des heures durant, apprenait déjà à lire et témoignait d'un don pour la musique. Larry semblait indifférent à ces capacités précoces, au point d'ignorer totalement son fils cadet. Cela suscitait la rage de Marilyn, et revenait souvent dans leurs disputes, en particulier quand Larry avait trop bu.

« Tu pourrais au moins lui adresser la parole, s'écriait-elle, indignée. Est-ce trop te demander que de parler avec lui pendant cinq minutes ? C'est aussi ton fils !

— Non, c'est ton fils à toi », répondait-il avec humeur.

Seul Billy, qui était inscrit aux clubs de foot et de base-ball de l'école et ambitionnait toujours de devenir joueur de football américain, trouvait grâce à ses yeux. Son père assistait à tous ses matchs. Quand l'équipe de Billy gagnait, il manifestait son enthousiasme à grand bruit dans les tribunes ; quand elle perdait, il agonisait son fils de reproches. Aucune excuse n'était jamais recevable à ses yeux. Si cette alternance de joie exubérante et d'inflexibilité effrayait Brian, elle ne semblait pas perturber Billy outre mesure.

La compagnie d'assurances de Larry était florissante, mais ce succès semblait apporter plus de stress que d'insouciance à la famille Norton. Larry était très peu à la maison ; rentrait souvent tard le soir, après avoir passé la soirée avec ses clients. Il lui arriva même d'accompagner l'un d'entre eux, champion de base-ball des Giants de San Francisco, à Scottsdale en Arizona, pour l'encourager sur son site d'entraînement. Il était ainsi devenu l'ami de plusieurs champions, dont il partageait le côté excessif. Il proposait rarement à Marilyn de participer à ces soirées. De toute façon, elle n'avait rien à dire aux petites amies des athlètes, âgées pour la plupart d'une vingtaine d'années, et elle n'appréciait pas cette ambiance, un peu trop relâchée à son goût.

Et puis, Larry buvait de plus en plus. Les quelques fois où il l'avait accompagnée à un événement organisé par l'école, il avait eu tendance à abuser de la boisson. Les autres parents ne remarquaient rien, mais Marilyn savait bien que ces verres de vin s'ajoutaient aux deux ou trois bières, voire au whisky, qu'il avait avalées avant de partir, comme si l'alcool était pour lui le seul moyen de supporter ces réunions qu'il jugeait assommantes. Et plus d'une fois, il ne s'était pas gêné pour remarquer tout haut que Judy Thomas, la mère de Gabby, était franchement canon.

Marilyn ne s'inquiétait pas. Judy et elle étaient bonnes amies et elle savait qu'en dépit de son apparence aguicheuse Judy était amoureuse de son mari, Adam, auquel elle était très fidèle. A trente ans, elle avait déjà subi plusieurs interventions de chirurgie esthétique : liposuccion, abdominoplastie, implants mammaires et injections régulières de Botox. Ses amies lui disaient qu'elle était folle de s'infliger de tels traitements, mais elles devaient reconnaître qu'elle était sublime. Elle n'avait pas perdu sa mentalité de reine de beauté. A son initiative, Gabby avait posé occasionnellement pour des catalogues de vêtements pour enfants, mais aussi dans le cadre d'une campagne nationale de publicité pour Gap Kids. Un jour, elle avoua à Marilyn et Connie avoir présenté Gabby – à l'âge de quatre et cinq ans – à des concours de mini-miss, qu'elle avait gagnés haut la main. Adam avait été fou de rage quand il l'avait appris et lui avait fait promettre de ne jamais recommencer. Il est vrai que Gabby concentrait sur elle les feux des projecteurs. Sa cadette, Michelle, était plus effacée et vivait dans l'ombre de son aînée.

Judy avait essayé de convaincre l'école de monter la comédie musicale pour enfants *Annie*, avec Gabby dans le rôle-titre. Mais pour le moment, l'équipe péda-gogique n'était pas prête à se lancer dans un projet de cette envergure. Gabby savait qu'elle voulait être actrice quand elle serait grande, et sa mère était per-suadée que sa forte personnalité lui permettrait un jour de percer dans le monde du spectacle. Elle veillait donc à ce qu'elle acquière le plus tôt possible toutes les compétences nécessaires. Elle prenait des cours de danse classique, de piano et de chant. Michelle elle aussi adorait danser, mais elle n'avait pas l'aisance naturelle de son aînée. Même ses résultats scolaires à Atwood, meilleurs que ceux de sa sœur, étaient éclipsés par les talents de Gabby. Gabby était une star, Michelle n'était qu'une petite fille.

Adam et Judy se montraient très impliqués et très généreux envers l'école. A l'occasion d'une collecte de fonds, Adam avait offert une Range Rover de son magasin pour la vente aux enchères. La soirée avait permis à Atwood de rassembler une petite fortune et Adam avait été célébré comme le héros du jour. On ne pouvait certes pas dire que les Thomas se dis-tinguaient par leur discrétion, mais c'était néanmoins une famille aimable et sympathique. Seuls quelques esprits grincheux se demandaient comment des gens aussi superficiels avaient réussi à faire entrer leurs deux filles dans un établissement tel que Atwood.

Gabby et Izzie restaient inséparables depuis leur première rencontre, trois ans plus tôt. Un jour qu'elles étaient chez Izzie, elles avaient gravé « G+I pour la vie » sur son bureau, au grand dam de la mère d'Izzie. Cette dernière avait été punie tout le week-end. Le plus souvent, elles se retrouvaient chez Gabby, où Izzie pouvait essayer les jolies tenues de son amie. Presque toutes étaient ornées de paillettes. Gabby avait aussi deux vestes roses bordées de fourrure blanche et un authentique manteau de fourrure que Judy lui avait rapporté de Paris.

Izzie appréciait également la compagnie de Michelle, même si Gabby affirmait qu'elle détestait sa sœur et l'accusait volontiers de tous les maux. Elle aurait voulu garder Izzie pour elle toute seule, mais Judy insistait pour que les deux grandes incluent la petite dans leurs jeux. Izzie était très fair-play envers cette dernière, qu'elle laissait parfois gagner quand elles jouaient ensemble. Michelle lui faisait presque de la peine, car ses parents semblaient lui accorder moins d'attention. Depuis toujours, Izzie jouait spontanément le rôle du bon Samaritain, prenant la défense des opprimés et se préoccupant du bien-être de chacun. Gabby pouvait compter sur elle pour lui remonter le moral quand elle était de mauvaise humeur, ou pour lui rendre visite quand elle était malade. Pour Gabby, comme pour les trois garçons de la bande, Izzie faisait figure d'amie idéale.

Jeff, le père de cette dernière, emmenait parfois toute la troupe à la pizzeria après la classe, ou encore au bowling. Même si elles arrivaient à peine à soulever la boule, les filles se passionnaient pour ce jeu. De temps à autre, la mère d'Izzie les accompagnait, mais en général elle rentrait du travail tard le soir. Son mari lui reprochait de ne faire aucun effort pour se libérer et passer un peu plus de temps avec eux. De son côté, Katherine parlait avec mépris des personnes que Jeff défendait dans le cadre d'Amnesty International, les traitant de « pouilleux ». Dès qu'Izzie entendait ce mot-là, elle savait qu'une de leurs violentes disputes allait éclater.

Elle en parlait parfois avec Andy. Ses deux parents, qui étaient médecins, travaillaient beaucoup eux aussi. Elle se demandait s'il leur arrivait de se disputer. Andy affirmait que non, même quand sa mère restait à l'hôpital toute la nuit pour aider une maman à accoucher. Et s'il y avait vraiment beaucoup de bébés qui naissaient au même moment, il lui arrivait de ne pas rentrer à la maison pendant deux ou trois jours. Andy ajoutait que son père était encore plus occupé que sa mère. Quand il ne recevait pas ses patients, il écrivait des livres sur les problèmes des gens ou voyageait pour donner des conférences. Il lui arrivait de passer à la télé. Mais Andy aimait bien la dame qui le gardait et s'occupait de la maison, alors ça ne le dérangeait pas que ses parents travaillent autant. Izzie était impressionnée : sa nounou à elle n'habitait pas sur place. Et Andy vivait vraiment dans une très grande maison.

Izzie et Andy aimaient bien aller jouer chez Sean. Non seulement ses parents étaient très gentils, mais ils étaient souvent là l'après-midi et prenaient le temps de parler avec eux. Bien qu'elle ne l'eût jamais avoué à Sean, Izzie aimait à s'imaginer que Connie était sa tante. Dès qu'elle passait le pas de la porte, la mère de Sean l'accueillait avec un baiser. Au demeurant, toutes les mamans du groupe étaient gentilles... sauf la sienne, si occupée et si fatiguée qu'elle oubliait parfois de lui faire un câlin en rentrant du bureau. Heureusement, son papa n'oubliait pas. Il lui arrivait de la promener dans tout l'appartement en la portant sur son dos, et il l'emmenait au parc et au cinéma. Parfois, Izzie se disait qu'elle aurait bien aimé avoir un frère ou une sœur, mais elle savait qu'il était inutile d'espérer. Sa mère disait qu'elle n'avait pas le temps et qu'elle était déjà plus âgée que la plupart des autres mamans. A quarante-deux et quarante-quatre ans, Katherine et Jeff Wallace se sentaient trop vieux pour une nouvelle grossesse. Jeff ajoutait qu'il ne voulait pas d'autre enfant parce que le second ne pourrait jamais être aussi merveilleux qu'elle, mais Izzie n'était pas dupe : ils n'en avaient simplement pas envie et elle ne réussirait pas à les faire changer d'avis.

Peu avant la fin de l'année scolaire, Kevin O'Hara fit des siennes une fois de plus. Izzie avait bien senti que quelque chose clochait : alors que c'était son tour, Connie ne les avait pas conduits à l'école depuis deux jours, et ni Marilyn ni Judy ne leur avaient rien dit.

— Tu sais ce qui se passe, toi ? demanda-t-elle à Sean tandis qu'ils étaient en train de manger dans la salle de classe.

— C'est Kevin, dit Sean en troquant son cupcake contre la pomme qu'Izzie avait apportée.

Elle goba le gâteau d'une seule bouchée et se trouva affublée d'une grosse moustache de glaçage rose, ce qui fit éclater de rire son camarade.

— Qu'est-ce qu'il y a de si drôle ? dit-elle, offusquée.

— C'est toi ! Tu as de la crème sur le nez.

Il se moquait souvent d'elle, mais elle l'aimait beaucoup. C'était un peu comme un frère, en mieux parce qu'il ne la tapait jamais. Un jour, il avait même poussé un garçon de CM1 qui l'avait insultée.

— Kev a eu des problèmes au bal du lycée, poursuivit-il. Mon père dit qu'il risque d'être chassé de l'école. En tout cas, il est puni et doit rester à la maison toute la semaine.

— Qu'est-ce qu'il a fait ? Il s'est battu ?

Sa mère disait que Kevin était bagarreur à cause de ses ancêtres irlandais, qui avaient le sang chaud. Pourtant, leur père était irlandais, lui aussi, et apparemment il ne se battait pas.

— Il a volé à papa une bouteille d'alcool et il l'a emportée au bal, et puis il l'a vidée dans le saladier où ils avaient préparé le cocktail de jus de fruits. Je crois que c'était du gin. Ils ont tous été saouls, y compris Kevin. Il a vomi partout dans les toilettes des garçons pendant le bal.

— Une chance que vous ne dormiez plus dans la même chambre, remarqua Izzie, pragmatique. Quand on vomit, ça sent terriblement mauvais.

— Ouais, et papa était vraiment très fâché. L'école lui a téléphoné pour lui dire de venir chercher Kevin. Il avait tellement bu qu'il a fallu l'emmener aux urgences de l'hôpital, et quand il est rentré, il avait encore l'air super-malade. Maman n'arrête pas de pleurer depuis. Elle a peur qu'il ne se fasse renvoyer de l'école, surtout qu'à mon avis il n'a pas de très bonnes notes.

— Ben dis donc… Et quand est-ce que vous saurez s'il a le droit de rester ou pas ?

— Dans deux ou trois jours, je pense.

Ses parents avaient passé des heures à parler avec leur fils aîné, mais ils n'avaient expliqué que brièvement la situation à Sean. Ils prévoyaient d'envoyer Kevin passer l'été dans un camp en pleine nature destiné aux jeunes à problèmes, et ça n'avait pas l'air drôle du tout. Il fallait faire des choses très difficiles, comme grimper en haut d'une montagne, escalader des rochers et passer la nuit tout seul dans la forêt. Leur père disait qu'au train où il était lancé Kevin ne tarderait pas à se retrouver en prison. Sean espérait que ce n'était pas vrai – se faire exclure d'Atwood serait déjà bien assez grave. Leur mère, elle, pensait qu'il serait obligé d'aller dans une école publique. Et s'il buvait encore de l'alcool, ils l'enverraient en cure de désintoxication. Kevin s'en fichait. Il n'avait pas exprimé le moindre remords depuis le début. Au contraire, il prétendait avoir bien profité de la soirée jusqu'à ce qu'il se fasse pincer.

— Tes parents doivent être drôlement inquiets, remarqua Izzie.

Kevin était le seul adolescent qu'elle connaissait. Il ne lui accordait jamais beaucoup d'attention, si ce n'est pour l'appeler « morveuse » quand elle rendait visite à Sean et qu'il la croisait dans la cuisine. A l'école, il ne lui adressait pas la parole. C'était un grand et beau garçon, avec des cheveux noirs de jais, tout comme Sean. Son père était très déçu qu'il ait quitté l'équipe de base-ball en cours d'année, car la pratique d'un sport ne pouvait que lui être bénéfique. Kevin disait que ce n'était pas son truc.

Finalement, Mike et Connie parvinrent à défendre sa cause et l'école accepta de limiter à deux semaines son exclusion. Il était néanmoins en sursis jusqu'à la fin de l'année et serait mis à la porte pour de bon au moindre écart. Kevin fila doux jusqu'aux vacances d'été, puis il partit pour le camp de survie dans les montagnes. A son retour, il semblait plus fort et en meilleure santé. Plus responsable, aussi. Il venait d'avoir seize ans et Mike fit remarquer à Connie qu'il avait l'air d'un homme. Ses vacances à la dure lui avaient donné confiance en lui.

— Si seulement il se comportait comme un homme, en plus d'en avoir l'air, soupira Connie.

Au cours des semaines qui suivirent, Kevin se conduisit en fils modèle et aida même sa mère à s'occuper de la maison. Mais Sean savait que son frère jouait la comédie. Il l'avait vu chiper une bière dans le frigo et cacher un paquet de cigarettes dans son sac à dos.

A la rentrée suivante, les cinq amis se retrouvèrent avec joie après la séparation des vacances. Ils étaient maintenant en CM1. Dans le bois de leur pupitre, ils avaient gravé « Amis pour la vie ». Connie parlait d'eux comme du « Club des Cinq ». Izzie et Gabby affirmaient parfois qu'elles étaient sœurs, tandis que Billy, Andy et Sean avaient fait croire un jour qu'ils étaient des triplés à quelqu'un de la salle de bowling. Ils étaient nés de parents différents, mais appartenaient à une seule et même famille de cœur.

3

Les années s'écoulaient paisiblement. Ce n'est qu'à l'entrée des cinq amis en classe de quatrième que certains événements vinrent perturber leur univers familier. Tout d'abord, ils avaient fêté les uns après les autres leur treizième anniversaire, marquant leur entrée officielle dans l'adolescence. Connie se moquait d'eux gentiment en leur disant qu'ils n'avaient pas changé depuis la maternelle : ils étaient juste plus gros et plus grands ! Sean se passionnait toujours pour les émissions policières et s'était mis à dévorer tous les livres sur le FBI. L'amour de Billy pour le sport ne se démentait pas, avec une préférence pour le football américain. Il avait amassé une collection impressionnante de cartes de joueurs dédicacées. Gabby, elle, avait décroché des séances photo pour des magasins de mode locaux, ainsi que le premier rôle dans le *Casse-Noisette* et dans deux pièces du club de théâtre de l'école. Andy était premier de la classe et Izzie avait développé sa conscience sociale. Elle était bénévole dans un foyer pour les familles sans abri et collectait chaque année des jouets au moment de Noël, au profit des enfants défavorisés. Elle dépensait même une partie de son argent de poche pour en acheter davantage.

Billy et Gabby furent les premiers à annoncer un changement majeur. Ils se virent beaucoup pendant les vacances de Noël puis, à la rentrée, ils déclarèrent qu'ils sortaient ensemble.

— Ah bon ? Ça veut dire quoi au juste ? Est-ce que vous l'avez fait ? demanda Izzie sur le ton de la conspiration, les yeux écarquillés de surprise.

Gabby éclata de son rire cristallin, qui ne manquerait sûrement pas de la rendre célèbre un jour.

— Mais non, on n'est pas complètement stupides, on n'a pas l'âge ! Pour ça, on attendra d'être à la fac, ou au moins au lycée. On sait juste qu'on s'aime.

— Et comment vous savez ça ?

Izzie était fascinée. Au sein de leur petit groupe, ils étaient tous très attachés les uns aux autres, mais elle n'aurait jamais songé à sortir avec Sean, Andy ou Billy. Aux dernières nouvelles, ils étaient ses meilleurs amis. Comment Billy et Gabby avaient-ils su que leurs sentiments étaient différents ?

— Il m'a embrassée, avoua Gabby. Mais ne le dis pas à ma mère.

Incrédule, Izzie songea que son amie, si elle avait l'air très contente d'elle-même, ne semblait pas, cependant, avoir changé.

— Sean et toi, vous devriez vous mettre ensemble, poursuivit Gabby d'un ton expert.

— Beurrrrkkk ! C'est dégoûtant. C'est mon meilleur ami !

Et aucun autre garçon du collège ne plaisait à Izzie, en tout cas pas assez pour qu'elle ait envie de l'embrasser.

— Je croyais que c'était moi ta meilleure amie, plaisanta Gabby, amusée de la réaction de sa camarade.

Sean était de plus en plus beau, quoique toujours

bien plus petit que Billy. La plupart des filles de la classe le trouvaient sexy, ce qui le laissait totalement indifférent. De son côté, il considérait Izzie comme une sœur.

— Mais oui, vous êtes tous mes meilleurs amis. C'est juste que ça me paraît un peu bizarre d'avoir un petit copain à notre âge.

— Oh, peut-être, répondit Gabby avec un haussement d'épaules. Mais c'est sympa d'embrasser.

Tandis que son amie la regardait avec une expression vaguement choquée, elles entrèrent dans la salle de classe.

De leur côté, Sean et Andy voulurent savoir jusqu'où Billy avait été avec Gabby. Billy dit qu'ils avaient flirté, mais qu'ils n'avaient pas conclu. Sean et Andy semblèrent aussi ébranlés qu'Izzie. Billy était plus mûr physiquement qu'eux et Gabby avait toujours été plus sophistiquée que la plupart des filles de son âge. Maintenant que ces deux-là avaient ajouté une nouvelle dimension à leur relation, les autres se sentirent nuls, mis à l'écart.

Le printemps venu, tous cependant s'étaient accoutumés à considérer Billy et Gabby comme un couple. La romance tenait bon, et elle demeurait chaste. A la demande de Marilyn, Larry avait eu une conversation avec Billy sur l'utilisation des préservatifs et l'importance de prendre ses précautions, mais Billy leur assura que ce n'était pas encore nécessaire. Son père en parut un peu déçu, sa mère profondément soulagée. Le lendemain, Marilyn demanda à Judy si elle croyait les enfants quand ils affirmaient ne pas avoir eu de relations sexuelles. On entendait parfois de ces histoires sur des jeunes qui couchaient avant même l'âge du lycée…

— Gabby me raconte absolument tout, répondit Judy avec une confiance inébranlable. Et de toute façon, je lui ferai prendre la pilule avant qu'il ne se passe quelque chose.

Elle ne semblait pas s'inquiéter outre mesure et avait seulement évité de parler à son mari de la relation de Gabby, de peur de l'inquiéter. Adam, qui était très protecteur envers ses deux filles, avait cependant remarqué que Billy passait plus souvent chez eux depuis quelque temps.

— Ils n'ont que treize ans, reprit Marilyn. Ils sont trop jeunes pour vivre une relation sérieuse et tout ce que ça implique.

— Oh, parfois je me demande si je suis assez mûre moi-même, répliqua Judy sur un ton léger.

Son amie sourit : elle savait bien qu'Adam et elle étaient très complices.

Tout n'était pas aussi rose pour Marilyn. Le penchant de Larry pour l'alcool s'était confirmé de façon inquiétante au fil du temps, et elle le soupçonnait d'avoir une maîtresse, ce qu'il niait farouchement. Marilyn, elle, sortait très peu. Elle se demandait parfois comment elle avait pu devenir si casanière à trente-huit ans à peine. Larry ne l'emmenait jamais nulle part, surtout pas quand il sortait « entre mecs ». Quand elle s'en plaignait, il lui demandait sèchement d'arrêter de chouiner et lui rappelait qu'il lui avait offert une belle maison, qu'elle disposait d'un paquet d'argent à dépenser et que si elle voulait quelqu'un avec elle à la maison, elle n'avait qu'à acheter un chien. Pour sa part, il n'avait pas l'intention de rester tenu en laisse.

Larry ne se montrait guère plus aimable envers ses fils qu'envers sa femme. Il continuait à ignorer tout à fait Brian et, la dernière fois que l'équipe de base-ball de Billy avait perdu un match, il l'avait traité de nul devant tout le monde, puis lui avait asséné un coup de poing dès leur retour à la maison. Le pauvre garçon avait filé dans sa chambre, en larmes, tandis que ses parents en étaient presque venus aux mains. A la suite de quoi Larry était sorti en claquant la porte et n'était revenu que le lendemain matin. Il ne s'excusait jamais, et Marilyn se demandait parfois s'il se souvenait de ce qui s'était passé la veille. Elle avait tenté de consoler Billy, lui expliquant que son père était obsédé par le sport et la gagne, au point de perdre la maîtrise de lui-même. Billy le savait bien. Quand il s'était inscrit dans l'équipe de football américain pour la rentrée, il s'était engagé sur la seule voie susceptible de combler son père et s'était promis de ne plus jamais se faire traiter de nul.

Les problèmes conjugaux de Marilyn s'ajoutaient donc à ses soucis quant à la vie amoureuse de son fils aîné. Et elle s'inquiétait autant pour Gabby que si elle avait été sa propre fille. Judy lui assurait qu'elle ne commettrait pas de bêtises. Pourtant, n'arrivait-il pas aux filles les plus raisonnables de perdre le contrôle de la situation ?

Connie elle aussi se voulait rassurante : alors que Kevin avait des rapports depuis l'âge de treize ans, Sean en était encore très loin. Chaque jeune évoluait à son propre rythme.

Pour le moment, les craintes de Connie au sujet de Kevin étaient quelque peu apaisées. Certes, avec ses cheveux longs, ses piercings et ses tatouages, il avait l'air d'un hippie, mais ses résultats en troisième année à l'université de Californie à Santa Cruz étaient satisfaisants depuis deux semestres. Il n'appelait que rarement ses parents, désireux avant tout qu'on le laisse tranquille.

Andy était toujours le premier de sa promotion – c'était ce que ses parents attendaient de lui et il n'avait pas l'intention de les décevoir. Un jour, il deviendrait médecin. A l'instar de sa mère, il ambitionnait de guérir les corps plutôt que les âmes, mais personne ne doutait qu'il poursuivrait ses études à Harvard, tout comme son père. Il recevait chaque année le premier prix de sciences et Izzie l'appelait « docteur » pour le taquiner, ce qui lui plaisait plus qu'il ne voulait l'avouer. Il était également doué pour le sport et pourvu d'une grâce athlétique naturelle. Il appartenait à l'équipe de tennis de l'école, avec laquelle il participait à des tournois presque chaque week-end. Les cinq amis se soutenaient mutuellement dans leurs diverses compétitions sportives, assistant aux matchs des uns et des autres, qu'il s'agisse de tennis, de base-ball, de basket ou de foot féminin.

Un jour, alors que Larry accablait son fils de reproches à la suite d'une défaite, Sean tenta d'intercéder en faveur de son ami. Il ne parvint qu'à s'attirer ses foudres.

— Monsieur Norton, nous avons bien joué aujourd'hui. Et Billy est le seul joueur à avoir réussi deux *home runs*. L'entraîneur l'a félicité.

— De quoi est-ce que tu parles, O'Hara ? On aurait gagné s'il n'avait pas raté une occasion en or. Quant à toi, abstiens-toi de toucher la balle, si c'est pour tout faire foirer. Ils devraient te virer de l'équipe et t'envoyer jouer au volley avec les gonzesses.

— C'est bon, papa, arrête, dit Billy calmement.

— Vous n'êtes qu'une bande de fillettes, cracha Larry en rejoignant sa voiture d'un pas rageur.

Billy avait les larmes aux yeux. Tandis qu'ils se dirigeaient vers les vestiaires sans un mot, Sean passa un bras autour de ses épaules. Le petit Brian avait assisté à toute la scène et semblait désolé, mais, pas plus que les deux autres, il ne commenta le comportement de son père. Billy enlaça Gabby, qui le complimenta pour les deux *home runs*.

— Ouais, enfin bref… dit-il avec un sourire, prompt à passer à autre chose.

Du haut de son mètre quatre-vingts, on lui aurait facilement donné seize ans. Gabby, quoiqu'elle eût une tête de moins que lui, paraissait elle aussi plus que son âge, avec sa coupe de cheveux à la mode et le soupçon de maquillage que sa mère la laissait porter. Ils étaient bien assortis ; tout le monde s'était habitué à les voir ensemble.

Pour se remettre du match et finir d'oublier l'épisode déplaisant qui l'avait suivi, ils se retrouvèrent autour de hamburgers et de coupes de glace. Ils invitèrent même Brian, enchanté de pouvoir sortir avec les grands du « Club des Cinq ».

Pendant les vacances de Pâques, les cinq amis restèrent à San Francisco et se contentèrent de passer du temps ensemble. Ils assistèrent à des matchs de base-ball, furent invités dans la maison de campagne avec piscine d'un camarade, firent un barbecue chez les O'Hara. Mike et Connie étaient là, plus détendus que jamais.

Le lendemain, cependant, ils reçurent deux coups de fil. Le premier était de l'UC Santa Cruz, le second de la police. Kevin s'était fait arrêter sur le campus, pour possession de cannabis avec intention de vendre, et avait été placé en détention provisoire. Ce que ses parents redoutaient depuis des années venait de se réaliser.

Quand Kevin les appela plus tard dans l'après-midi, Mike avait déjà contacté son avocat. Ils descendraient à Santa Cruz le lendemain pour la lecture de l'acte d'accusation. Kevin aurait voulu qu'ils le libèrent sur caution immédiatement, mais Mike dit à Connie que passer la nuit en prison et réfléchir aux conséquences de ses actes lui serait peut-être bénéfique.

Leur avocat demanda à ce que la peine soit commuée et proposa d'envoyer son client en cure de désintoxication plutôt qu'en prison. Le juge, qui n'y était pas opposé, fixa une audience deux semaines plus tard. Cela ne leur laissait que très peu de temps pour trouver un centre qui accepte Kevin. Au grand désespoir de ses parents, il était définitivement exclu de l'UC Santa Cruz.

A son retour à la maison, le jeune homme arbora un flegme insolent. Il ne semblait pas ému par la nuit passée en prison, pas plus que par les accusations qui pesaient sur lui ou par son éviction de la fac. Sean avait remarqué qu'il gardait un sac à dos près de lui et était persuadé qu'il y cachait de la drogue. Kevin avait même un peu l'air de planer, mais ses parents ne se doutaient de rien. Sean était furieux. Son grand frère n'avait aucun respect, ni pour sa famille ni pour lui-même.

— Tu vas finir par les tuer, lâcha-t-il en entrant dans sa chambre une heure plus tard. Maman pleure depuis deux jours et papa a pleuré aussi quand il a appris ce qui s'était passé.

Kevin, allongé sur son lit, écoutait de la musique tout en regardant la télé. Il affichait un air béat ; Sean se demanda ce qu'il pouvait bien avoir pris.

— C'est bon, j'ai pas besoin de tes leçons. Je te rappelle que t'es pas encore flic.

— Papa a raison, dit Sean d'une voix blanche. Tu vas finir en prison.

— Mais non, espèce de mauviette. Je vais prendre du sursis, c'est pas la fin du monde. On parle que de quelques grammes d'herbe, bon Dieu ! Pas d'amphétamines ou de crack !

En réalité, il ne s'agissait pas de « quelques grammes ». Les policiers en avaient trouvé des quantités importantes sur lui et dans sa voiture alors qu'il venait de griller un feu rouge. Ils l'avaient aussitôt soupçonné de conduire sous l'effet de psychotropes. En effet, il était si défoncé que, le lendemain, il se souvenait à peine de sa nuit en prison : il avait dormi comme un bébé.

— C'est illégal, dit Sean sans le quitter des yeux. Et qui dit que la prochaine fois ce ne sera pas du crack, des amphètes, des champignons, du LSD… ou une autre de ces merdes que tu prends avec tes amis ?

— Comment tu sais ce que je fais avec mes amis ? demanda Kevin d'un ton hargneux.

— J'entends causer.

— T'es qu'un bébé, Sean. Tu sais pas de quoi tu parles.

— Je te jure que si tu recommences à faire de la peine aux parents, je te casserai la gueule, dit Sean, frémissant de colère.

Son frère se contenta de lui rire au nez.

— J'en tremble de peur, morveux. Maintenant,

bouge ton cul d'ici, avant que je t'y aide à coups de pied.

Sean quitta la pièce sans un mot.

Les deux jours suivants, ses parents s'entretinrent avec des conseillers et des avocats. Ils avaient trouvé un centre de désintoxication en Arizona et espéraient que le juge se montrerait clément. Lorsque le jour de l'audience arriva, Mike força son fils à se raser et à endosser l'un de ses costumes, afin qu'il mette toutes les chances de son côté.

— Ne fais plus jamais une chose pareille à ta mère, lui dit-il entre ses dents, tandis qu'il sortait une chemise et une cravate de son placard.

Ses yeux lançaient des éclairs. Kevin hocha la tête, puis entreprit de mettre la cravate. Son père ne le laissait pas sortir depuis deux semaines, de sorte que Kevin traînait à la maison, désœuvré. La perspective de la cure ne lui semblait pas des plus réjouissantes, mais, à choisir, ce serait toujours mieux que quatre ans de prison.

Après avoir déposé Sean chez Billy, Connie et Mike prirent la route pour Santa Cruz avec leur fils aîné. La circulation était si dense qu'il leur fallut près de trois heures. Ni Kevin ni ses parents ne décrochèrent un mot de tout le trajet. A l'arrivée, leur avocat les attendait à l'entrée du tribunal. C'est seulement lorsqu'ils pénétrèrent dans la salle d'audience que Kevin commença à prendre conscience de la situation.

Le juge écouta attentivement la proposition de l'avocat, puis lut en silence la lettre d'admission du centre de désintoxication.

— Vous avez beaucoup de chance, jeune homme, finit-il par dire d'un ton sévère. Bien des parents vous auraient laissé passer quelque temps sous les verrous, et cela vous aurait sans doute éclairci les idées. La décision que je vais prendre est une marque de ma compassion envers eux, plus qu'envers vous. Vous avez intérêt à en faire bon usage, sans quoi vous retournerez immédiatement à la case prison. Je vous condamne à six mois dans cet établissement en Arizona, qui m'a tout l'air d'un club de vacances. Votre peine est assortie d'un sursis de deux ans. Au moindre écart pendant ces deux ans, c'est la détention ferme. Vous avez bien compris ?

Kevin acquiesça, dissimulant sa colère à grand-peine. Pour lui, ces six mois de cure seraient un cauchemar et, à ce moment précis, il n'éprouvait pas la moindre gratitude envers ses parents. Le juge ajouta qu'il disposait de vingt-quatre heures pour se présenter au centre, puis lui demanda s'il avait quelque chose à dire. Le jeune homme secoua la tête. A sa place, Mike prit la parole d'une voix étranglée et remercia le juge pour sa magnanimité.

— Bonne chance avec votre garçon, leur répondit-il d'un ton bienveillant.

Mike et Connie en eurent les larmes aux yeux.

Le retour fut aussi silencieux que l'aller, à l'exception du coup de fil que Mike passa à sa secrétaire pour lui demander de réserver deux billets d'avion pour l'Arizona. Par précaution, il avait décidé d'accompagner Kevin jusqu'au centre. Ils décolleraient à sept heures le lendemain matin.

Dès qu'ils arrivèrent à la maison, Kevin monta dans sa chambre et roula un joint, qu'il alluma ensuite sans prendre la peine de se cacher. Ses parents n'eurent même pas le courage de s'énerver ; leur calvaire toucherait bientôt à sa fin.

Connie alla chercher Sean chez Billy. Marilyn venait

de ramener les deux garçons de leur entraînement de base-ball.

— Est-ce qu'il est en prison ? demanda le jeune garçon, mort d'inquiétude pour son grand frère malgré leur dispute de la veille.

Il fut soulagé d'apprendre que Kevin avait droit à une seconde chance. Pour sa part, Connie n'était pas entièrement rassurée. Kevin se montrerait-il coopérant au centre ? Parviendrait-il à tenir six mois ? Mike et elle devraient se rendre en Arizona certains week-ends pour des séances de thérapie familiale, et Sean serait peut-être lui aussi convoqué à l'occasion. Marilyn prit son amie dans ses bras, tandis que Billy les regardait sans savoir quoi faire. Il donna à Sean une bourrade et une tape amicale dans le dos. C'était sa façon à lui d'exprimer sa sympathie.

Un peu plus tard, Izzie appela Sean. Il lui répéta la sentence prononcée par le juge.

— Mais, tu sais, j'ai peur qu'il ne récidive. Je me demande pourquoi il a toujours été pénible comme ça, dit-il avec lassitude.

— Je suppose qu'il faut de tout pour faire un monde, ou pour faire une famille, répondit-elle d'un ton calme. Comment va ta mère ?

— Elle est en vrac. Elle ne parle presque pas, on dirait qu'elle vient de se faire renverser par un bus. Mon père aussi. Il emmène Kev à Phoenix demain.

— Et Kevin, est-ce qu'il a peur ?

— Non, il a plutôt l'air dégoûté. Ce soir, à table, il était complètement défoncé. Mes parents n'ont rien capté, mais moi, j'ai bien vu. Papa avait réussi à le convaincre de descendre manger avec nous en lui disant que c'était pour maman. Mais elle a pleuré pendant tout le repas, alors…

Le lendemain, Sean dormait encore quand Mike et Kevin quittèrent la maison. Connie s'était levée pour dire au revoir à son fils, mais il se dégagea lorsqu'elle essaya de le prendre dans ses bras. Le sang de Mike ne fit qu'un tour.

— Dis au revoir à ta mère comme il faut, gronda-t-il en lui empoignant fermement le bras.

Puis les deux hommes sortirent dans l'obscurité, et Connie alla se jeter sur son lit en sanglotant. Mike rentra tard ce soir-là, et à son tour il fondit en larmes en s'asseyant près de sa femme.

— Comment allait-il quand tu l'as laissé là-bas ? demanda-t-elle.

— Il avait l'air de me haïr. Il a tourné les talons sans un mot.

Après le départ de Kevin, la maison des O'Hara leur sembla soudain très calme. Au cours des deux semaines précédentes, sa présence hostile, tandis qu'il consommait clandestinement alcool et cannabis, avait occupé tout l'espace. La paix retrouvée leur parut d'abord bien étrange, mais Sean comprit peu à peu que le grand frère idéal qui lui manquait n'avait rien de commun avec le vrai Kevin.

Le jeune garçon se remit à étudier avec zèle. Izzie venait parfois travailler avec lui, toujours chargée de ses biscuits préférés et de cupcakes de sa confection. Son ami était devenu plus taciturne et elle ne savait que faire pour les aider, lui et ses parents, dont la tristesse était palpable. Grâce à sa gentillesse, Sean trouva un peu d'apaisement.

A la même période, un soir où Izzie était en train de réviser seule dans sa chambre, son père frappa à sa porte et lui demanda de descendre au salon. Elle le suivit avec un air de surprise, et prit carrément peur lorsqu'elle vit que sa mère les attendait, assise sur le canapé, visiblement tendue.

— Est-ce que j'ai fait une bêtise ? demanda Izzie en prenant place sur une chaise.

Peut-être que l'école avait appelé et que, pour la première fois de sa carrière de collégienne, elle avait raté tous ses contrôles ?

Son père se laissa tomber sur le canapé et se tut. Sa mère évitait son regard. La scène avait quelque chose d'irréel. Un tel silence régnait qu'on entendait le tic-tac de la vieille pendule accrochée au mur.

— Nous avons quelque chose à t'annoncer, lâcha enfin Jeff, l'air abattu. Nous allons divorcer.

Estomaquée, Izzie ne sut que répondre. Alors qu'un millier de pensées lui traversaient l'esprit – Quelle horreur ! Comment est-ce que vous osez me faire ça ? Pourquoi ? Vous ne vous aimez plus ? Qu'est-ce que je vais devenir ? –, pas un son ne sortit de sa bouche. Elle aurait voulu crier ou pleurer, mais elle ne parvenait qu'à les regarder l'un après l'autre, jusqu'à ce que Katherine finisse par lever les yeux vers elle.

— C'est toi qui veux divorcer, maman ? articula Izzie.

— Nous l'avons décidé d'un commun accord, intervint Jeff, tandis que Katherine observait son mari et sa fille d'un air distant.

Depuis des années, elle avait l'impression d'être une étrangère parmi eux. Au moment de leur mariage, elle avait bien dit à Jeff qu'elle ne souhaitait pas d'enfants. Tous deux étudiaient le droit. Jeff était ambitieux, il se voyait déjà avocat pour de grandes entreprises. Mais à la suite d'un job d'été pour Amnesty International, qui s'était transformé en stage puis en contrat de travail, il se consacrait corps et âme à la défense des citoyens les plus fragiles.

Les objectifs professionnels de Katherine étaient quant à eux restés inchangés et, peu à peu, les tensions avaient surgi entre eux : Jeff n'était plus l'homme qu'elle avait épousé. Il espérait qu'un enfant les aiderait à se rapprocher et lui avait promis de la seconder dans son éducation. Ce qu'il avait fait. Après la naissance, Katherine avait découvert avec horreur qu'elle n'éprouvait aucun instinct maternel, aussi adorable sa fille fût-elle. Il lui semblait avoir commis une terrible erreur, au détriment d'un être humain qui n'avait pas demandé à venir au monde. Elle en tirait un profond sentiment de culpabilité et elle en voulait à Jeff de lui avoir forcé la main, ou du moins de l'avoir convaincue par ses beaux discours. Elle avait l'impression d'être un monstre chaque fois qu'elle regardait son enfant. Ses propres parents, qui s'étaient toujours montrés distants envers elle, ne l'avaient pas préparée à tisser des liens avec sa fille et, au plus profond d'elle-même, elle n'avait aucune envie d'y remédier. Izzie avait conscience de cette situation, ayant grandi avec la vague sensation de n'être qu'un fardeau pour sa mère. Quant à Jeff, après s'être voilé la face pendant des années et avoir fréquenté un groupe de thérapie conjugale pour tenter de trouver des solutions, il avait fini par se rendre à l'évidence. Il ne l'avoua pas à sa fille, mais c'est lui qui avait demandé le divorce.

— Ta mère a un nouveau travail, très important, expliqua-t-il. Elle va être avocate référente pour une grande entreprise, ce qui va l'amener à voyager énormément. Notre vie de couple n'a plus beaucoup de sens et en aura de moins en moins. En tout cas, ce n'est pas ainsi que nous la concevions. Tu sais, parfois les relations entre deux personnes évoluent.

— C'est pour ton nouveau travail que tu nous laisses tomber ? dit Izzie avec une expression d'angoisse.

Katherine eut l'impression qu'on lui transperçait le cœur. Elle aurait voulu prendre sa fille dans ses bras, mais elle en était totalement incapable.

— Je ne vous laisse pas tomber, lâcha-t-elle d'une voix presque inaudible. Ton père et moi sommes convenus d'un arrangement équitable. Tu passeras trois jours par semaine avec lui, puis trois jours avec moi. Les dimanches, tu pourras rester avec l'un ou l'autre, en fonction de nos disponibilités. Ou bien on peut alterner systématiquement tous les trois jours, sans tenir compte des week-ends. C'est comme tu préfères.

Pour sa part, Katherine s'était accommodée de la vie que Jeff et elle menaient depuis des années. Mais quand il lui avait proposé le divorce, elle s'était rendu compte que c'était sans doute la meilleure solution. Izzie était en âge de comprendre. Le contrat semblait honnête et rationnel... Sauf qu'il s'agissait de garde d'enfant, non de négociation commerciale.

— Tu plaisantes, j'espère ? demanda Izzie, horrifiée. Je ne suis pas une balle que vous vous lancez, ni un chien. Je n'ai pas envie de faire ma valise tous les trois jours. Si c'est pour vivre comme ça, autant être orpheline et placée dans une institution. C'est n'importe quoi.

Tandis que Jeff se taisait, Katherine sembla surprise.

— Après tout, si ça te semble préférable, nous pourrions alterner chaque semaine, lui dit-elle.

On aurait dit qu'elle tentait de satisfaire une cliente.

— Vous êtes cinglés ! s'écria Izzie, tandis que les larmes lui montaient aux yeux. Ce n'est pas de ma faute si vous ne vous aimez plus et si tu as un nouveau travail. Pourquoi est-ce que ce serait à moi de payer les pots cassés ? Il n'est pas question que je fasse le yo-yo entre vous deux.

— Mais c'est la définition de la garde alternée, dit Katherine d'une voix calme. Tu vas t'y habituer, tu verras. Et puis il y aura des avantages. Je viens de trouver un très bel appartement en centre-ville, près de mon bureau. Il y a une piscine dans l'immeuble…

— Je me fiche bien d'avoir une piscine ! Je veux mon père et ma mère à la maison. Est-ce que c'est si difficile à comprendre ?

Tous deux hochèrent la tête.

— Toi aussi, tu dois comprendre que notre couple ne fonctionne plus, dit Jeff d'un air triste. Je suis désolé que ce soit si difficile pour toi.

— D'ici quelques mois, quand tu auras quatorze ans, tu pourras expliquer ce que tu veux au juge. Mais à l'heure qu'il est, c'est à ton père et à moi de lui proposer un arrangement équitable, expliqua encore Katherine.

— Equitable pour qui ? Ce que je pense n'a aucune importance ? Franchement, je trouve que c'est nul, cette histoire de garde alternée. Et vous aussi, vous êtes nuls !

Sur ce, Izzie courut dans sa chambre et en claqua la porte. En larmes, elle téléphona à Gabby pour tout lui raconter. Son amie n'en crut pas ses oreilles. Elle lui assura qu'elle pouvait venir dormir chez elle aussi souvent qu'elle le voudrait. Mais Izzie n'avait aucune envie d'habiter chez Gabby. Elle voulait seulement un vrai foyer. Elle appela ensuite Sean et Andy, qui firent preuve de la même compassion.

Izzie passa une bonne partie de la nuit à pleurer.

Le lendemain au petit déjeuner, son père lui dit qu'ils allaient essayer de trouver un mode d'organisation moins contraignant pour elle.

— Tu peux peut-être passer une semaine ou deux avec chacun de nous à tour de rôle, voire un mois. Si ça ne tenait qu'à moi, tu pourrais vivre ici en permanence, mais il faut aussi que tu voies ta mère.

— Pourquoi ? De toute façon, si elle est toujours en voyage… Pourquoi est-ce que ce ne serait pas à vous d'alterner, pendant que je continuerais à habiter ici ? Il y a bien des parents qui s'organisent comme ça.

— Ce ne serait pas pratique pour nous, dit Jeff d'une voix lugubre.

— Oh, et le fait que ce ne soit pas spécialement pratique pour moi n'a pas d'importance ? dit-elle en touillant dans son bol de corn flakes. Tu sais, il ne faudra pas t'étonner si mes résultats scolaires ne suivent plus. Comment veux-tu que j'aie des notes correctes si je suis obligée de déménager trois fois par semaine ? En tout cas, le jour même de mes quatorze ans, je dirai au juge que je refuse de me balader entre vous deux, alors vous feriez mieux de trouver un plan B.

— Nous essaierons, répondit-il.

Ce jour-là, mais aussi les jours suivants, seul le soutien de ses amis apporta un peu de réconfort à Izzie. Elle passait beaucoup de temps chez les O'Hara, où Connie la choyait comme si elle avait été sa propre fille. A l'occasion, elle dormait chez Gabby et Michelle. Leur mère elle aussi se montrait très prévenante.

La garde alternée ne fonctionna jamais vraiment comme prévu. Presque chaque fois qu'Izzie aurait dû aller chez sa mère, cette dernière était en voyage d'affaires. Elle resta donc à demeure chez son père, ne rendant visite à Katherine que de temps à autre le week-end. Celle-ci l'emmenait alors dîner au restaurant et la laissait inviter Gabby à profiter de la piscine. Izzie passait parfois un mois sans voir sa mère. En revanche, la jeune fille était encadrée et soutenue par son papa poule et ses quatre merveilleux amis, tandis que Connie O'Hara jouait le rôle d'une tante de substitution. Tout cela ne constituait guère une famille au sens où on l'entend d'habitude, mais Izzie finit tant bien que mal par y trouver son compte.

4

Le premier événement de l'année de seconde fut marquant : Billy et Gabby avaient « conclu ». Cela s'était passé mi-novembre, au cours du week-end précédant Thanksgiving. Gabby s'en ouvrit à Izzie le lendemain et lui avoua que ce n'était pas aussi fabuleux qu'elle se l'était imaginé. Ils étaient vierges tous les deux et Billy était parti comme les feux d'artifice le jour de la fête nationale, et puis ça faisait très mal. Mais ils avaient partagé un moment de tendresse unique. Ils sortaient ensemble depuis deux ans et leur loyauté mutuelle était sans faille.

Judy se montra très compréhensive quand Gabby lui dit la vérité le surlendemain. Inquiète d'apprendre que sa fille et son petit ami avaient franchi un tel pas, elle fut rassurée d'entendre qu'ils avaient utilisé un préservatif et elle la remercia de lui parler si ouvertement.

Le dimanche soir, le « Club des Cinq » au complet était au courant. Bien que Billy s'abstînt de fanfaronner, leur façon de se toucher et de se regarder comme s'ils partageaient un secret laissait deviner ce qui s'était passé. Si Izzie restait persuadée qu'ils étaient trop jeunes pour avoir des relations sexuelles, Gabby et Billy croyaient en la solidité de leur amour et se sentaient prêts à endosser les responsabilités que cela impliquait. Pour Billy, utiliser un préservatif était allé de soi. Quant à Gabby, elle demanda à sa mère de l'accompagner pour se faire prescrire la pilule.

Le lundi et le mardi, les jeunes amoureux se retrouvèrent chez Billy au moment de la pause-déjeuner et firent l'amour à nouveau. Leur deuxième fois fut plus réussie que la première, et la troisième, géniale. Leur relation avait pris une nouvelle dimension.

Judy emmena Gabby au centre de planning familial le mercredi, veille de Thanksgiving, et soudain les autres membres du groupe se sentirent complètement dépassés. Aucun d'entre eux n'avait de petit copain ou de petite copine. Andy passait tout son temps à étudier, et Sean, qui était à la fois plus réservé et moins grand que Billy, se plaignait que les filles ne le regardaient jamais.

Quant à Izzie, elle était bien trop occupée à surmonter le choc que lui avait causé le divorce de ses parents pour s'intéresser aux garçons. Katherine l'appelait de temps à autre, depuis les différentes villes où elle se trouvait pour son travail, mais elles ne passaient plus que rarement le week-end ensemble. Et Izzie était bien obligée d'avouer que sa mère lui manquait.

Jeff n'avait pas fait de rencontre sérieuse, mais il lui arrivait depuis un an d'inviter des femmes à la maison. Chaque fois, il avait droit aux commentaires de sa fille, souvent perspicaces malgré son jeune âge.

Il ne souhaitait pas se remarier, mais il espérait trouver quelqu'un avec qui partager sa vie, en particulier quand Izzie partirait pour l'université, dans deux ans. Il appréhendait ce moment, redoutait la solitude. Il se rendait compte que sa fille était devenue le centre de son univers et il savait qu'elle ne manquerait pas de quitter San Francisco pour ses études, ayant envie de découvrir le vaste monde.

Depuis quelques mois cependant, il fréquentait une collègue à laquelle il semblait tenir. Il l'invita à dîner un soir pour la présenter à sa fille. Izzie la détesta. Alors que son père avait plus de cinquante ans, l'avocate avait à peine la trentaine. Après le départ de l'intruse, Izzie ne se priva pas de dire à son père ce qu'elle en pensait. Jeff eut l'air embarrassé. Au fond de lui-même, il savait que les femmes de son âge ne l'attiraient pas.

— Ce n'est pas comme si je voulais l'épouser. On sort ensemble, c'est tout, protesta-t-il.

— Eh bien, tant mieux, répliqua Izzie. D'ailleurs, elle n'est pas aussi intelligente que toi.

— Qu'est-ce qui te fait dire ça ? demanda-t-il, interloqué.

— Elle n'arrête pas de poser des questions sur des choses qu'une avocate devrait savoir. Soit elle fait semblant, soit elle est vraiment bête. Dans les deux cas, tu mérites mieux.

— Personne, y compris moi, ne sera jamais aussi intelligent que ta mère.

Ni aussi insensible, ajouta-t-il en son for intérieur, tandis qu'il regardait sa fille rincer les assiettes et les mettre dans le lave-vaisselle. Izzie assumait désormais le rôle de petite femme d'intérieur et n'hésitait plus à lui parler d'égal à égal.

— Mais tu sais, reprit-il, je ne suis pas sûr d'avoir envie de sortir avec un génie. Tout ce que je demande, c'est une femme douce et sympathique.

— Si tu ne veux pas t'ennuyer, tu as besoin de quelqu'un d'intelligent, trancha Izzie.

De son côté, sa mère avait refait sa vie avec le P-DG

de l'entreprise pour laquelle elle travaillait, divorcé depuis peu.

N'ayant rien prévu de spécial pour la fête de Thanksgiving, Jeff accepta l'invitation d'une de ses collègues, une femme charmante, divorcée et mère de deux enfants de l'âge d'Izzie. Une dizaine d'autres personnes étaient invitées et le père et la fille se réjouissaient à l'idée de passer la journée dans une atmosphère conviviale et détendue.

Les O'Hara quant à eux avaient prévu de recevoir chez eux de nombreux convives. Ils voulaient célébrer dignement ce jour de fête, où chacun doit traditionnellement exprimer sa gratitude pour ce que la vie lui a apporté au cours des douze derniers mois. Connie et Mike avaient été gâtés. La cure de désintoxication de Kevin s'était révélée très bénéfique : ils découvraient enfin le jeune homme adorable qui sommeillait en lui. A vingt-deux ans, il suivait maintenant une formation en deux ans au City College de San Francisco, où il obtenait de bons résultats et espérait décrocher son diplôme au mois de juin. Sean allait beaucoup mieux lui aussi, surtout depuis que Kevin s'était excusé, lors d'une séance de thérapie familiale, de l'avoir traité si injustement.

Andy et ses parents étaient en visite dans la famille de sa mère, en Caroline du Sud. Et Judy et Adam s'offraient avec Michelle un luxueux dîner au Fairmont Hotel, tandis que Gabby était invitée chez les Norton. Marilyn était un vrai cordon-bleu et elle cuisinait toujours elle-même de A à Z les menus de fête. Cette année-là, Gabby avait promis de l'aider.

La jeune fille s'était donc rendue de bonne heure chez son petit ami. Marilyn avait sorti la vaisselle des grands jours, les verres en cristal et sa plus belle nappe.

Chaque fois que Marilyn ouvrait le four pour arroser la dinde, un délicieux fumet envahissait la maison. Ils avaient prévu de dîner tôt et attendaient Larry, qui avait regardé chez un ami le Super Bowl, la finale du championnat de football américain. A dix-huit heures, il n'était toujours pas rentré et ne répondit pas quand Marilyn l'appela sur son portable. Une heure plus tard, la dinde commençait à se dessécher et Marilyn était furieuse.

Ils passèrent à table à dix-neuf heures trente. Les petits pains avaient un peu brûlé et la dinde était incontestablement trop sèche. Personne ne parla de l'absence de Larry, qu'ils espéraient toujours voir apparaître quand Marilyn servit les traditionnelles tartes aux pommes et au potiron, accompagnées de glace à la vanille maison. Gabby et les garçons l'aidèrent ensuite à débarrasser. A vingt heures trente, tout était rangé. Gabby feignit de ne pas remarquer que Marilyn pleurait en montant dans sa chambre. C'est à ce moment que Larry arriva comme si de rien n'était. Aussitôt, les jeunes s'éclipsèrent dans la salle de jeux pour regarder un DVD.

Du haut de l'escalier, Marilyn se retourna et vit au regard trouble de son mari qu'il avait bu. Beaucoup.

— Où étais-tu ? demanda-t-elle d'une voix blanche, tandis que ses yeux jetaient des éclairs.

— J'ai mangé avec un ami, répondit-il d'un air détaché.

— Tu as raté le dîner de Thanksgiving.

— Désolé, j'avais mieux à faire, dit-il en la bousculant pour passer.

Son haleine empestait l'alcool et son col était barbouillé de rouge à lèvres. Elle eut l'impression de recevoir une gifle.

— Tu me dégoûtes, siffla-t-elle entre ses dents.

Il l'empoigna par le bras et l'attira brutalement contre lui.

— Je me fous de ce que tu penses, cracha-t-il, avant de la repousser avec la même violence.

Elle perdit l'équilibre et se rattrapa de justesse à la rampe.

— Il fallait vraiment que tu me fasses ça le soir de Thanksgiving ? cria-t-elle en le suivant dans la chambre.

Il avait passé la journée avec une femme et ne cherchait même pas à le cacher. L'espace d'un instant, il sembla complètement désorienté, tituba jusqu'au lit et s'y assit avec difficulté.

— Je le ferai quand ça me chante, aussi souvent que ça me chante. Je me fous de toi et de ton Thanksgiving.

Par chance, les enfants n'entendaient pas. Elle se demanda soudain pourquoi elle vivait encore sous le même toit que cet homme qu'elle n'aimait plus, pourquoi elle supportait ses insultes et ses humiliations. Elle le soupçonnait de l'avoir toujours trompée. Pendant longtemps, elle s'était dit qu'elle restait pour les garçons, mais, à présent, elle ne savait plus ce qui la retenait.

— Eh bien, retourne d'où tu viens, dit-elle sans se départir de son sang-froid. Je ne veux pas que les enfants te voient dans cet état.

— Mais de quoi tu parles ? Fiche-moi la paix, répliqua-t-il en s'allongeant.

— Je te demande de partir.

Elle était juste au-dessus de lui. Il tenta de lui assener un coup de poing, qu'elle évita de justesse.

— Si tu ne sors pas d'ici immédiatement, j'appelle la police !

— Mais bien sûr ! Ferme-la, maintenant, j'ai envie de dormir.

Elle décrocha le téléphone. Elle n'avait pas réellement l'intention de composer le numéro d'urgence, mais elle réussit à lui faire peur. Il se releva en une fraction de seconde, lui arracha le combiné des mains et le fracassa contre le mur. Avant qu'elle ait le temps de comprendre ce qui lui arrivait, elle reçut une violente manchette en plein visage.

— Va-t'en, Larry ! Tout de suite ! dit-elle, avec dans le regard une haine dont elle ne se serait pas crue capable.

Un filet de sang lui coulait le long de la joue. Il attrapa sa veste, dégringola l'escalier et claqua la porte d'entrée. Marilyn tremblait de la tête aux pieds. Elle ferma doucement la porte de la chambre, s'assit sur le lit et fondit en larmes.

Le lendemain matin, elle appela Larry sur son portable et lui dit de ne pas revenir.

— Tu pourras passer prendre tes affaires la semaine prochaine, mais je vais faire changer la serrure de la maison dès aujourd'hui.

— Oh, arrête de me prendre la tête. Il faut toujours que tu dramatises !

Il pensait pouvoir rejeter la faute sur elle, alors qu'il l'avait violentée ou humiliée pendant des années, parfois en présence des enfants. Cette fois, c'en était trop.

— Non, Larry, je demande le divorce.

— T'es folle ou quoi ? Je serai rentré dans une heure ou deux.

— Si tu t'approches de cette maison, j'appelle la police.

Elle téléphona au serrurier, puis descendit à la cuisine en entendant les garçons. Une demi-heure plus tard, les serrures étaient changées et elle confia un nouveau jeu de clés à chacun de ses fils.

— Je vous demande de ne pas donner cette clé à votre père quand vous le verrez. C'est fini entre nous.

Aucun des deux ne sembla surpris, mais, alors que Brian ne pouvait cacher son soulagement, Billy fit triste mine.

— Parce qu'il n'est pas rentré hier soir ? demanda-t-il. Il était peut-être avec un client important…

— Pour les raisons que nous connaissons tous, répondit-elle. La boisson, les femmes, la façon dont il nous traite, Brian et moi… et toi aussi, parfois. J'espère de tout cœur qu'il va s'occuper de son problème d'alcool, mais maintenant ça m'est égal. J'en ai plus qu'assez. Je ne veux pas qu'il remette les pieds dans cette maison. Vous irez le voir quand il aura trouvé un logement.

— Est-ce que je serai obligé d'y aller ? lâcha Brian.

Lentement, Marilyn secoua la tête.

— Tu ne peux pas le jeter dehors comme ça ! protesta Billy, au bord des larmes. Il habite ici. Il n'a nulle part où aller.

— Crois-moi, il peut se payer l'hôtel pendant quelque temps.

Elle se tourna alors pour lui montrer la joue qu'elle essayait de cacher depuis le matin. En voyant la fine marque rouge, cernée d'un énorme hématome, Billy comprit que son père était allé trop loin. Il se leva de table et monta dans sa chambre. Ce fut Izzie – et non Gabby – qu'il eut envie d'appeler. Dès qu'elle entendit le son de sa voix, elle sut que quelque chose clochait.

— Tu es sûr que ça va ? demanda-t-elle.

Il se mit à pleurer.

— Je crois que mon père a frappé ma mère hier

soir. Ce n'est pas la première fois. Il est arrivé super tard, après le dîner de Thanksgiving. Ils vont divorcer. Maintenant, on est dans le même bateau, toi et moi. Qu'est-ce que je vais devenir ?

En réalité, leurs situations étaient différentes. La séparation des parents d'Izzie avait été simple, nette et sans bavure. Ils ne s'aimaient plus, voilà tout, mais il n'y avait pas eu de violence entre eux. Pour son père, c'était différent. Personne ne l'appréciait. C'était un ivrogne qui se montrait infect envers tout le monde, y compris Billy lui-même. Ce dernier pleurait pourtant son départ. Il avait l'impression d'être son dernier allié.

— Tout ira beaucoup mieux qu'avant, répondit Izzie. Ta mère sera plus heureuse, de même que Brian. Toi aussi, tu vas t'y faire, je te le promets. Je me disais que ma mère me manquerait, mais j'ai fini par m'apercevoir qu'elle n'avait jamais vraiment été là. C'est pareil pour ton père. Il sortait tout le temps pour picoler avec ses amis ou ses clients. Tu le disais toi-même.

A mesure qu'elle parlait, Billy se calmait.

— Ça va être bizarre de ne plus l'avoir à la maison, murmura-t-il.

— Au début, oui, mais ça passera.

Comme toujours, Izzie savait se montrer compréhensive et attentionnée. Elle était la voix de la sagesse. Rien n'avait vraiment changé depuis leur premier jour à l'école maternelle, quand elle leur avait préparé à déjeuner pour les accueillir et les mettre à l'aise. Au moment où il raccrocha, Billy se sentait déjà mieux. L'avenir était incertain, mais il avait l'assurance d'être épaulé par ses amis. Il n'y avait rien de plus précieux.

5

Un an plus tard, Marilyn avait trouvé un emploi et elle laissait Billy, maintenant âgé de seize ans, s'occuper de son petit frère après la classe. Brian adorait l'accompagner à son entraînement de football pour le regarder jouer et Gabby se joignait souvent à eux. Les deux tourtereaux constituaient toujours le seul couple officiel et durable du lycée, et ils s'investissaient dans cette relation avec beaucoup de maturité. Même leurs professeurs étaient touchés par les marques d'attention qu'ils se témoignaient.

Gabby avait beaucoup aidé Billy à surmonter le divorce de ses parents. Izzie aussi, qui restait sa conseillère privilégiée, puisqu'elle avait vécu une situation similaire. Cependant, ses parents à elle avaient attendu longtemps après leur rupture avant de fréquenter quelqu'un d'autre. Or ce n'était pas le cas de Marilyn, et Billy en était profondément contrarié. Quant à son père, il continuait à sortir avec des dizaines de filles, à peine plus âgées que Billy lui-même, et ne s'en cachait pas. Au contraire, il claironnait volontiers qu'il se tapait toutes les petites nanas qu'il arrivait à harponner. Son penchant pour la bouteille n'avait fait qu'empirer. Il était clair à présent qu'il avait perdu tout contrôle sur sa consommation d'alcool.

Marilyn avait décroché un poste dans une grande agence immobilière. Elle était naturellement douée pour ce métier, dont elle ne tarda pas à apprendre toutes les ficelles. A la suite du divorce, elle avait pu garder la maison, et Larry était contraint de lui verser une pension alimentaire. Bien qu'il soit assez culotté pour s'en plaindre devant Billy, il en avait largement les moyens.

Surtout, Marilyn avait rencontré Jack Ellison, un beau quadragénaire divorcé, dont les deux enfants vivaient à Chicago avec leur mère. Jack possédait un restaurant dans le centre-ville. Il ne s'agissait pas d'un lieu particulièrement chic ou branché, mais sa réputation était bien établie, en particulier auprès d'une clientèle d'hommes d'affaires. Un an plus tôt, il avait ouvert un deuxième établissement situé à Yountville, dans la vallée viticole de Napa.

Jack se montrait charmant avec les fils de Marilyn. Brian était heureux de recevoir enfin toute l'attention qu'il méritait, et Billy admettait à contrecœur qu'il était « sympa ». Néanmoins, par loyauté envers son père, il se sentait obligé de ne pas l'aimer. Aussi passait-il le moins de temps possible avec lui. Il consacrait presque tous ses loisirs à Gabby. Larry, de son côté, ne se libérait qu'à l'occasion, pour assister à un de ses matchs de football, et il ne faisait absolument aucun effort pour voir son fils cadet.

Le week-end, Jack emmenait souvent Marilyn et Brian dans son ranch de Napa. Mais ce que Brian aimait plus que tout, c'était faire un tour dans la baie sur son bateau. Il idéalisait Jack. Sans compter que, pour la première fois depuis des années, sa mère était heureuse. Ainsi qu'elle l'avoua à Connie, Marilyn avait l'impression qu'un miracle venait de se produire dans sa vie. Elle ne doutait pas que Billy lui aussi finirait par être conquis. La profonde gentillesse de Jack n'était-elle pas irrésistible ?

En attendant, Billy restait très perturbé par ces bouleversements familiaux, et ses résultats scolaires en pâtissaient. Son conseiller d'éducation le prévint qu'aucune université ne lui accorderait de bourse pour l'enrôler dans son équipe de football américain si son dossier n'était pas irréprochable. Ses performances sportives, aussi impressionnantes fussent-elles, ne suffiraient pas. Il est vrai que plusieurs recruteurs étaient déjà venus le voir jouer depuis le début de l'année. Les universités de Floride, d'Alabama, du Tennessee, de Louisiane et de Caroline du Sud, ainsi que l'université Notre-Dame, se disputaient ses faveurs. Son père avait mis en ligne plusieurs vidéos de ses meilleurs matchs. Mais le conseiller était formel : personne ne l'accepterait avec une moyenne scolaire aussi faible.

Pire encore, le tuteur que Marilyn avait embauché pour lui donner des cours de soutien ne parvenait qu'à embrouiller davantage les cours qu'il n'avait pas compris. Billy s'en ouvrit un jour à Izzie, à l'heure du déjeuner.

— Mon père me tuera si je n'intègre pas une équipe de football universitaire, soupira-t-il. Gabby a bien essayé de m'aider pour certains devoirs, mais ses notes ne sont pas faramineuses non plus.

Gabby n'était pas une élève brillante et ne souhaitait pas s'inscrire à l'université. Après le bac, elle prévoyait de s'installer à Los Angeles et de tenter sa chance comme actrice à Hollywood. Elle en parlait depuis qu'ils étaient en CP, et moins d'un an la séparait maintenant de son rêve.

— Mais toi, est-ce que tu veux vraiment entrer dans une équipe de football universitaire ? demanda Izzie avec bon sens. Ou bien est-ce que tu veux avant tout faire plaisir à ton père ?

Billy sembla choqué par sa question.

— Bien sûr que je veux jouer au foot, répondit-il avec détermination. C'est mon rêve depuis toujours. Si tu savais les avantages que toutes ces facs me font miroiter… Comment est-ce que je pourrais refuser ?

— Bon, eh bien, si tu es sûr de toi, il va falloir que nous t'aidions, répondit son amie d'un ton pragmatique.

Pour Izzie, il était capital de choisir son orientation en fonction de ses affinités personnelles. Sa propre mère tenait à l'envoyer en fac de droit, mais, bien qu'elle admirât le travail de son père pour Amnesty International, elle ne se voyait pas juriste elle-même. A dire vrai, elle ne savait pas ce qu'elle voulait faire. Elle avait envisagé l'enseignement, la psychologie, des études d'infirmière, ou pourquoi pas l'action humanitaire… Elle avait envie de s'occuper des autres, mais elle ignorait encore sous quelle forme se concrétiserait cette aspiration. Elle admirait Connie O'Hara, pourtant simple mère au foyer. Elle sentait bien que sa façon d'aborder la vie et l'attention qu'elle portait aux autres n'étaient pas sans rapport avec son passé d'institutrice. Mais Izzie savait que sa mère serait déçue si elle ne choisissait pas un métier plus prestigieux. En outre, Katherine attendait d'elle qu'elle entre dans une université de la Ivy League. La jeune fille n'avait cependant aucune envie de s'exiler sur la côte Est pour s'inscrire à Harvard ou à Yale, même si ses notes lui auraient permis d'y être admise. Son père la rassurait en lui disant qu'elle devait avant tout étudier ce qui lui plaisait.

Izzie était une élève méthodique, qui excellait en littérature et en histoire. De son côté, Andy restait le champion des matières scientifiques. Les trois amis établirent donc un plan d'entraînement draconien, qui permettrait à Billy d'améliorer sa moyenne à coup sûr, à condition qu'il soit aussi motivé qu'il le disait et qu'il travaille avec assiduité.

Jour après jour, Billy retrouva Andy à la bibliothèque au moment de la pause-déjeuner, puis Izzie après la classe. Ils l'aidèrent avec un zèle indéfectible à rédiger ses dissertations et à réviser pour les contrôles en divisant le programme en petits chapitres facilement assimilables.

A la fin de l'année, Billy faisait partie du meilleur tiers de la classe, avec une moyenne plus qu'honorable et quelques très bonnes notes en sciences grâce à Andy. Sean s'était joint à l'effort collectif en donnant à Billy des cours d'espagnol. Le conseiller d'éducation n'en crut pas ses yeux, ne pouvant soupçonner la chaîne de solidarité que la bande d'amis avait mise en place. La bourse à laquelle Billy aspirait tant était désormais à portée de main.

Marilyn nageait dans le bonheur elle aussi. Elle était ravie de voir son fils se donner les moyens de ses ambitions. Et sa vie privée prenait un tour inespéré après des années de souffrance. Jack Ellison l'avait demandée en mariage et elle avait accepté sans hésitation. Ne voulant pas attendre davantage, ils convinrent de célébrer la cérémonie dès le mois d'août, au ranch de Napa. Lorsque Marilyn annonça la grande nouvelle à ses deux fils, leurs réactions furent contrastées. Brian, qui aimait Jack plus que son propre père, fut aux anges. Billy, quant à lui, prétexta des maux de ventre pour s'enfermer dans sa chambre pendant deux jours. Seuls ses amis comprenaient à quel point il était affecté, en dépit de toute la bienveillance que Jack lui témoignait : il lui fallait accepter que ses parents ne se remettraient pas ensemble, que son père ne redeviendrait peut-être jamais sobre et que, même s'il y parvenait, sa mère ne voudrait plus de lui.

Cet été-là marqua définitivement la fin de l'enfance pour Billy. Au même moment, il commença à boire et à fumer du cannabis quand il était seul. Il se cachait, et personne ne se douta de rien. Le jour du mariage de sa mère, il tomba, ivre mort. Sean et Andy durent le porter jusqu'à sa chambre. Ils crurent à un excès isolé. Dans l'euphorie de cette belle journée, Marilyn ne s'aperçut même pas de l'absence de son fils aîné au moment de découper la pièce montée. Seule Connie s'en inquiéta.

— Où est Billy ? demanda-t-elle à Sean un peu plus tard.

— Je ne sais pas, maman... répondit-il d'un air vague. Peut-être qu'il était fatigué et qu'il est allé se coucher.

Il échangea un regard en coin avec Izzie, assise près de lui à une table en retrait de la piste de danse.

La fête se poursuivit dans la gaieté jusqu'à quatre heures du matin. Le restaurant de Jack avait servi un succulent repas de noces, le bonheur des mariés était contagieux et les invités se sentaient d'humeur romantique. Tels de jeunes amoureux, Connie et Mike dansèrent ensemble toute la soirée. Marilyn confia à son amie qu'elle n'avait jamais été aussi heureuse. A quarante-deux ans, elle espérait encore avoir un enfant. Jack et elle comptaient bien essayer sans tarder.

Connie pressentait que l'arrivée d'un petit frère ou d'une petite sœur ne serait pas du goût de Billy, mais, d'ici à ce que le bébé naisse, le jeune homme aurait déjà quitté la maison pour étudier. Et après le calvaire que lui avait fait subir Larry, Marilyn n'avait-elle pas le droit de mener sa propre vie ? Mike et Connie appréciaient beaucoup Jack, dont ils aimaient la simplicité et la spontanéité.

Presque tous leurs amis avaient répondu à l'appel. Judy et Adam, les parents de Gabby, étaient venus avec Michelle. Quoique celle-ci soit devenue une très jolie jeune fille, sa minceur excessive n'échappa à personne. Elle était comme une version plus petite, plus pâle et moins vive de sa sœur. Andy, dont les parents étaient retenus par leurs obligations professionnelles, s'était fait emmener par les O'Hara. Quant à Jeff Wallace, il était accompagné d'une nouvelle cavalière. Izzie avait confié à Connie qu'elle ne l'aimait pas. Tous les enfants ne chérissaient-ils pas la stabilité par-dessus tout ? Ils auraient voulu que rien ne change jamais… Si seulement c'était possible ! Au sein du groupe, deux couples de parents s'étaient déjà séparés, et nul ne savait ce que leur réservait l'avenir. Pourtant, les jeunes évoluaient aussi de leur côté. Et, dans un an, ils seraient tous éparpillés dans leurs différentes universités.

Le lendemain du mariage, Jack avait organisé un brunch dans son restaurant de Yountville, où leurs amis les plus proches vinrent leur souhaiter bon voyage avant la lune de miel. Jack emmenait Marilyn en Europe. Ils commenceraient par visiter Paris, puis ils embarqueraient pour une croisière en Italie. Les garçons avaient été conviés, mais Brian souffrait du mal de mer et Billy n'avait pas envie de les accompagner ; aussi était-il prévu qu'ils séjourneraient chez les O'Hara.

Après le repas, les mariés prirent le chemin de l'aéroport, et les invités rentrèrent à San Francisco par petits groupes. Brian bavarda avec Sean pendant tout le trajet, parlant de choses et d'autres et notamment de la gentillesse de son beau-père. Billy, lui, n'ouvrit pas la bouche, terrassé par sa gueule de bois. Connie mit son mutisme sur le compte de la fatigue. En effet, il monta se coucher dans la chambre de Sean dès qu'ils arrivèrent à la maison.

Elle sourit en se remémorant sa rencontre avec Marilyn, le premier jour de l'année de maternelle, le jour de la naissance de Brian. L'idée que son amie puisse vouloir tout recommencer avec un petit bébé la laissait rêveuse. Connie ne se serait jamais lancée à nouveau dans une telle aventure. Mais le plus étonnant était sans doute de se dire que la scolarité de leurs enfants à Atwood toucherait bientôt à sa fin. Ces douze années avaient filé en un clin d'œil.

6

Marilyn et Jack rentrèrent de leur voyage de noces mi-septembre, trois semaines après le mariage. Brian venait juste de commencer sa cinquième, tandis que les membres du « Club des Cinq », désormais en terminale, amorçaient la dernière ligne droite de leur carrière de lycéens.

Pour la remercier de s'être occupée de Billy et Brian pendant son absence, Marilyn invita Connie à déjeuner. Cette dernière lui assura que la présence des garçons ne lui avait pas pesé le moins du monde. Mike et elle adoraient les recevoir, et Sean était ravi.

— Entre Mike, Kevin et Sean, la maison est bourrée de testostérone ! Alors, crois-moi, ce ne sont pas deux gars de plus qui pourraient me faire peur. Je ne saurais absolument pas comment m'y prendre avec une fille… A propos, est-ce que tu as vu comme Michelle était mince, au mariage ? J'ai l'impression que c'est de pire en pire chaque fois qu'on la voit. J'avais envie d'en toucher un mot à Judy, mais j'ai eu peur de la contrarier. Elle s'intéresse tellement à Gabby que je ne sais pas si elle s'en rend compte. Michelle m'a tout l'air d'être anorexique.

— Oui, je m'en suis aperçue depuis un moment,

reconnut Marilyn. Moi non plus, je ne sais pas quoi faire : est-ce qu'il vaut mieux en parler à Judy, ou bien continuer à s'occuper de ce qui nous regarde ? C'est compliqué.

— Pour ma part, j'avoue que j'ai toujours apprécié qu'on vienne me parler des problèmes de Kevin. Parfois, les enfants cachent bien leur jeu et les parents sont trop proches pour avoir une vision juste des choses.

— A propos, comment va-t-il ? Kevin, je veux dire.

— Très bien. Il est encore au City College. Il prend un peu plus de temps que prévu, mais il a réussi à stabiliser ses notes et devrait décrocher son diplôme l'année prochaine. Le plus important, c'est qu'il n'ait pas replongé. Il est en pleine forme ! D'ailleurs...

Elle s'interrompit, semblant préoccupée.

— Je voulais te dire que j'ai trouvé deux ou trois bouteilles de bière sous le lit de Billy, reprit-elle. Sean et lui ont dû s'organiser une petite fête dans la chambre. Je sais qu'ils auront bientôt dix-huit ans, mais ça ne m'a pas empêchée de leur passer un sacré savon et ils se sont excusés. J'ai pensé qu'il valait mieux que tu le saches. Billy a l'air très affecté par ton mariage. Il se sent tiraillé entre Jack et son père. Ce n'est pas facile quand on a un père qui n'arrive pas à la cheville de son beau-père.

— Oui, je sais. Et c'est bien pour ça que j'ai quitté Larry et épousé Jack, dit Marilyn avec un sourire tranquille.

— La fac l'année prochaine fera sans doute beaucoup de bien à Billy, reprit Connie. Il a besoin d'échapper à l'influence de son père. Je me demande comment fait Larry pour maintenir son entreprise à flot, ravagé comme il l'est. C'est pathétique... Billy nous a dit qu'il ne savait pas encore dans quelle université il

72

s'inscrirait, mais Mike lui a promis que nous nous déplacerions pour tous ses matchs importants !

Marilyn sourit à ces paroles affectueuses. Connie lui avait toujours témoigné une loyauté indéfectible.

— Il a l'air de se décider pour l'université de Californie du Sud, qui a une très bonne équipe, expliqua-t-elle. Cela lui permettrait de rester près de Gabby, puisqu'elle veut faire carrière à Los Angeles. Jack pense qu'il se destine au football dans le seul but de plaire à son père. Il a essayé de lui demander s'il avait déjà envisagé un autre métier, mais je crois vraiment que Billy n'y a jamais songé. J'avoue que le métier de footballeur est difficile ; les réticences de Jack sont légitimes. Les joueurs ont une carrière très courte et très stressante. Sans compter le risque de se blesser et d'être mis hors jeu. Je vois bien les clients de Larry : en dehors du terrain, leur vie est vaine ; ils ont tendance à la brûler par les deux bouts.

— Peut-être, mais je ne pense pas que tu réussisses à faire changer Billy d'avis, remarqua Connie. Surtout maintenant, avec toutes ces universités qui le courtisent… L'important pour le moment est que ses résultats scolaires suivent. Comme dit Mike, c'est le prix à payer pour devenir champion de la National Football League. Billy a beaucoup de chance. Tous les petits garçons rêvent d'avoir un jour une telle opportunité.

— Bien sûr, c'est aussi ce que dit Jack. Il se demande juste si cela le rendra heureux.

— En tout cas, c'est ce qu'il souhaite aujourd'hui, affirma Connie. Ses yeux brillent quand il en parle, tout comme ceux de Sean quand il parle de devenir policier. Bon, mais revenons à l'essentiel : comment s'est passé votre voyage de noces ?

— C'était fantastique ! Je n'ai jamais vu une ville

comme Paris. Et le voyage en Italie, c'était juste la lune de miel idéale… Comme dans les films. Quelques jours à Rome après la croisière, puis Florence. C'était merveilleux. Jack m'a traitée comme une princesse, j'ai été plus que gâtée. Mais accroche-toi bien, j'ai une grande nouvelle, que je ne veux pas annoncer tout de suite aux garçons…

Marilyn regardait Connie avec des yeux pétillants, un sourire jusqu'aux oreilles. Il était facile de deviner de quelle nouvelle il s'agissait.

— Je suis enceinte ! lâcha-t-elle dans un souffle. Ça fait trois semaines à peine, mais j'ai vu Helen Weston hier à son cabinet, elle dit que tout va bien.

Par une heureuse coïncidence, l'hôpital avait orienté Marilyn vers la mère d'Andy. Helen était une excellente professionnelle, très à l'écoute de ses patientes. Elle lui avait conseillé d'attendre la fin de la douzième semaine pour annoncer la nouvelle à son entourage ; avant cette date, le risque de fausse couche était plus important. Cependant, le fait que Marilyn soit entrée dans sa quarante-troisième année ne semblait pas préoccuper la gynécologue outre mesure. Il lui arrivait de plus en plus souvent de suivre des femmes de cet âge.

— Je retourne la voir la semaine prochaine pour une première échographie. Elle dit qu'à mon âge le risque de grossesse multiple est plus élevé. En tout cas, Jack aimerait bien avoir au moins une fille, puisque nous avons déjà quatre garçons à nous deux !

— Tu m'en diras tant ! dit Connie, enchantée pour son amie. Je ne pensais pas que ça arriverait si vite…

— Moi non plus. Ça s'est passé quand nous étions à Paris. Ce n'est pas la ville des amoureux pour rien ! Et figure-toi… que la date du terme correspond à celle de la remise de diplôme de nos futurs bacheliers, au mois de juin.

Connie éclata de rire.

— Alors tu vas terminer la scolarité de Billy exactement comme tu l'as commencée : en accouchant !

— Le pauvre, c'est aussi ce que je me suis dit, reconnut Marilyn avec un air coupable. Je pense que Brian prendra la nouvelle plutôt bien, mais Billy aura une raison de plus de m'en vouloir. Il n'a même pas eu le temps de s'habituer à l'idée du mariage. Mais Jack et moi ne voulions pas attendre. J'ai eu beaucoup de chance de tomber enceinte si vite, naturellement, sans avoir recours à des traitements médicaux.

— Billy s'en remettra, lui assura Connie. C'est un gentil garçon, et il t'aime. De toute façon, il quittera la maison pour la fac deux semaines à peine après ton accouchement. Et il vivra sa vie. Tu pourras t'estimer heureuse s'il rentre pour Thanksgiving et Noël, surtout s'il est pris par ses matchs interuniversitaires. Pour lui, l'arrivée d'un bébé ne changera pas grand-chose. Mais pour Jack et toi, quelle aventure !

Elle semblait un peu nostalgique en le disant.

— Tu me donnes envie de recommencer, avoua-t-elle. Sean lui aussi va partir pour l'université, et j'imagine que, d'ici là, Kevin aura trouvé un emploi et pourra se payer un loyer. Ils quittent le nid si vite ! Mais j'ai trois ans de plus que toi, ce ne serait pas raisonnable. Si j'avais un enfant maintenant, j'aurais près de soixante-dix ans quand il sortirait de la fac. Sans compter qu'il faudrait que je le fasse dans le dos de Mike… Il fantasme déjà sur le moment où les garçons seront partis et où il pourra se promener tout nu à la maison pour me courir après ! Et il n'arrête pas de parler des voyages que nous ferons tous les deux en tête à tête. Non, je ne pense pas qu'un bébé soit à l'ordre du jour pour moi.

— Si on m'avait dit ça il y a deux ans, je ne l'aurais pas cru non plus, conclut Marilyn avec un sourire.

La main dans celle de Jack, le regard braqué sur le moniteur, Marilyn retenait son souffle. L'image apparut. Sans un mot, l'opératrice continua de lui passer la sonde sur le ventre, puis se tourna vers eux en souriant.

— Je reviens tout de suite, dit-elle avant de quitter la pièce.

Marilyn leva vers Jack des yeux paniqués, où perlaient déjà des larmes.

— Il y a un problème, murmura-t-elle d'une voix rauque.

Ils se tournèrent de nouveau vers l'écran, mais ne virent qu'une zone grise et floue. Les larmes roulèrent le long des joues de Marilyn, tandis que Jack caressait ses cheveux d'un roux flamboyant, déposait un baiser sur son front et lui disait qu'il l'aimait. Résolu à la protéger du malheur, il cachait bien sa propre inquiétude.

Il serrait la main de Marilyn dans la sienne quand Helen Weston entra dans la pièce en leur adressant un large sourire. Marilyn ne fut qu'à demi rassurée de voir apparaître ce visage familier. Si l'opératrice avait appelé le médecin, c'est que quelque chose de grave se passait.

— Voyons voir, dit Helen, vêtue d'une blouse marquée à son nom.

Un stéthoscope dépassait de sa poche.

— Que se passe-t-il ? demanda Marilyn, au comble de l'angoisse.

Elle s'attendait au pire : peut-être le bébé était-il

malformé. A moins qu'elle ne l'ait déjà perdu sans s'en apercevoir…

— Rien de grave, répondit Helen. Elaine m'a seulement demandé de vérifier qu'elle avait bien vu. Il me semble que c'est une très bonne nouvelle et j'espère que vous serez de mon avis. Vous aurez à célébrer deux anniversaires le même jour : vous attendez des jumeaux.

Marilyn éclata en sanglots, de soulagement cette fois. Elle se jeta au cou de Jack, dont les yeux se mouillaient aussi. Ils se disaient justement combien ils regrettaient de s'être connus si tard, entre autres parce que leurs chances d'avoir plus d'un enfant ensemble étaient minces. Mais leur vœu semblait s'être miraculeusement exaucé.

— Vous en êtes sûre ? demanda Jack.

— Absolument, répondit Helen.

— Tu es certaine qu'il n'y en a que deux ? suggéra Marilyn avec une lueur d'espoir. Pas davantage ?

— Ne sois pas trop gourmande ! répliqua Helen en éclatant de rire. Je pense que nous aurons déjà pas mal de pain sur la planche. Tes deux premiers accouchements n'étaient pas prématurés et les garçons étaient de gros bébés, donc tu devrais mener cette grossesse à terme sans trop de problèmes. Néanmoins, vu ton âge, il faudra surveiller tout cela de très près. Est-ce que tes fils sont au courant ?

— Je voulais attendre l'examen d'aujourd'hui pour leur dire que tout se passait bien.

— Si j'étais toi, je patienterais un peu plus. Bien sûr, avec des jumeaux, ce sera plus difficile de garder le secret douze semaines, parce que ton ventre ne va pas tarder à s'arrondir. Je te conseille d'attendre que ça commence à se voir.

Lorsqu'ils sortirent du cabinet, Jack embrassa passionnément Marilyn, lui répétant combien il l'aimait. Ils auraient du mal à se retenir d'annoncer la grande nouvelle à tout le monde. Dès qu'ils furent rentrés, Marilyn appela Connie.

— Ah, la vache ! s'exclama son amie. Mais c'est génial ! Est-ce que cela ne t'affole pas ? De toute façon, tu disais toi-même que tu ne voulais pas qu'un seul enfant avec Jack...

— Nous sommes fous de joie ! Mais j'ai eu la peur de ma vie : l'opératrice a quitté la salle d'échographie sans rien nous dire ; j'ai cru que le bébé était soit mort, soit déformé, ou je ne sais quoi, et puis Helen est arrivée, a regardé à son tour et nous a dit que c'étaient des jumeaux. Je suis trop contente.

L'excitation la faisait parler à toute vitesse.

— J'espère que je ne vais pas devoir rester clouée au lit à la fin, poursuivit-elle. Surtout au moment de la remise des diplômes. Il faut absolument que je sois là pour Billy. Remarque, les jumeaux sont souvent un peu prématurés, donc il se pourrait qu'ils soient déjà nés.

— Du moment que tu n'accouches pas en plein milieu de la cérémonie... J'ai hâte de les tenir dans mes bras.

— Et moi donc !

Marilyn ajouta qu'elle espérait que ce seraient des filles, mais qu'elle se satisferait de son sort dans tous les cas de figure... Evidemment ! Tout au long de la journée, elle eut la sensation de flotter dans les airs. Sa vie avait changé du tout au tout, c'était presque trop beau pour être vrai. Au cours de l'après-midi, Jack l'appela deux fois pour lui demander comment elle se sentait.

— J'ai l'impression de vivre un rêve, répondit-elle.

Il avait exactement le même sentiment...

Début novembre, son ventre rond devint de plus

en plus difficile à cacher. D'après les méthodes de calcul des médecins, elle en était à onze semaines de grossesse. Helen confirmait que tout suivait son cours sans encombre et, hormis quelques nausées matinales, Marilyn se portait comme un charme. Autre changement visible : ses seins lui semblaient énormes et continuaient à grossir de jour en jour, ce qui n'était pas pour déplaire à Jack.

A la même période, deux semaines avant Thanksgiving, Billy prit sa décision. Après avoir réduit sa sélection à trois établissements, il élimina l'université de Floride et celle de Louisiane, pour choisir l'université de Californie du Sud. Il en avait longuement parlé avec son père. Le meilleur quarterback de l'équipe de football de l'USC venait de se blesser, et ils comptaient sur Billy pour le remplacer dès son arrivée. Naturellement, la présence de Gabby dans la même ville avait pesé dans la balance. Elle fut la première à qui il apprit la nouvelle. Ses parents prévoyaient de lui louer un appartement à Los Angeles, afin qu'elle commence dès la rentrée à démarcher les impresarios de Hollywood. Billy pourrait ainsi passer tous ses week-ends chez elle. Un avenir des plus souriants s'ouvrait à eux.

Une fois entériné ce choix difficile, la vie devint une fête pour Billy. Son père jubilait, il voulait se trouver un pied-à-terre à L.A., pour ne manquer aucun de ses matchs. Ses amis, ses camarades et ses professeurs le célébraient en héros. Il n'aurait pu être de meilleure humeur et Marilyn décida que le moment était venu de lui parler des jumeaux.

Marilyn et Jack invitèrent les deux garçons à dîner dans un salon privé du restaurant de Jack. Comme toujours, le repas était excellent, et, quand vint le moment du dessert, Jack commanda une bouteille de champagne.

Bien que la loi américaine interdise strictement la consommation d'alcool avant vingt et un ans, il en servit un demi-verre à Billy et un dé à coudre à Brian.

— Il y a quelque chose dont nous aimerions vous faire part, commença Marilyn avec un large sourire.

— Vous allez divorcer ? s'écria Brian, affolé.

— Mais non, Brian, tu vois bien que je viens d'ouvrir le champagne... Si on divorçait, je serais en train de pleurer et de chercher des mouchoirs.

— Oui, c'est une bonne nouvelle que nous avons à vous annoncer, renchérit Marilyn. Voilà : nous allons avoir un bébé. Ou plutôt... deux. Je suis enceinte de jumeaux ; ce sera pour le mois de juin.

Les deux garçons les regardèrent avec des yeux ronds.

— Nous voulions que vous soyez les premiers à l'apprendre, poursuivit Marilyn.

Lentement, Brian esquissa un sourire timide.

— C'est bizarre, dit-il. Vous n'êtes pas un peu trop vieux... ?

— Tu vois, il semblerait que non, répondit Jack.

Billy, cependant, était au bord des larmes.

— Vous plaisantez ? fit-il. C'est une blague, n'est-ce pas ?

— Non, Billy, pas du tout. Mais tu n'as aucune raison de t'inquiéter, ils ne te réveilleront pas la nuit, puisque tu auras intégré l'USC.

Marilyn avait prévu de réaménager la chambre d'amis en nursery. La maison était assez grande pour accueillir deux nouveaux occupants.

— C'est vraiment n'importe quoi, dit Billy. Vous ne pensez pas que vous avez assez d'enfants comme ça ? Qu'est-ce qui va se passer si, dans deux ans, vous vous apercevez que vous ne vous aimez plus ? Vous garderez un môme chacun ?

— J'espère bien que ce que tu dis n'arrivera jamais, répliqua Jack d'une voix calme. Votre mère et moi nous sommes mariés pour rester ensemble. Nous n'aurions pas décidé d'avoir d'autres enfants si nous n'étions pas sûrs de nous.

— Vous en êtes peut-être sûrs aujourd'hui, mais vous ne pouvez pas savoir ce qui se passera plus tard. Il n'y a qu'à voir ce qui est arrivé aux parents d'Izzie, ou à papa et toi, dit Billy à sa mère. Maintenant, papa est une loque humaine et toi, tu te remets à faire des bébés…

Marilyn se retint d'objecter que Larry n'avait pas attendu le divorce pour sombrer dans l'alcool. Elle devait laisser son fils aîné exprimer ses sentiments. Ce futur bachelier de bientôt dix-huit ans n'était encore qu'un petit garçon et elle avait conscience de le trahir en étant enceinte.

— Je suis désolée que ça te fasse de la peine, dit-elle d'une voix douce, essayant de lui prendre la main.

Il se dégagea avec brusquerie et se mura dans un silence borné. De retour à la maison, il ressortit immédiatement pour aller voir Gabby. Dans la cuisine, Jack surprit Marilyn qui pleurait en se massant le ventre. La fin du repas lui avait donné une affreuse indigestion.

— Ma pauvre chérie, dit-il en la serrant dans ses bras. Je suis désolé que Billy ait si mal pris la nouvelle. Mais je suis sûr que ça va aller.

Elle acquiesça d'un air triste.

— Tu verras, il sera content quand il verra les bébés, ajouta-t-il.

Sur ce, Brian entra dans la pièce, intrigué.

— Alors ? Est-ce que vous savez déjà si ce sont deux filles, deux garçons, ou bien un de chaque ? demanda-t-il. Parce que j'ai ma petite préférence…

Sa mère et son beau-père éclatèrent de rire : lui au moins semblait tout à fait prêt à accueillir les bébés.

— Nous te le dirons dès que nous le saurons, lui promit Marilyn. C'est quoi, ta préférence ?

— Deux garçons, bien sûr ! dit-il en levant les yeux au ciel. Comme ça, Jack et moi, on pourra leur apprendre à jouer au base-ball.

Brian prenait très au sérieux son rôle de futur grand frère. Il adressa à Jack un regard entendu.

— Mais, tu sais, les filles aussi jouent au base-ball, remarqua Marilyn.

De nouveau, Brian leva les yeux au ciel, attrapa un biscuit au chocolat et s'assit.

— Les filles, c'est nul.

Marilyn et Jack échangèrent un regard amusé.

— Crois-moi, tu ne tarderas pas à changer d'avis, répliqua son beau-père.

Pendant ce temps, Billy expliquait à Gabby qu'il prenait la grossesse de sa mère comme un affront personnel. La jeune fille pensait au contraire que ce serait mignon de pouvoir jouer avec des bébés, chaque fois qu'ils rentreraient pour les vacances universitaires. Son enthousiasme ne parvint pas à convaincre Billy.

Le lendemain, Marilyn trouva deux cannettes de bière vides sous son lit. Le voir réagir à une situation de stress par la consommation d'alcool n'était guère rassurant. Elle avait la hantise qu'il tourne comme son père… Elle ne dit rien, cependant, pensant qu'il fallait lui lâcher la bride en cette période de forte pression pour lui. Il n'y avait pas de quoi paniquer pour deux malheureuses cannettes. Jack partageait cet avis mais suggéra néanmoins de garder un œil sur Billy.

Thanksgiving se déroula de façon festive chez les Norton-Ellison. Sans compter que les fils de Jack ainsi que Gabby furent de la partie. Jack avait commandé le repas au chef de son restaurant et deux serveurs étaient mobilisés pour leur apporter les plats et faire la vaisselle, de sorte que Marilyn n'eut plus qu'à mettre les pieds sous la table. Rien ne manquait au menu traditionnel, et tout le monde était de bonne humeur... à l'exception de Billy. Les fils de Jack tentèrent en vain d'engager la conversation sur sa future carrière de footballeur à l'USC. Il ne répondit que de façon brève et évasive, puis se retira dans sa chambre avec Gabby aussitôt le repas terminé. A la surprise de son amie, il sortit de sa commode une bouteille de tequila et en servit deux petits verres.

— Ce n'est pas une bonne idée, Billy. Je sais que tu es triste parce que ta mère est enceinte, mais ce n'est pas en te saoulant que tu vas arranger les choses.

— Il faudrait plus d'un seul verre pour me saouler. Et puis c'est Thanksgiving, oui ou non ? De toute façon, je me fiche bien de ma mère et de ses bébés.

Gabby tombait des nues. C'était la première fois qu'il lui parlait si sèchement, la première fois aussi qu'il consommait devant elle de l'alcool fort. Même au moment du divorce de ses parents, elle ne l'avait pas vu boire ainsi pour fuir une situation désagréable. Comme elle refusait le verre qu'il lui tendait, il le vida d'un trait.

— Tu ne pourras plus jouer à ça pendant ta formation, lâcha-t-elle d'un air désapprobateur.

— Ne me dis pas ce que j'ai à faire, et ne sois pas aussi coincée !

Gabby, choquée, eut l'impression d'entendre la voix de Larry... Elle ne tarda pas à rentrer chez elle.

Marilyn fut surprise de la voir prendre congé si tôt, mais d'un autre côté elle se dit que l'attitude butée de Billy ce soir-là n'était guère engageante. Heureusement, Brian et Jack parvinrent à maintenir une ambiance chaleureuse. Avant le dîner, ils avaient appris la naissance prochaine des jumeaux aux fils de Jack, qui se montrèrent surpris mais très heureux. Eux aussi espéraient que ce seraient des garçons.

Le lundi matin, Marilyn trouva les deux verres à tequila dans le tiroir de Billy quand elle vint chercher son linge sale. En fouillant un peu plus, elle tomba sur la bouteille et eut l'impression que son estomac se retournait. Elle appela aussitôt Connie.

— Pourvu qu'il ne soit pas en train de devenir alcoolique comme son père… J'ai l'impression qu'il s'était mis à boire au moment du mariage. Et voilà qu'il recommence à cause des jumeaux.

— Ce n'est pas une raison, répliqua Connie. Moi aussi, j'ai trouvé une bouteille dans le placard de Kevin – de la vodka. Il était pourtant sobre depuis sa cure. Il a vingt-quatre ans, il est majeur. Si je lui en parle, il risque de m'accuser de fouiller dans ses affaires. J'ai peur qu'il bousille son avenir en se remettant à boire. Mike veut l'embaucher dès maintenant dans son entreprise le week-end et le prendre à plein temps une fois qu'il aura son diplôme. Mais Kevin va détester travailler dans le bâtiment, encore plus sous les ordres de son père. Mike le traite à la dure, il pense que ça lui fait du bien.

— Franchement, j'ai l'impression qu'ils font tout pour nous en faire baver… soupira Marilyn.

Au bout du fil, Connie eut un petit rire sans joie. La situation n'avait rien d'amusant. La bourse de Billy était en jeu.

— Espérons que ce n'est qu'une crise et qu'ils vont vite se remettre dans le droit chemin. Le problème, c'est qu'on a l'impression d'être complètement impuissant… ajouta Marilyn.

— Mike va parler à Kevin ce soir, pour étouffer le problème dans l'œuf. Il lui dira que s'il veut continuer à vivre sous notre toit, il doit rester clean et travailler pour lui pendant son temps libre. Si ça ne lui plaît pas, il faudra qu'il déménage. Je crois que ça va chauffer. Et pour Billy, tu envisages de faire quoi ?

— Il sait bien qu'il ne doit pas boire s'il veut intégrer l'équipe de l'USC. Je me dis que c'est juste le contrecoup des émotions récentes. Il paraît que tous les lycéens deviennent un peu fous quand ils apprennent leur admission à la fac. La pression des derniers mois vient de tomber d'un coup. Je vais me contenter pour le moment de le surveiller de près.

— Moi aussi, avec Kevin, renchérit Connie, découragée.

Les quelques écarts du fils de son amie ne l'inquiétaient pas outre mesure. Il arrivait à tous les jeunes de boire en cachette de temps à autre. En revanche, Kevin était adulte. Au sortir de sa cure, elle l'avait cru guéri pour de bon, mais cela ne semblait pas être le cas. Et il n'échapperait pas à la prison si par malheur il replongeait dans les substances illicites.

Les vacances de Noël apportèrent leur lot de bonnes, mais aussi de mauvaises nouvelles. Un jour, Connie et Marilyn croisèrent Michelle au salon de manucure et s'effrayèrent de sa maigreur. Elle était anorexique, cela sautait aux yeux. Lorsque Marilyn prit son courage à deux mains pour en parler à Judy, cette dernière lui annonça qu'elle avait consulté un médecin à ce sujet et que Michelle suivait depuis peu un traitement comme patiente externe dans une clinique spécialisée en troubles alimentaires.

Le premier trimestre scolaire s'était cependant achevé sur une très bonne nouvelle : Andy reçut de Harvard la lettre tant attendue. Il était admis haut la main en première commission, ce dont il fut le seul à s'étonner. Dès le mois de septembre, il suivrait donc le cursus de préparation aux études de médecine. Quand il l'annonça à Izzie, elle laissa échapper un cri de joie qui résonna dans les couloirs d'Atwood. Sean et Billy le soulevèrent de terre pour le porter en triomphe sur leurs épaules, tandis que Gabby souriait d'une oreille à l'autre. Ses professeurs le félicitèrent chaleureusement.

Il essaya d'appeler sa mère, mais tomba directement sur le répondeur de son portable, ce qui arrivait souvent quand elle était en consultation ou en salle d'accouchement. En revanche, il parvint à joindre son père, qui semblait pressé mais accueillit la nouvelle avec beaucoup de plaisir.

— Tu marches sur mes traces, et je n'en attendais pas moins de toi. Tu ne pensais tout de même pas qu'ils pouvaient te refuser ? dit-il d'un ton amusé.

Andy n'avait confié son anxiété qu'à Izzie. Depuis plusieurs semaines, ses nuits étaient agitées de cauchemars : les portes de la plus prestigieuse université du pays lui restaient fermées, et son père le reniait à tout jamais. Il faut dire que ce dernier considérait comme acquis que son fils se voie attribuer chaque semestre une moyenne irréprochable. Pourtant, ce n'était pas toujours aussi facile qu'Andy le laissait paraître.

— Merci encore de m'avoir aidé à rédiger ma lettre de motivation, chuchota Andy à l'oreille d'Izzie alors qu'ils quittaient la classe. Je crois bien que, sans ça, je n'aurais pas été pris.

— Tu plaisantes ? Avec un dossier pareil ? Andy Weston, ouvre les yeux ! Tu es la grosse tête du lycée.

— N'importe quoi ! Si quelqu'un mérite ce titre, c'est toi ! Je ne connais personne qui ait un esprit d'analyse aussi développé. En fait, tu es encore plus intelligente que mes deux parents réunis. A voir comment les gens s'arrachent les livres de mon père, ce n'est pas peu dire !

Malgré le succès médiatique du père d'Andy, Izzie lui préférait son épouse, plus avenante et plus chaleureuse.

— Andy, tu es un vrai génie, crois-moi. Et un jour tu deviendras un grand médecin. Est-ce que tu sais déjà dans quoi tu aimerais te spécialiser ?

— Sans doute la recherche. La pratique me fait un peu peur, j'ai l'impression que c'est trop de responsabilités. Je déteste voir les gens souffrir. Je ne voudrais pas risquer de commettre une erreur qui coûterait la vie à un patient.

Après douze ans passés sur les bancs de la même école, Izzie savait qu'Andy veillait à ne jamais nuire à quiconque, ni en paroles ni en actes. Parmi tous ses amis, c'est lui qu'elle admirait le plus, pour son empathie et sa délicatesse. Il méritait largement son succès.

Pour sa part, Izzie s'apprêtait à envoyer ses derniers dossiers de candidature pendant les fêtes. Sachant que Billy et Gabby habiteraient à Los Angeles, elle espérait être admise dans la même ville, à l'UCLA. Les autres universités de sa liste se situaient toutes sur la côte Est, et aucune ne lui disait vraiment, à l'exception peut-être de Boston University. Au moins, Izzie pourrait ainsi se rapprocher d'Andy –, puisque Harvard était aussi située dans l'agglomération de Boston, plus précisément à Cambridge. Dans six mois à peine, leur petite bande serait éparpillée aux quatre coins du pays, et cela lui brisait le cœur. Elle espérait qu'ils ne perdraient pas le contact pour autant et se retrouveraient à San Francisco pour les vacances. Certes, ils étaient tous sincères lorsqu'ils se répétaient qu'ils étaient amis pour la vie, mais le destin leur permettrait-il de tenir leur promesse ?

Si elle se réjouissait pour Andy, Izzie déplorait un changement désagréable dans son quotidien. Son père venait de lui présenter une nouvelle petite amie, laquelle – sa fille le comprit tout de suite – comptait plus pour lui qu'aucune autre depuis son divorce. Elle se prénommait Jennifer et officiait comme assistante sociale dans l'organisme où il travaillait. Diplômée de l'université Columbia, elle s'était installée en Californie deux ans plus tôt. Elle avait trente-huit ans, son père, cinquante-cinq. Izzie jugeait scandaleuses ces dix-sept années de différence, d'autant qu'avec sa silhouette juvénile Jennifer ne faisait pas plus de vingt-cinq ans. La jeune femme était pourtant charmante, Izzie ne comprenait que trop bien pourquoi elle plaisait à son père. Elle était jolie, intelligente, drôle... Jeff les emmena dîner toutes les deux dans un restaurant mexicain du Mission District, le vieux quartier latino de San Francisco. Izzie apprit à cette occasion que Jennifer, fille de diplomate, avait grandi au Mexique et parlait couramment l'espagnol. Cette petite touche d'exotisme ajoutait encore à son charme. Izzie songea que la jeune femme menaçait de remettre en cause la routine tranquille qu'elle partageait avec son père depuis plusieurs années.

Après le dîner, Jeff raccompagna sa compagne chez

elle, puis vint frapper à la porte de la chambre de sa fille. Elle était en train de téléphoner à Gabby et raccrocha aussitôt.

— Alors, Iz, qu'est-ce que tu penses de Jennifer ?

Izzie marqua un instant d'hésitation. Au cours du repas, quand Jennifer avait évoqué son désir d'enfant, elle avait cru s'étouffer. A son avis, son père était bien trop âgé pour fonder une nouvelle famille.

— Tu ne crois pas qu'elle est trop jeune pour toi ? finit-elle par dire.

— Pas du tout, nous nous entendons très bien.

— Depuis quand est-ce que tu la connais ?

La façon dont il l'avait regardée à table, avec des étoiles dans les yeux, avait terrifié Izzie. Jennifer risquait de lui voler son père pour de bon.

— Environ trois mois. Nous avons travaillé sur le même dossier, une affaire de discrimination dans une crèche. Elle est très compétente.

— Oh, c'est chouette, fit Izzie avec un calme apparent. Elle est très gentille, et je comprends pourquoi elle te plaît. Je pense juste qu'elle va vouloir se marier et avoir des enfants, et je ne veux pas qu'elle te fasse souffrir.

Cette fois-ci, il semblait offusqué pour de bon.

— Je ne suis pas trop vieux pour avoir des enfants ! se récria-t-il. Marilyn Norton va bien avoir des jumeaux, elle !

Un frisson parcourut l'échine d'Izzie, qui comprenait tout à coup ce que pouvait avoir ressenti Billy à l'annonce de la grossesse de sa mère.

— D'accord, mais Jack et elle ont à peine la quarantaine, dit-elle, la voix tremblante. Toi, tu as cinquante-cinq ans. Tu crois vraiment que tu aimerais avoir d'autres enfants ?

— Je n'y avais jamais pensé jusqu'ici. Mais avec la bonne personne, ce n'est pas exclu. Je ne sais pas... La maison va être toute vide, quand tu seras partie...

— J'hallucine, papa ! Si tu te sens seul, prends un chien ! Un bébé, c'est un engagement à vie. Tu la connais à peine !

— Je l'aime beaucoup, répliqua-t-il d'un air buté.

— Alors, sors avec elle, mais ne fonde pas un foyer pour autant. Elle est trop jeune pour toi.

— Elle est très mûre et très réfléchie, elle pense comme quelqu'un de mon âge.

— Ah ça, non ! On dirait plutôt qu'elle a le mien. J'ai eu l'impression de parler à une gamine pendant tout le dîner.

— C'est parce qu'elle est douée pour les relations humaines, elle sait s'adapter à son interlocuteur.

Izzie comprit qu'il était inutile de le contredire et n'ajouta plus rien. Le lendemain, elle confia ses mésaventures à Sean.

— Est-ce que c'est une bimbo ? demanda-t-il. Ton père m'a toujours semblé raisonnable, je ne le vois pas avec une minette écervelée.

— Ce n'est pas une minette écervelée ; c'est justement ça, le problème, soupira Izzie. Même moi, je la trouve sympa. Je n'ai juste pas envie que les choses changent. Déjà que je suis morte de trouille à l'idée que vous pourriez tous être différents quand vous rentrerez de la fac...

— Moi, je ne changerai pas, assura-t-il. Quant à ton père, il t'aime et c'est quelqu'un de bien. Il ne fera pas de bêtises en ton absence. Je suis sûr que cette Jennifer n'est qu'une copine temporaire.

— Possible... Enfin, changeons de sujet : comment va ton frère ?

Sean ne parlait pas souvent de Kevin, mais Izzie savait qu'il s'inquiétait pour lui plus qu'il ne voulait l'avouer.

— Franchement, je ne sais pas trop. C'est bizarre, il donne l'impression d'être en forme, mais je n'arrive pas à le croire. Je le soupçonne de se droguer en douce. Chaque fois que le vois, il est de tellement bonne humeur que je me demande s'il n'est pas défoncé. J'espère de tout cœur me tromper. En ce moment, il travaille dans l'entreprise de papa ; il a intérêt à se tenir à carreau, sinon ça va chauffer.

Izzie acquiesça et la conversation glissa vers les vacances de fin d'année. Ils avaient prévu de profiter du chalet des O'Hara pour aller skier à Tahoe tous ensemble. Izzie aurait à peine le temps de compléter ses derniers dossiers de candidature.

7

Six mois plus tard, la scolarité du « Club des Cinq »
à Atwood prenait fin. Afin de célébrer dignement
l'événement, les O'Hara invitèrent toute la classe à
un barbecue dans leur jardin. Ils avaient recruté un
cuisinier du restaurant de Jack pour préparer steaks,
hot dogs, hamburgers et travers de porc, ainsi que les
accompagnements indispensables. Les jeunes s'amu-
sèrent comme des fous, dans une ambiance bon enfant,
à l'exception de quelques-uns qui se présentèrent émé-
chés et que les O'Hara, toujours vigilants, renvoyèrent
chez eux en taxi. A son arrivée, chaque invité se voyait
offrir un tee-shirt sur lequel étaient imprimés les noms
de tous les élèves de la classe.

Les cinq amis mangeaient et bavardaient gaiement,
quand Sean trouva à Billy un air bizarre et le soup-
çonna d'avoir fumé du cannabis. En aparté, il demanda
son opinion à Izzie, qui le rassura : il se faisait des
idées.

Marilyn et Jack vinrent tenir compagnie à Connie et
Mike. Après être restée alitée pendant tout le neuvième
mois de sa grossesse, Marilyn avait obtenu de Helen
l'autorisation d'assister à la cérémonie de remise des
diplômes, qui aurait lieu le lendemain. Ils savaient à

présent que les deux bébés étaient des filles et Marilyn attendait leur arrivée avec impatience. Depuis Noël, elle ne voyait plus ses pieds et avait besoin de l'aide de Jack pour sortir du lit. En comparaison, sa grossesse précédente prenait rétrospectivement l'allure d'une promenade de santé. Heureusement, son mari était aux petits soins et elle ne regrettait pas de s'être lancée dans l'aventure. Même Billy avait cessé de manifester sa désapprobation. Il ne songeait plus qu'à sa rentrée universitaire à l'USC, anticipée de trois semaines pour les membres de l'équipe de football.

Gabby elle aussi se rendrait à Los Angeles dès le mois d'août. Sa mère l'aiderait à trouver un appartement. Pendant ce temps, sa sœur cadette resterait chez une amie. Michelle semblait un peu plus détendue et plus épanouie depuis sa cure, mais elle n'avait pas pris beaucoup de poids. Judy assura à Connie et Marilyn que le traitement lui avait fait du bien.

Toutes les universités auprès desquelles Izzie avait postulé lui avaient rendu un avis favorable. Elle put donc choisir l'UCLA et promit à Billy et Gabby qu'elle les verrait aussi souvent que possible. De son côté, Sean avait décliné les offres de trois grands établissements pour s'inscrire à l'université George Washington, située dans la capitale fédérale. Il souhaitait suivre un cursus de sciences politiques, avec un niveau élevé en langues étrangères. Il n'en parla qu'à Izzie, mais il avait pris soin de choisir ses options en fonction des compétences attendues pour intégrer le FBI. Plus que jamais, il rêvait d'une carrière dans les forces de l'ordre et avait passé de longues heures à se renseigner sur ce prestigieux organisme. Connie et Mike, qui ne se doutaient de rien, regrettaient de le voir partir si loin, même si c'était pour lui une excellente occasion de découvrir le vaste monde.

Kevin n'apparut que brièvement à la fête, déclarant qu'il avait prévu de sortir avec des amis. Il n'avait pas la moindre envie de s'éterniser avec des gamins de dix-huit ans qui célébraient leur dernière année de lycée.

Jeff, le père d'Izzie, arriva en milieu de soirée avec sa compagne. La jeune fille ne semblait pas enchantée de la voir, même si elle s'efforça de rester polie. Helen Weston, appelée en urgence pour un accouchement, repartit aussi vite qu'elle était arrivée. Marilyn eut le temps de lui glisser un mot avant qu'elle remonte dans sa voiture.

— Que fais-tu ici ? lui demanda-t-elle. On ne te voit pas souvent dans ce genre de petites fêtes !

— Je suis venue au cas où les jumelles naîtraient à domicile, entre les hot dogs et les hamburgers, plaisanta Helen. Comment te sens-tu ?

— J'ai l'impression que je vais exploser d'un instant à l'autre, déclara Marilyn, dont les pieds et les chevilles avaient enflé comme des ballons.

— Eh bien, tâche de tenir le coup jusqu'à demain après-midi ! Nous comptons sur ta présence à la remise des diplômes et moi, je t'aiderai à accoucher sur le parking s'il le faut !

— Entendu, répondit Marilyn avec calme.

Elle avait hâte de faire la connaissance des jumelles, que Jack et elle avaient prévu de nommer Dana et Daphne. Depuis quelques jours, elle ressentait des contractions permanentes, mais aucune n'était très intense. Jack, qui craignait de ne pas réussir à la conduire à l'hôpital à temps, la surveillait comme le lait sur le feu. Ils rentrèrent chez eux peu après minuit et Marilyn plongea aussitôt dans un sommeil réparateur.

A la fin de la soirée, les membres du « Club des Cinq » s'éclipsèrent dans la chambre de Sean. Ils avaient décidé de marquer la fin de leur scolarité commune de façon solennelle. Les garçons auraient voulu se faire tatouer leur devise, « Amis pour la vie », mais Gabby avait déclaré que sa mère la tuerait s'ils mettaient ce projet à exécution. Izzie, qui n'en avait pas envie non plus, proposa un compromis. C'était certes moins impressionnant qu'un tatouage, et les garçons avaient d'abord trouvé l'idée un peu enfantine, néanmoins cela scellerait dignement le pacte conclu entre eux. Comme toujours, Izzie avait pourvu à tout. Dès que Sean eut refermé la porte de sa chambre, elle sortit un paquet d'aiguilles à coudre et en tendit une à chacun d'entre eux, ainsi que des lingettes désinfectantes. Ses quatre camarades arborèrent un air digne tandis qu'elle prononçait un petit discours.

— Nous sommes réunis ce soir pour nous faire mutuellement le serment solennel de ne jamais nous perdre de vue et d'être toujours prêts à nous entraider, où que nous soyons. Nous promettons de rester liés jusqu'à notre dernier souffle et d'être amis pour la vie. Maintenant, répétons tous : « Je le promets. »

— Je le promets ! déclarèrent-ils de concert.

Izzie désigna alors les aiguilles. Ils savaient ce qu'ils avaient à faire. Gabby et elle utilisèrent les lingettes, tandis que les garçons jouaient les durs. Tous se piquèrent l'index de la main droite et joignirent leurs doigts, où perlait une goutte de sang, avant de déclamer leur devise :

— Amis pour la vie !

Puis Izzie tendit à chacun un sparadrap décoré de super-héros : Wonder Woman pour Gabby et elle, Batman pour les garçons.

— Et voilà, les gars, maintenant c'est officiel ! déclara Izzie, satisfaite de son effet.

Connie les vit descendre l'escalier alors qu'elle sortait de la cuisine. Ils avaient un drôle d'air.

— Tiens, tiens ! Qu'est-ce que vous mijotez comme ça ?

Ils semblaient euphoriques, quoique parfaitement sobres. C'étaient tous les cinq de gentils enfants. Ils lui manqueraient terriblement à la rentrée.

— Rien du tout, répondit Sean un peu trop vite. Ils écrivaient des dédicaces dans mon agenda.

— Je ne sais pas pourquoi, mais je n'en crois pas un mot, dit Connie en souriant. Allez plutôt jeter un œil dans le jardin, il y a des desserts.

Quelques minutes plus tard, ils mangeaient du cheese-cake et des tartes aux fruits, mais n'avaient pas quitté leurs mines de conspirateurs. Amis pour la vie. Ce n'étaient plus de simples paroles, le pacte avait été scellé dans le sang.

Le lendemain matin, Atwood avait privatisé une partie du Golden Gate Park, à proximité du musée, afin de célébrer la remise des diplômes en plein air. Tous les parents, grands-parents et amis attendaient les élèves, assis en rangs d'oignons. Au grand dam d'Izzie, à qui il n'avait pas demandé son avis, Jeff avait invité Jennifer. Sa mère était là, elle aussi. Elle semblait sincère lorsqu'elle prit Izzie dans ses bras pour lui dire combien elle était fière d'elle. Larry Norton avait à son bras une nouvelle bimbo, si vulgaire que Billy préféra l'ignorer. On aurait dit une escort girl embauchée pour l'occasion. Quatre rangs devant eux, Brian était assis entre sa mère et Jack. Et malgré le mépris qu'il affichait encore la veille, Kevin accompagnait Connie et Mike. Quant à Michelle, elle portait une robe à manches longues dont le tissu imprimé et vaporeux dissimulait sa maigreur. Pour une fois, les parents d'Andy s'étaient libérés tous les deux. Helen ne manqua pas d'indiquer à Marilyn où ils étaient assis au cas où elle ressentirait les premières contractions.

A dix heures tapantes, la musique démarra et les professeurs firent leur apparition en procession, tandis que le directeur et le président du conseil d'administration se tenaient prêts à distribuer les diplômes. Deux cents appareils photo étaient braqués sur l'estrade. C'est alors que tous les élèves de terminale défilèrent solennellement au son de « Pomp and Circumstance », vêtus de la robe universitaire et coiffés de la toque carrée. Puis ils vinrent s'asseoir aux places qui leur étaient réservées. En tant que premier de la promotion, l'honneur revenait à Andy de prononcer un discours. Il insista sur le fait que leur vie d'adulte commençait, que rien ne serait plus jamais pareil pour eux après ce grand jour. Son allocution était émouvante ; elle fut saluée par les bravos de ses condisciples et les pleurs de quelques parents.

Ce fut ensuite au tour d'Izzie, déléguée des élèves, de prendre la parole. Elle demanda à ses camarades de ne jamais oublier à quel point ils comptaient les uns pour les autres, après ces longues années où ils avaient grandi ensemble. Elle promit de garder chacun d'entre eux dans son cœur, même si, en disant cela, elle regardait plus particulièrement ses quatre meilleurs amis.

— Et surtout, allez-y, foncez, faites quelque chose de votre avenir. Et toi, Billy Norton, tu as intérêt à devenir le meilleur quarterback de l'histoire du football universitaire !

Cette saillie souleva une vague de rires dans l'assistance.

— Mais que vous deveniez célèbres ou pas, que vous partiez loin ou que vous restiez près de votre lieu de naissance, souvenez-vous toujours que nous nous aimons les uns les autres, conclut-elle sous les applaudissements.

Elle vint ensuite se rasseoir près d'Andy, Wallace et Weston étant les deux derniers noms de la liste alphabétique. Chacun reçut son diplôme. A la fin de la cérémonie, les élèves lancèrent leur toque dans les airs, après en avoir retiré le pompon pour le garder en souvenir. Ce fut un joyeux désordre. Seule Izzie était un peu mélancolique. Son émotion se teintait déjà de nostalgie.

Brian et Billy se rendirent avec leur mère et leur beau-père au restaurant de Jack. Par politesse, ils invitèrent Larry et sa compagne. Dès qu'il mit le pied dans le restaurant, celui-ci commanda un whisky on the rocks, puis une bouteille de vin hors de prix. Son amie, qui avait vingt et un ans et n'avait pas l'air bien futée, vida une bouteille de champagne à elle seule. Ils n'attendirent pas le dessert pour s'éclipser, mais au moins Larry eut-il la présence d'esprit et la délicatesse de dire à son fils à quel point il était fier de lui.

Après leur départ, le cuisinier servit un gâteau décoré d'un joueur de football américain au maillot rouge et or, les couleurs des Trojans, l'équipe de l'USC. L'attention sembla faire plaisir à Billy. De retour à la maison, Marilyn monta à grand-peine dans sa chambre et s'écroula sur le lit.

— Heureusement que ce ne sont pas des triplés, dit-elle à Jack. Je n'arrive plus à porter ces deux-là.

Helen disait que les jumelles avaient atteint un bon

poids, pourtant elles ne semblaient pas pressées d'arriver. Jack s'assit près de sa femme pour lui masser les chevilles.

— Pourquoi est-ce que tu ne passerais pas le reste de la journée à te reposer ? suggéra-t-il en souriant.

Marilyn s'était levée de bonne heure afin d'aider ses trois hommes à se préparer pour la cérémonie, puis elle avait pris des dizaines de photos de Billy. Elle s'endormit en se remémorant l'instant où le directeur lui avait tendu son diplôme. Elle n'avait pu retenir ses larmes.

Lorsqu'elle se réveilla, il était près de dix-huit heures. Elle eut l'impression qu'une guerre était en train de se livrer dans son ventre. Elle se leva péniblement. A la cuisine, Jack était en train de se préparer un bol de soupe. Il l'informa que Brian dînait chez le voisin, avec qui il irait ensuite au cinéma, tandis que Billy passait la soirée chez Gabby. Depuis quelque temps, la maison était de plus en plus tranquille.

— Alors, crois-tu que nous pourrons faire la connaissance de nos filles aujourd'hui ? demanda-t-il.

— J'ai comme l'impression qu'elles ont organisé une espèce de surprise party, mais à domicile : je ne pense pas qu'elles aient l'intention de sortir ce soir, répondit-elle en secouant la tête. Je ne ressens toujours pas de vraie contraction. Je devrais peut-être faire un petit jogging dans le quartier...

— ... ou pas, dit doucement Jack.

Il lui proposa quelque chose à grignoter, mais elle n'avait plus la place d'avaler quoi que ce soit. Elle lui tint donc compagnie pendant qu'il mangeait sa soupe, puis se traîna péniblement à l'étage. Elle avait l'impression d'être un éléphant. Tandis que Jack allumait le téléviseur de la chambre pour mettre un film, elle passa aux toilettes. A peine eut-elle posé le pied dans la salle de bains qu'il lui sembla être victime d'une explosion doublée d'un raz-de-marée. D'abord sonnée, elle ne tarda pas à reconnaître cette sensation.

— Jack… dit-elle d'une petite voix qu'il n'entendit pas tout de suite. Jack… je viens de perdre les eaux…

— Quoi… ? fit-il en entrant dans la pièce. Oh mon Dieu !

Elle était trempée de la taille aux pieds, comme si elle s'était douchée tout habillée.

— Que s'est-il passé ?

Il comprit la réponse au même moment, mais resta cloué sur place, ne sachant que faire. Marilyn éclata de rire.

— On dirait que je viens de me baigner !

— Tu devrais t'allonger, dit-il en lui tendant une pile de serviettes.

Elle troqua ses vêtements mouillés contre un peignoir en éponge et étala les serviettes sur le lit.

— Est-ce que ça va, ma chérie ? Tu as des contractions ?

— Toujours pas. Les filles sont très calmes, tout à coup. Plus personne ne bouge.

Peut-être se reposaient-elles en prévision de la suite…

— Nous devrions appeler Helen, déclara Jack.

— Non, elle est sans doute en train de dîner. Attendons un peu, elle ne voudra pas que je vienne tant que je n'ai pas de contractions.

— Il me semble que ce n'est pas pareil pour les jumeaux…

— Mais oui, c'est toujours plus long, lui rappela-t-elle. Allez, viens voir le film.

Docilement, il s'allongea contre elle, sans pour autant la quitter des yeux.

— Arrête de me regarder comme ça ! Puisque je te dis que je vais très bien…

Alors qu'elle se penchait pour l'embrasser, elle eut l'impression d'être frappée par une bombe. La pire contraction dont elle pût se souvenir venait de la traverser de part en part. Elle agrippa l'épaule de son mari, incapable de parler.

Jack s'empara de son BlackBerry.

— C'est bon, cette fois j'appelle Helen.

Une deuxième contraction s'empara d'elle alors qu'il composait le numéro. Helen décrocha aussitôt.

— Salut, les amoureux ! lança-t-elle. Qu'est-ce qui se passe ? Un peu d'action ?

— Plus que ça, répondit Jack. Elle a perdu les eaux il y a dix minutes et elle a d'énormes contractions, très longues, à deux minutes d'intervalle.

— On dirait que nos deux demoiselles sont pressées. Voyons voir… Il vaut mieux que Marilyn reste où elle est. Qu'elle s'allonge si ce n'est déjà fait. Je vous envoie une ambulance. Je suis à peu près persuadée que rien n'arrivera si vite, mais on ne sait jamais. Rendez-vous à l'hôpital !

Sur ce, elle raccrocha. A la contraction suivante, Marilyn ne put réprimer un cri, qui terrifia Jack malgré ses efforts pour ne rien laisser paraître.

L'ambulance arriva cinq minutes plus tard. Jack crut nécessaire d'informer les brancardiers qu'il s'agissait de jumelles, mais Helen les avait déjà prévenus. Trois minutes plus tard, ils conduisaient Marilyn et Jack en direction du California Pacific Medical Center, toutes sirènes hurlantes.

— Je n'y arriverai pas, haleta Marilyn entre deux contractions, cramponnée au bras de Jack.

— Mais si, ma chérie, ça va aller. Je suis avec toi. C'est bientôt fini.

— Non… C'est trop… gémit-elle, avant de pousser un nouveau cri, la tête renversée et les yeux révulsés.

Sous le regard paniqué de Jack, les brancardiers placèrent un masque à oxygène sur son visage. Quoique sa tension fût basse, elle n'était pas en danger.

— Tu t'en sors très bien, je te promets que ça va aller, répéta Jack pour se rassurer lui-même.

A l'hôpital, Helen les accueillit avec un grand sourire. Jaugeant l'évolution de la situation d'un coup d'œil expérimenté, elle estima que Marilyn devait être dilatée à près de dix centimètres.

— Tu n'as pas perdu de temps, dit-elle. Si tu veux bien, j'aimerais t'emmener jusqu'à la salle d'accouchement, alors essaie de ne pas pousser !

Le visage de Marilyn se tordit de douleur et elle émit un nouveau hurlement.

— Vite, je vous en prie ! dit-elle aux brancardiers en reprenant son souffle, tandis qu'ils sortaient la civière de l'ambulance.

Helen les précéda à vive allure, Jack courant à leurs côtés sans lâcher la main de sa femme. Dans la salle d'accouchement, toute l'équipe était sur le pied de guerre. Ils eurent juste le temps de lui ôter son peignoir pour lui passer une chemise d'hôpital et la porter sur le lit d'accouchement. Elle poussa alors un râle si lugubre que Jack crut qu'elle expirait.

Quinze secondes passèrent, puis un long cri prolongea celui de Marilyn, et une petite tête à la crinière rousse apparut entre ses jambes. Marilyn et Jack, toujours accrochés l'un à l'autre par les mains, sourirent à travers leurs larmes. Leur première fille était née. Helen coupa le cordon, puis tendit le bébé à une infirmière. Au tour de la seconde ! Tout recommença : les atroces contractions, la douleur intolérable. Cette fois-ci, Helen dut aider Marilyn au moyen de forceps. La deuxième petite fille naquit moins de dix minutes après la première, trois quarts d'heure à peine après le début du travail. Helen n'avait encore jamais vu de naissance gémellaire aussi rapide.

Marilyn était secouée de violents tremblements, elle riait et pleurait tour à tour, regardant avec Jack leurs deux adorables bébés. C'étaient de fausses jumelles. L'une était rousse comme Marilyn, l'autre avait hérité des cheveux bruns de son père. Ils décidèrent immédiatement laquelle était Dana et laquelle Daphne.

— Heureusement que vous nous avez envoyé l'ambulance, dit Jack à Helen. Sinon, elle aurait accouché à la maison.

— J'en ai bien peur ! Tu m'as facilité la tâche, Marilyn. Tu as tout fait toute seule.

Les jumelles furent placées en couveuse afin de rester au chaud quelques heures de plus. Elles pesaient chacune près de trois kilos cinq cents et étaient en parfaite santé. Jack téléphona aux quatre garçons pour leur annoncer l'arrivée de leurs petites sœurs. Après lui avoir demandé si sa mère allait bien, Billy le remercia de son appel sur un ton un peu sec. De son côté, Brian déclara qu'il voulait voir les bébés le plus vite possible. Marilyn sortirait sans doute deux ou trois jours plus tard.

Il était vingt-deux heures quand ils roulèrent le lit de Marilyn de la salle d'accouchement jusqu'à sa chambre. Une infirmière poussait devant elle l'un des petits berceaux en plastique, Jack, le second. Il regarda son épouse avec adoration : jamais il n'oublierait ce moment extraordinaire. En dépit de sa longue expérience, Helen était toujours très émue par ces regards pleins d'amour échangés entre les jeunes parents. Elle se retira pour les laisser passer la nuit en famille, non sans avoir administré des antalgiques à Marilyn.

Emerveillé, Jack contempla longuement sa femme et ses deux petites filles endormies, si délicates, si roses et si mignonnes ! Il avait rarement été aussi heureux.

8

Pendant leur séjour à l'hôpital, tout le monde vint rendre visite à Marilyn et aux jumelles. Brian arriva dès le lendemain matin à la première heure, accompagné par leur voisine. En grand frère modèle, il les tint dans ses bras à tour de rôle, sous l'objectif de l'appareil photo de Jack. Billy arriva à l'heure du déjeuner avec Gabby, qui ne se lassa pas de les regarder, ni de toucher leurs doigts et leurs orteils minuscules. Malgré la proposition de Marilyn, Billy n'eut pas envie de les porter, prétextant qu'elles étaient encore trop petites et qu'il ne saurait pas s'y prendre. Connie leur apporta les brassières et les petits chaussons qu'elle tricotait depuis plusieurs mois. Elle était accompagnée de Mike et de Sean ; Kevin, lui, était parti avec des amis pour le week-end.

— Est-ce qu'il va bien ? demanda doucement Marilyn, qui avait décelé une ombre dans le regard de son amie.

— Je crois que oui...

Izzie entra alors dans la chambre, puis Andy arriva après le départ des O'Hara. A l'heure du dîner, Judy, Gabby et Michelle se présentèrent avec une montagne de cadeaux. Seuls les fils de Jack, en vacances avec leur mère, ne purent pas venir tout de suite, mais Jack leur envoya des dizaines de photos à l'aide de son téléphone portable.

Au bout de deux jours, Marilyn déclara qu'elle voulait rentrer à la maison. Le bulletin de santé de la mère et des jumelles étant très satisfaisant, Helen les autorisa à sortir le lendemain à neuf heures. Marilyn souhaitait les allaiter toutes les deux, quitte à compléter par quelques biberons, mais les trop nombreuses visites à l'hôpital l'empêchaient de se détendre et la montée de lait ne s'était pas encore produite.

Marilyn poussa un soupir de soulagement quand elle se glissa enfin dans son propre lit.

— Waouh ! Tout est allé si vite que je n'arrive pas encore à y croire !

— Elles sont pourtant bien réelles, dit Jack, alors que les deux petites se mettaient à hurler de concert.

Ils éclatèrent de rire. Leur vie serait sans doute chaotique pendant quelque temps... La mère de Marilyn avait proposé de venir l'aider, mais elle était âgée de plus de soixante-dix ans et de santé fragile ; Marilyn craignait de devoir s'occuper d'elle en plus des bébés. Elle lui avait donc dit d'attendre quelques semaines. D'ici là, Jack et elle essaieraient de se débrouiller seuls avec l'aide de Brian, qui semblait vouloir s'investir à fond. Jack aurait voulu embaucher une nounou, mais Marilyn avait refusé tout net : les jumelles étaient ses derniers bébés, elle était déterminée à ne pas en perdre une miette.

Elle fut cependant surprise par sa propre fatigue. Le simple fait de traverser la chambre pour atteindre leurs berceaux lui parut un effort considérable... Et elle n'avait même pas commencé à allaiter...

Le lendemain après-midi, Marilyn s'était allongée

pour une courte sieste, quand le téléphone sonna, l'écran affichant le nom de Connie. Elle décrocha, mais n'entendit rien dans l'écouteur.

— Connie ? C'est toi ?

S'éleva alors un long hurlement, plus animal qu'humain. Marilyn ne comprit pas tout de suite de quoi il s'agissait, mais son sang se figea quand elle reconnut la voix de son amie.

Connie ne prononça qu'un seul mot : « Kevin ». Puis elle se mit à pleurer. Marilyn ne savait pas si son fils avait été blessé, arrêté, victime d'un accident, ou s'il s'était juste disputé avec eux. Elle attendit que Connie reprenne son souffle.

— Calme-toi, Connie, je suis là. Je vais venir te voir.

Pendant une fraction de seconde, elle avait oublié qu'elle venait d'accoucher. Mais peu importait, elle irait quand même.

— Connie, dis-moi ce qui s'est passé.

Jack entra dans la pièce au même moment. Il comprit en voyant le visage de sa femme qu'un événement grave venait de se produire.

— Connie, ne bouge pas, j'arrive.

Entre ses sanglots, son amie ne parvenait pas à prononcer un mot. Elle aurait plus vite fait d'aller la voir.

— Il est mort, articula alors Connie.

Le cri d'animal blessé que Marilyn avait entendu en décrochant retentit une seconde fois.

— Oh mon Dieu… Oh mon Dieu… J'arrive tout de suite. Est-ce que tu es toute seule ?

Marilyn sauta si vite au bas du lit que la tête lui tourna un instant, puis elle se précipita vers la salle de bains, sans lâcher le téléphone.

— Où est Mike ?

— Il est là. Ils viennent de nous appeler, dit Connie d'une voix étouffée.

— Ne bougez pas, j'en ai pour cinq minutes.

Marilyn raccrocha d'une main tremblante et regarda Jack, épouvantée.

— Kevin O'Hara est mort. Je ne sais pas comment c'est arrivé. Il faut que j'aille les voir. Reste avec les bébés. Si elles se réveillent, donne-leur un biberon d'eau comme ils nous l'ont dit à la maternité.

— Mais tu n'es pas en état de conduire !

Marilyn était déjà en train de composer le numéro de Billy.

— Où es-tu ? lui demanda-t-elle.

— Chez Gabby, pourquoi ? Tu as une drôle de voix.

— J'ai besoin que tu rentres immédiatement.

— Mais pourquoi ? répéta-t-il sur un ton méfiant et un peu ennuyé.

— Il faut que tu me conduises chez les O'Hara. Il est arrivé quelque chose à Kevin.

— Je suis là dans cinq minutes, dit-il avant de couper la communication.

Le temps que Marilyn finisse de s'habiller, il se garait devant la maison. Jack embrassa sa femme en lui recommandant de se ménager. Elle était pâle, bouleversée, mais rien n'aurait pu l'empêcher d'aller voir Connie. Lorsqu'ils furent devant chez les O'Hara, ce fut Sean qui leur ouvrit la porte. Il tomba dans les bras de son ami en pleurant, tandis que Marilyn montait l'escalier aussi vite qu'elle le pouvait. Au milieu de leur chambre à coucher, Connie et Mike sanglotaient dans les bras l'un de l'autre. Marilyn les étreignit à son tour, elle aussi secouée de larmes.

— Il a été tué alors qu'il achetait de la drogue dans le quartier malfamé, gémit Connie. Apparemment, il

108

achetait pour revendre et il devait de l'argent au dealer. La dispute a dégénéré, le dealer lui a tiré dessus... Mon bébé... mon bébé... ils ont tué mon bébé.

Marilyn ne savait que faire. Elle ne pouvait que s'asseoir près d'eux et les embrasser. Après avoir bercé Connie comme un enfant, elle se leva pour aller chercher de l'eau et du thé. Quand elle remonta, elle leur proposa d'appeler leur médecin de famille. Connie secoua la tête.

— Il faut que nous allions... identifier le corps, dit-elle en sanglotant de plus belle. J'ai si peur de le voir... Je n'y arriverai pas...

Elle semblait être devenue folle de douleur. Marilyn lui fit avaler une gorgée d'eau et serra la main de Mike dans la sienne. A ce moment, Billy et Sean pénétrèrent dans la pièce. Marilyn se rendit compte avec horreur que Sean était désormais leur seul enfant. En dépit de tous leurs efforts pour sauver Kevin de lui-même, en dépit de tout leur amour, ils n'avaient pu éviter l'inconcevable. Sean était aussi bouleversé que ses parents. Kevin, le héros de son enfance, avait été assassiné pour une histoire de drogue. Connie avait pressenti que leur fils aîné leur échappait de nouveau. Il n'avait pu résister à la tentation. Mais qu'auraient-ils dû faire de plus, alors qu'il cachait si bien son jeu ? Marilyn était effarée de voir à quelle vitesse le destin d'une famille entière pouvait basculer.

Mike faisait les cent pas. Il leur fallait aller à la morgue.

— Est-ce que tu veux que Jack t'accompagne ? proposa Marilyn.

Mike secoua la tête. Dans ses yeux, on voyait son âme déchiquetée.

— Non, je vais y arriver, dit-il d'une voix à peine audible.

— Je viens avec toi, papa, déclara courageusement Sean.

Il tremblait. Cependant, son regard était empreint d'une maturité nouvelle, presque effrayante. Il était devenu un homme en l'espace de quelques instants. Connie, allongée sur le lit, gémissait faiblement.

— Je ne veux pas le voir comme ça. Je ne peux pas...

Sans plus hésiter, Mike attrapa les clés de sa voiture et sortit, suivi de Sean.

— Connie, viens chez moi, tu attendras leur retour là-bas, dit Marilyn. Je t'en prie. Et tu m'aideras à m'occuper des jumelles.

Connie acquiesça, se leva comme un automate et se laissa entraîner dans l'escalier. Marilyn l'aida à s'installer à l'avant, puis elle prit place derrière Billy. A la maison, les jumelles hurlaient. Jack en tenait une dans chaque bras, paniqué.

— Elles pleurent depuis que tu es partie, dit-il avant d'apercevoir Connie.

Découvrant que son chemisier était trempé, Marilyn courut jusqu'à sa chambre : son lait venait de monter. Connie la rejoignit à pas lents, pendant que Billy prévenait leur entourage de l'atroce nouvelle. Par chance, Brian n'était pas rentré et Jack appela la famille chez qui il passait l'après-midi pour leur demander de le garder encore un peu, au moins jusqu'à l'heure du dîner.

Tandis que Connie s'effondrait dans un fauteuil, Marilyn s'allongea sur le lit et dégrafa son soutien-gorge d'allaitement. Jack lui tendit ses filles l'une après l'autre. Elles étaient affamées, et le lait les calma bien vite. Alors que ces deux enfants, si désirées, étaient arrivées comme un cadeau du ciel, la tragédie venait de frapper sans prévenir une autre famille. Kevin était décédé à l'âge de vingt-cinq ans.

Connie la regardait en pleurant. Elle se souvenait d'avoir allaité Kevin comme si c'était la veille. Marilyn l'invita à s'asseoir près d'elle sur le lit et Connie caressa la joue de la petite Daphne, qui s'endormait au sein. Cette proximité avait quelque chose d'apaisant. Quand les jumelles eurent terminé, Jack les emmena, leur fit faire leur rot et les coucha. Puis il s'assit à son tour au pied du lit et trouva des mots de condoléances à l'intention de Connie.

Ils restèrent ainsi tous les trois jusqu'à ce que Mike et Sean les rejoignent. Le visage de Mike était couleur de cendre. Sean n'était pas entré dans la morgue, mais le père et le fils n'avaient cessé de pleurer sur le chemin du retour.

Puis les O'Hara rentrèrent chez eux. Marilyn leur dit d'appeler s'ils avaient besoin de quoi que ce soit et leur promit de retourner les voir le lendemain matin pour les aider à régler les différentes démarches. Un peu plus tard, elle ne pourrait s'empêcher d'avouer à Jack, honteuse, qu'elle était soulagée de ne pas être à la place de Connie.

A son retour, Brian fut profondément ébranlé par la nouvelle. Les deux frères restèrent silencieux toute la soirée, comme hébétés. Marilyn rappela Connie, qui ne cessait toujours pas de pleurer. Elle venait d'entrer dans la chambre de Kevin pour essayer de choisir les vêtements qu'il porterait dans le cercueil... Marilyn aurait voulu rester près d'eux de tout son cœur, mais elle ne pouvait abandonner ses filles affamées en compagnie de Jack toute la nuit. Billy, en revanche, y retourna pour soutenir Sean. Izzie se joignit à leur veillée funèbre. Andy passa lui aussi un moment avec eux, puis ramena la jeune fille chez elle pour les laisser dormir un peu.

Le lendemain matin, Marilyn et Judy allèrent chez les O'Hara et répondirent aux nombreux coups de téléphone, s'efforçant d'être utiles. Connie et Mike devaient bien sûr se rendre à l'entreprise de pompes funèbres, mais il y avait encore tant d'autres choses à faire : appeler le fleuriste, le prêtre, rédiger l'avis de décès pour les journaux… La cérémonie aurait lieu à Saint Dominic, l'église de leur paroisse. Kevin y avait fait sa première communion, puis sa confirmation… Se pouvait-il vraiment que cette nouvelle célébration fût celle de ses funérailles ? Mike avait tout l'air d'un homme brisé.

Pendant ce temps, Billy restait assis sur le perron au côté de Sean. Gabby les rejoignit, puis Izzie, et Andy les appela plusieurs fois. Rien de tout cela ne ramènerait Kevin ; ils ne pouvaient rien faire, sinon être là et témoigner à Sean leur indéfectible soutien.

Marilyn admira la force de Connie, qui parvint à s'arrêter de pleurer quand elle sortit pour se rendre aux pompes funèbres, chargée du costume de Kevin dans sa housse, avec une cravate et une chemise blanche. Elle portait ses chaussettes et ses chaussures de ville dans un sac en plastique. Avant de monter dans la voiture, elle prit Marilyn dans ses bras.

— Merci, dit-elle.

— Je t'aime. Je suis si désolée.

— Je sais, opina Connie.

Elles ne parvinrent pas à en dire davantage. Mike démarra et ils prirent la route pour la salle mortuaire, où leur fils – encore si beau – serait lavé, habillé et coiffé pour la dernière fois.

9

Les funérailles de Kevin les laissèrent tous anéantis. Tout en écoutant l'oraison funèbre avec effroi, les parents des autres enfants se disaient qu'ils avaient de la chance : ce n'était pas leur propre fils qu'on enterrait ce jour-là. Les amis de Kevin vinrent en nombre pour le pleurer et évoquer la belle personne qu'il avait été. Au premier rang, Connie, Mike et Sean semblaient frappés par la foudre à la vue du cercueil fermé, exposé face à la congrégation comme un avertissement.

Le message n'était pas agréable à entendre, ni pour les parents ni pour les jeunes : « Soyez prudents. Soyez vigilants. Faites les bons choix. Cela pourrait très bien vous arriver, à vous aussi. » Il aurait été facile de dire qu'il avait mal tourné, qu'il s'était déjà fait arrêter... Kevin avait d'abord été un petit garçon, un enfant innocent, doté des mêmes chances que les autres. Etait-ce sa faute ? Celle de ses parents ? Son destin ? A quel moment n'avaient-ils pas été vigilants ? Quels signaux de danger avaient-ils omis de prendre en compte ? Pourquoi Kevin était-il allongé dans cette caisse de bois ? D'autres avaient pris les mêmes risques et ils vivaient encore. En se repassant le film de la vie de son fils, Connie n'avait plus aucune certitude, si ce n'est celle de sa souffrance, une douleur tout autant physique que mentale. Alors que son mari, son fils cadet et six des amis de Kevin soulevaient le cercueil, il lui sembla que ses yeux étaient en train de fondre, que son cœur était en feu, que son corps gelait. Ce cercueil allait être recouvert de terre... Elle aurait voulu se jeter dans la fosse avec lui. Elle n'en avait pourtant pas le droit, elle devait être forte. Mike et Sean avaient besoin d'elle. Mais comment continuer à vivre, alors que son premier-né avait été abattu pour une histoire de drogue ? L'assassin avait disparu sans laisser de traces, il était impossible de se venger ou de réclamer justice. Et quand bien même, cela n'aurait pas ramené son enfant.

Ils se rendirent au cimetière dans la limousine qu'ils avaient louée pour la journée. Le prêtre dit quelques mots, puis Connie toucha une dernière fois le cercueil qu'ils avaient choisi pour Kevin, doublé de satin blanc. Quand il fallut s'en aller, Connie eut l'impression de laisser une partie de son cœur au fond de la tombe. Sur le chemin du retour, elle était trop choquée pour pleurer.

Tous ceux qui avaient assisté à l'enterrement les attendaient chez eux. Jack avait fait livrer un buffet froid par son restaurant. Quand elle essaierait par la suite de se remémorer cette journée, Connie ne se souviendrait plus de qui était présent. Elle savait seulement que Marilyn avait disposé des portraits de Kevin partout dans la maison. Après le départ de la plupart des invités, Marilyn, Jack, Judy et Adam étaient restés au salon sans trop savoir quoi dire. Le fils de Connie était mort, mais qu'est-ce que cela signifiait au juste ? Comment concevoir que son enfant chéri ait disparu à jamais ? Connie s'attendait à le voir descendre l'escalier d'un instant à l'autre, il allait leur dire que tout ça n'était qu'une blague… Mais désormais sa chambre serait silencieuse, ses trophées sportifs accumuleraient la poussière et ses vêtements resteraient suspendus dans l'armoire jusqu'à ce qu'elle ait le courage de les donner. Plus rien n'avait de sens, plus rien ne serait comme avant.

— Vous avez besoin de repos, dit enfin Marilyn, alors que l'heure du dîner approchait. Nous allons vous laisser.

Connie et Mike n'avaient pas dormi depuis l'annonce du drame.

— Peut-être devriez-vous manger un petit quelque chose, reprit-elle.

La cuisine était impeccable après le passage des serveurs de Jack, et le réfrigérateur, plein des restes de la réception. Connie ne pouvait imaginer qu'elle retrouverait un jour l'appétit.

Sean était encore dans sa chambre avec ses amis. Après quelques parties de jeux vidéo, Billy sortit une flasque de bourbon qu'il proposa à la ronde. C'était tout ce qu'il avait réussi à chiper dans le bar de ses parents. Alors que Gabby et Izzie se contentèrent chacune d'une petite gorgée, Billy, Andy et Sean finirent le flacon à longs traits.

— L'alcool n'arrangera rien, remarqua calmement Izzie. Au contraire, c'est le meilleur moyen de se sentir encore plus mal qu'avant.

Si Andy sembla un peu honteux de leur comportement, Billy haussa les épaules et Sean s'allongea sur son lit. Il n'avait rien à dire et plus envie d'entendre grand-chose : il ne supportait plus les paroles de condoléances. Les gens ne souffraient pas comme lui. Comment auraient-ils pu savoir ce qu'il ressentait ?

Même ses meilleurs amis… Il ne verrait plus jamais son frère. Il était soudain devenu fils unique.

— Est-ce que tu veux dormir chez moi ? proposa Billy.

— Je ferais mieux de rester ici, soupira Sean. Mes parents sont dans un sale état.

Le bourbon commençait à engourdir sa douleur, atténuait la sensation qu'il avait d'être écorché avec du fil de fer barbelé.

Andy prit congé le premier, puis Gabby et Billy partirent à leur tour, laissant Izzie seule avec Sean.

— Ça finira par passer, dit-elle, allongée à son côté alors qu'ils regardaient le plafond. Je sais que ça doit être horrible, bien que je n'aie moi-même ni frère ni sœur. Mais tu finiras par sortir la tête de l'eau.

Si Izzie n'avait pas été une fille, Sean l'aurait sans doute frappée. Et cette seule idée lui donna envie de pleurer.

— Un jour, j'empêcherai que des choses pareilles arrivent, dit-il d'une voix calme.

— Et comment est-ce que tu vas faire ?

Elle avait posé la question avec une sorte de curiosité naïve, comme un petit enfant aurait demandé comment on pêche un poisson, comment fonctionne un sous-marin, ou comment se forme la brume dans la baie.

— Dès que j'aurai fini la fac, je travaillerai pour le FBI et j'arrêterai tous les connards comme celui qui a tué mon frère.

Izzie s'abstint de répliquer que Kevin n'aurait jamais dû aller dans le quartier des dealers… A quoi bon, puisqu'il était mort ?

— Tu disais déjà ça quand tu étais petit, remarqua-t-elle en souriant.

— Peut-être, mais là, je vais m'en donner les moyens.

— Le temps que tu finisses tes études, tu pourrais changer d'avis.

— Non, c'est ma vocation depuis toujours. Et maintenant, je sais pourquoi.

Il roula sur le côté pour la regarder et se demanda un instant ce qu'il ressentirait s'il l'embrassait. Mais il n'en avait pas vraiment envie, ils étaient amis depuis trop longtemps.

— Tu vas me manquer quand tu seras parti, dit-elle simplement.

— Toi aussi.

Avec la mort de son frère, il aurait encore plus de peine à se séparer de ses amis, et il culpabilisait de laisser ses parents tout seuls.

— J'aurais tellement aimé que tu viennes à Los Angeles avec nous, soupira Izzie.

— Je vous verrai à Thanksgiving et à Noël. Allez, je te raccompagne chez toi, dit-il en se levant.

Dans la voiture, ils ne parlèrent presque pas, chacun laissant libre cours à ses pensées. Izzie se demandait comment se serait déroulée la journée si, au lieu de Kevin, on avait enterré un membre du « Club des Cinq ». Et Sean intégrerait-il vraiment le FBI un jour ? Cette carrière lui semblait bien risquée. D'autant plus que Sean, désormais enfant unique, portait une nouvelle responsabilité envers ses parents.

Il la déposa devant la maison de son père, et elle promit de passer le voir le lendemain. Quand il rentra chez lui, l'obscurité et le silence régnaient. Il monta lentement l'escalier et, arrivé devant la porte de son frère, eut envie d'entrer. Il hésita un long moment, comme figé, puis se dirigea vers sa propre chambre et se jeta sur son lit en pleurant.

Izzie et les autres vinrent chaque jour rendre visite à Sean. Billy apportait sa flasque. Il volait n'importe quel alcool dans le bar de ses parents, pendant que sa mère s'occupait des jumelles. Leur présence l'horripilait toujours autant, mais, maintenant qu'elles commençaient à sourire, il devait reconnaître qu'elles étaient plutôt mignonnes. Il accepta même de les prendre dans ses bras une fois ou deux. Brian, à l'inverse, était fou de ses petites sœurs. Il avait appris à les changer et aidait sa mère à s'en occuper. Gabby elle aussi les trouvait adorables. Billy était bien content qu'elle prenne la pilule… Il ne se sentait pas de taille à assumer un accident et savait qu'il ne serait pas prêt à avoir un bébé avant une dizaine, voire une quinzaine d'années.

Lorsqu'il ne parvenait pas à soustraire d'alcool à ses parents, Billy demandait à un sans-abri de lui acheter deux packs de bière. Sean et lui se débrouillèrent ainsi pour se saouler presque tous les jours du mois de juin. En principe, ils buvaient à la mémoire de Kevin, puis ce devint une simple occupation. Tous s'ennuyaient ferme, même si certains avaient trouvé des petits jobs pour l'été. Sean assistait son père quelques heures par jour à son travail et Izzie était animatrice dans un centre aéré. Gabby, elle, préparait son départ pour L.A. Billy ne faisait rien, Jack et Marilyn ayant décidé de le laisser tranquille au cours de son dernier été avant la fac. Il se contentait d'attendre chaque jour le moment de rejoindre Sean pour s'imbiber d'alcool plus que de raison. Quant à Andy, sa mère lui avait trouvé un boulot dans un laboratoire, où il travaillait le matin avant de rejoindre ses amis pour déjeuner. Bien qu'impressionné par ce futur étudiant en médecine à Harvard, le personnel du laboratoire ne le laissait rien faire d'intéressant. Il distribuait les formulaires d'inscription aux patients qui arrivaient… et sortait les poubelles. Quoiqu'il ne boive pas autant que ses camarades, il lui arrivait de s'autoriser une ou deux gorgées de la flasque.

Finalement, c'est Izzie qui eut le courage de les rappeler vertement à l'ordre mi-juillet, en les traitant de gros nuls.

— Et qu'est-ce que vous comptez faire quand vous serez à la fac ? Vous inscrire aux Alcooliques anonymes ? Vous ne voyez pas que vous êtes en train de devenir une bande d'ivrognes ! On meurt d'ennui, avec vous. Vous ne savez plus que picoler, jouer à la console et vous lamenter sur votre sort. Vous me dégoûtez !

Elle l'avait dit en regardant Sean, qui baissa les yeux. Jusqu'ici, tout le monde avait été indulgent avec lui, sous prétexte que son frère était décédé. Mais il savait qu'elle avait raison. Il rendit la flasque à Billy sans l'avoir portée à ses lèvres.

— Mais alors, qu'est-ce que tu veux qu'on fasse ? demanda Billy.

— Je ne sais pas, moi ! Pourquoi ne pas aller à la plage ?

— Parce qu'il fait super froid, répondit Billy, pragmatique.

En effet, le brouillard planait sur la ville depuis plusieurs jours. Ce temps frais, humide et gris, typique du mois de juillet à San Francisco, ne les aidait guère à retrouver le moral.

— Et alors ? Ça vaudra mieux que de regarder les mouches voler en se mettant minable.

C'est ainsi que, dès le lendemain midi, ils franchirent le pont du Golden Gate pour se rendre à Marin.

Ils choisirent la plage publique de Stinson, où ils mangèrent des hamburgers, avant de s'asseoir sur le sable, dans la fraîcheur du vent de mer. Tous reconnurent au retour qu'ils se sentaient mieux.

Après le départ des autres, Izzie s'attarda chez Sean.

— Est-ce que tu penses que tu vas t'en sortir, tout seul à la fac ? lui demanda-t-elle d'un air sérieux.

Avec ses cernes noirs, il avait encore plus mauvaise mine que ses parents et se plaignait d'insomnies. Il ne cessait de penser à son frère, de s'imaginer le moment où le dealer avait tiré sur lui. Il y avait de quoi devenir fou.

— Ouais, je crois que ça va aller, répondit-il enfin, d'une voix incertaine.

— Bien obligé, maintenant. Tes parents n'ont plus que toi.

Sean n'en était que trop conscient. Izzie et Andy étaient enfants uniques, certes, mais c'était un choix de leurs parents. Dans son cas, la situation était plus compliquée. Il se sentirait obligé de compenser l'absence de Kevin toute sa vie.

— Tu es sûr de vouloir t'en aller sur la côte Est ? reprit-elle. Tu pourrais encore transférer ton dossier à l'UCLA.

Il secoua la tête. Plus que jamais, il avait envie de partir loin de la maison. Il ne supportait plus la chambre vide de Kevin, ni ses parents qui ne cessaient de pleurer. Izzie comprenait. L'ambiance qui régnait chez les O'Hara était pesante, même pour elle.

Lors de la deuxième quinzaine de juillet, ils continuèrent à se retrouver tous les après-midi. Alors que Sean avait arrêté de boire, Billy continuait à apporter sa flasque, mais en usait avec plus de modération. Son entraînement commençait début août, trois semaines avant le démarrage des cours, et il devait être en forme.

Avant son départ, les cinq amis sortirent dîner tous ensemble, puis se promenèrent sur la plage. Ils promirent de s'appeler souvent. Une semaine plus tard, ce fut au tour de Gabby de partir pour L.A. Pour son dernier jour, elle invita Izzie à prendre le petit déjeuner chez elle. Cette dernière ne put s'empêcher de remarquer que Michelle avait de nouveau maigri, mais ne jugea pas utile d'en parler. Toute la famille devait en être consciente, et il était clair que Michelle n'avait pas surmonté ses troubles alimentaires. Malgré l'affection qui liait les deux sœurs, Izzie se demanda si le départ de Gabby ne lui serait pas bénéfique. Il n'était sans doute pas facile de vivre dans son ombre.

Côte à côte sur le trottoir, les larmes aux yeux, Izzie et Michelle adressèrent à Gabby de longs signes de la main tandis qu'elle s'éloignait. Sa mère était au volant de la camionnette, laquelle contenait ses biens les plus précieux, dont une bonne moitié de sa garde-robe. Gabby, qui espérait trouver un studio meublé à West Hollywood, avait déjà repéré sur Internet trois annonces intéressantes.

Izzie se rendit ensuite chez Sean. Connie fondait en larmes chaque fois qu'elle tombait sur des affaires ayant appartenu à Kevin. Près de deux mois s'étaient écoulés depuis le drame, un silence oppressant régnait toujours dans la maison, et Connie vénérait la chambre de son fils disparu comme un sanctuaire. Personne n'avait touché à rien.

Andy fut le troisième à quitter San Francisco. Son père l'accompagna jusqu'à Boston et l'aida à s'installer dans sa chambre sur le campus. La veille, il avait fait ses adieux à Sean et Izzie, puis envoyé un SMS à cette dernière avant de monter dans l'avion : « Sois sage. Tu vas me manquer. Bisous, A. »

Enfin, Izzie et Sean partirent. Le même jour. Et heureusement, car aucun des deux n'aurait voulu être le dernier. Après avoir dîné avec son père, Izzie se rendit chez les O'Hara. Connie la serra fort dans ses bras.

— Prends bien soin de toi à Los Angeles, dit-elle d'un air grave. Sois prudente. Je veux tous vous revoir en un seul morceau à Thanksgiving. Et ne va pas t'amouracher dès le premier jour !

— Aucun danger ! répondit Izzie en riant. Je serai bien trop prise par mes cours.

— Tous les garçons de la ville vont te courir après, s'ils ont des yeux pour voir...

Izzie ne se trouvait pas aussi jolie que Gabby, et aucun de ses amis ne s'était jamais extasié sur son physique. De plus, sa mère ne lui avait pas enseigné tous les trucs que Judy avait appris à Gabby pour plaire à un garçon. Et son père n'avait même pas pensé à lui proposer de faire du shopping pour s'acheter des nouveaux habits ou d'autres choses dont elle pourrait avoir besoin. Elle n'emportait donc à L.A. que sa garde-robe ordinaire. Connie, outre des vêtements neufs, avait expédié chez Sean un oreiller, des draps, des serviettes, des produits de toilette, un couvre-lit, un petit tapis et deux posters. Elle en avait fait autant pour Kevin quand il était parti pour Santa Cruz...

Connie et Mike prirent l'avion avec Sean pour Washington. Ils redoutaient de retrouver la maison vide lorsqu'ils rentreraient, tard le lendemain soir. Pourraient-ils s'imaginer, pour apaiser un peu leur chagrin, que leurs deux fils étaient à la fac ? C'était ce qu'avait dit Connie à son mari quelques jours auparavant. Par ailleurs, elle s'était proposée pour aider

Marilyn à s'occuper des jumelles, ce qui lui changerait sans doute les idées. Marilyn avouait avoir oublié à quel point prendre soin d'un bébé était fatigant. Elle se sentait vieille et était complètement débordée, d'autant plus qu'il fallait tout faire en double.

Jeff emmena Izzie à L.A. en voiture. Il passa la journée à installer sa chaîne hi-fi, son ordinateur et un petit réfrigérateur dans sa chambre d'étudiante. Sa colocataire était là, avec ses parents elle aussi, et semblait très sympathique. Vers dix-huit heures, les deux jeunes filles partirent ensemble à la recherche du restaurant universitaire, et Jeff s'en alla, rassuré.

Gabby, de son côté, adorait son nouvel appartement, situé en plein West Hollywood. Lorsque Izzie lui rendit visite, le samedi suivant, elle fut très impressionnée par son immeuble avec piscine, gardé par un portier. Le mobilier était sommaire, mais la jeune fille avait apporté sa touche personnelle à la décoration.

— Waouh, tu vis comme une star ! la taquina Izzie.

Gabby lui expliqua que Billy venait la voir tous les soirs et qu'il avait l'intention d'emménager avec elle l'année suivante, quand il serait autorisé à vivre en dehors du campus de l'USC. Ses parents n'y voyaient pas d'objection. L'appartement de Gabby devait être au moins dix fois plus grand que la chambre d'Izzie à l'UCLA. Par-dessus le marché, son père lui avait offert une Land Rover de sa concession, noire et flambant neuve. Izzie, de son côté, n'avait apporté que son vélo pour aller en cours et devrait se contenter des bus pour se rendre en ville. Son père n'avait pas les moyens de lui offrir une voiture, et sa mère l'estimait trop jeune pour en posséder une. Si elle n'avait pas autant aimé Gabby, elle aurait presque été jalouse.

Izzie revint chez Gabby le lendemain. Les deux

jeunes filles se réjouissaient à l'idée de passer du temps ensemble, surtout que Billy était très pris par son entraînement et qu'il ne viendrait plus aussi souvent quand la saison des matchs aurait commencé. Izzie pourrait réviser et préparer ses cours dans ce bel appartement. C'était si excitant, de régler son emploi du temps sans le contrôle des parents. Elles se sentaient soudain très adultes.

Gabby avait déjà plusieurs rendez-vous pour trouver un impresario et elle s'apprêtait à déposer sa candidature dans une agence de mannequinat. Izzie ne doutait pas un instant que son amie serait rapidement embauchée. Elle allait suivre en parallèle des cours d'art dramatique et se présenterait à des castings pour la publicité et le cinéma.

Le lendemain, Izzie rencontra de bonne heure un conseiller d'orientation pour choisir les cours auxquels elle allait s'inscrire. Elle se décida pour les enseignements de philosophie, de psychologie et d'histoire. Comme tous les étudiants en sciences humaines, elle était aussi obligée de suivre un cours de mathématiques. En lisant la description des différents séminaires, elle comprit qu'elle allait devoir fournir un travail personnel important.

Les formalités d'inscription terminées, elle se promena sur le campus, où elle eut l'impression d'être comme un poisson dans l'eau. Elle sentait pulser autour d'elle l'énergie de la grande ville, si différente de l'atmosphère provinciale de San Francisco. Une incroyable confiance en elle l'envahit. « A nous deux, vaste monde ! » eut-elle envie de crier.

La vie commençait enfin.

10

Le silence de la maison se révéla bien pire que Connie ne l'avait craint. Mike, quand il rentrait chaque soir, avait le regard absent. Tous deux restaient assis, désœuvrés, sans rien trouver à se dire. Il n'y avait plus d'allées et venues, plus de voix juvéniles, et ils ne pouvaient se leurrer en imaginant que Kevin était lui aussi à l'université.

Seuls les bébés de Marilyn, maintenant âgés de trois mois, apportaient un peu de baume au cœur de Connie. Les jumelles souriaient et gazouillaient toute la journée. Mais chaque soir, après avoir aidé son amie à s'occuper d'elles, Connie se retrouvait en tête à tête avec sa douleur. Il n'existait ni manuel ni mode d'emploi qui expliquait comment surmonter une telle épreuve. Elle s'efforçait donc de survivre, minute après minute, heure après heure, jour après jour.

Elle téléphonait à Sean au moins une fois par jour ; entendre le son de sa voix la soulageait. Cependant, la tristesse que le jeune homme décelait dans le ton de sa mère ne l'aidait guère à se sortir de sa propre mélancolie. Il finit par lui dire que ses coups de fil tombaient souvent au mauvais moment et qu'elle ferait mieux de lui envoyer des mails. Néanmoins, elle continuait à l'appeler sous le moindre prétexte. Si Mike souffrait tout autant, il ne l'exprimait pas de manière aussi ouverte.

Connie demandait régulièrement des nouvelles de Billy à Marilyn. Apparemment, tout se passait bien jusque-là. Il adorait l'entraîneur, qui menait l'équipe à la baguette, et il apprenait beaucoup.

— Au moins, il progresse en football américain, ajoutait Marilyn. A part ça, je n'ai aucune idée de ce qu'il fait. Sans doute rien du tout. Ah, si : il passe beaucoup de temps avec Gabby. Au fait, tu sais qu'elle a été embauchée comme mannequin ?

Le départ de Billy avait causé un choc à Marilyn. Elle avait oublié que les enfants doivent voler de leurs propres ailes un jour. Heureusement, Brian était encore à la maison. Il venait d'entrer en quatrième et commençait à s'intéresser au sexe opposé. C'était touchant de le regarder s'amouracher d'une fille après l'autre. Jack lui prêtait une oreille attentive, incarnant ainsi une figure paternelle mieux que ne le ferait jamais Larry.

Tous les jeunes semblaient donc s'être habitués à leur nouvelle vie. Au mois d'octobre cependant, Judy reçut un coup de fil préoccupé du conseiller d'éducation à Atwood : Michelle était en train de retomber dans l'anorexie. C'était une maladie insidieuse, et la jeune fille dissimulait sa silhouette osseuse sous des vêtements amples. Judy fut choquée de voir combien elle avait maigri quand on la pesa à la clinique. A peine quarante kilos pour un mètre soixante-quinze ! Cette fois-ci, les médecins, redoutant des séquelles pour son cœur, préconisèrent l'hospitalisation pendant six semaines, jusqu'à Thanksgiving. Elle participerait chaque jour à des séances de thérapie de groupe avec d'autres jeunes filles atteintes de troubles de l'alimentation. Sa scolarité serait mise entre parenthèses.

De retour à la maison, Judy fondit en larmes et appela Marilyn et Connie pour avoir leur avis. Ses amies, guère surprises par le diagnostic, l'encouragèrent à suivre les recommandations du corps médical. A contrecœur, Adam et elle inscrivirent donc Michelle à cette nouvelle cure, en dépit de ses protestations et de ses menaces de fugue. Judy éprouvait un profond sentiment d'échec à l'idée que les effets du traitement précédent avaient été de si courte durée.

Lors de la première séance de thérapie en présence des parents, Michelle déclara que les siens ne s'intéressaient qu'à sa sœur aînée. Adam et Judy, les larmes aux yeux, lui présentèrent leurs excuses et affirmèrent qu'ils l'aimaient tout autant. En écoutant les autres jeunes filles du groupe, ils s'aperçurent que plusieurs d'entre elles avaient vécu des histoires similaires.

Judy ne l'admettait pas volontiers, mais l'hospitalisation était visiblement bénéfique à Michelle. Elle constatait à chaque visite qu'elle allait de mieux en mieux. Tous les jours, Gabby appelait sa sœur depuis L.A. Elle lui demanda pardon pour son égoïsme : elle l'avait négligée par le passé, ne s'était pas rendu compte qu'elle souffrait. Michelle, qui bénéficiait désormais de toute l'attention dont elle avait besoin, accepta ses excuses de bonne grâce.

Un jour, elle eut la surprise de recevoir la visite de Brian, le petit frère de Billy, qui avait pris tout seul le bus jusqu'à l'hôpital. Il lui dit qu'il était triste de ne plus la croiser dans les couloirs de l'école. Pour se justifier, il ajouta que son frère et la sœur de Michelle se connaissaient depuis treize ans, c'est-à-dire depuis que lui-même était né. Et qu'ils sortaient ensemble…

— Alors qu'est-ce qu'on est, toi et moi ? Beau-frère et belle-sœur ? dit-elle pour le taquiner.

Brian avait trois ans de moins qu'elle. Il la plaignait beaucoup d'être hospitalisée. Il était intelligent, bon élève et très grand. Il lui avait apporté une boîte de cupcakes achetée avec son argent de poche et, contre toute attente, pendant qu'il lui parlait de ses petites sœurs et de son formidable beau-père, Michelle en mangea un. Cela faisait bien trois ans qu'elle ne s'était pas autorisée à avaler quelque chose d'aussi calorique, mais elle était touchée par le geste de Brian et n'avait pas le cœur à le décevoir.

— Peut-être qu'un jour on sera vraiment beau-frère et belle-sœur, remarqua-t-il. Tu crois que Billy et Gabby vont se marier ?

La candeur de son regard la fit sourire. Malgré sa haute stature, Brian n'était encore qu'un gamin.

— C'est bien possible. Depuis toujours, ils n'ont d'yeux que l'un pour l'autre.

Lors d'une séance de thérapie, Michelle avait avoué être jalouse de la relation de couple qu'entretenait sa sœur. Elle ne se trouvait pas assez jolie pour plaire à un garçon. Les autres filles lui avaient alors fait remarquer qu'elle serait bien plus séduisante si elle prenait quelques kilos.

Michelle comprit que Brian souffrait lui aussi d'un complexe d'infériorité par rapport à son grand frère. Cela lui fit du bien de parler à quelqu'un qui vivait un peu la même chose qu'elle. Il n'était pas facile d'être comparé en permanence à des personnalités aussi charismatiques que Gabby et Billy.

Par la suite, Brian revint voir Michelle à l'hôpital deux ou trois fois par semaine. Il fut heureux d'apprendre qu'elle aurait le droit de rentrer chez elle pour Thanksgiving. Au bout d'un mois et demi, il la considérait un peu comme une grande sœur. Judy s'étonna de découvrir son nom sur la fiche de visites de Michelle.

— Tiens ! Qu'est-ce qu'il est venu faire ici ?

Elle se demandait ce que sa fille et un garçon plus jeune de trois ans pouvaient bien trouver à se raconter.

— Il est très gentil, maman. C'est un garçon sympa.

Ses autres amis, trop pris par leurs diverses occupations, n'étaient venus la voir qu'une ou deux fois pendant toute la durée de la cure. En y réfléchissant, Judy ne tarda pas à découvrir le point commun que Michelle partageait avec le petit frère de Billy. Depuis quelque temps, elle commençait à comprendre sa fille cadette, son sentiment d'être moins aimée que sa sœur, sa déception face à la vie, ainsi que ses rancœurs enfouies.

Judy se confia à Marilyn quand elle alla lui rendre visite.

— Oui, je sais, répondit celle-ci. Brian était triste pour Michelle de la savoir hospitalisée sans pouvoir sortir. Et je crois que Billy et Gabby lui manquent beaucoup, c'est un peu un moyen pour lui de garder le contact.

Le week-end tant attendu de Thanksgiving arriva enfin, mais le retour à la maison ne fut pas facile pour tout le monde. Sean prit brutalement conscience de l'absence de son frère en franchissant le pas de la porte. La mort de Kevin avait soudain quelque chose de beaucoup plus réel. Le vendredi soir, lendemain de la fête, Sean fut arrêté pour conduite en état d'ivresse. Cela ne lui ressemblait pas du tout, lui qui s'était toujours montré si responsable. Ses parents étaient furieux. Connie avait le sentiment que Sean essayait de *devenir* Kevin, mais elle ne savait pas comment aborder la question avec lui. Elle avait lu un article sur ces jeunes qui imitent les comportements toxiques d'un frère décédé, de façon à le maintenir en vie par procuration. Ne sachant vers qui se tourner, elle appela leur médecin de famille. Ce dernier déclara que quelques écarts étaient parfaitement compréhensibles après un tel traumatisme : il ne doutait pas que tout rentrerait dans l'ordre rapidement.

Néanmoins, Connie et Mike confisquèrent les clés de la voiture et annoncèrent à Sean qu'il ne fallait pas compter sur eux pour payer l'amende. Avec une alcoolémie de 0,9 gramme par litre de sang, il dépassait même la limite autorisée pour les conducteurs majeurs, qui était de 0,8 gramme. L'avocat de Mike ne pouvait donc pas demander l'acquittement. Dès le lundi suivant, Sean devrait comparaître devant un juge, et il risquait fort de voir son permis suspendu. En attendant, il se consumait de honte. Quand il l'avoua à ses amis le samedi, Izzie le traita d'imbécile.

Elle était donc de fort mauvaise humeur lorsqu'elle rentra chez elle. Or son père choisit ce moment pour lui annoncer que Jennifer allait emménager avec eux. Izzie en resta interdite. Le jeudi, son père et elle avaient été invités chez Jennifer pour le repas de Thanksgiving, et elle ne s'était doutée de rien.

— Tu es fou, ou quoi ? finit-elle par dire. Tu la connais à peine et elle a la moitié de ton âge !

— N'exagère pas… Et essaie de me comprendre : sans toi, la maison est bien vide. Ta mère est partie depuis longtemps déjà.

— Tu as l'intention de l'épouser ? demanda-t-elle, paniquée.

— Je ne sais pas, nous n'en avons pas encore parlé. En tout cas, pas tout de suite. Pour le moment, je me sens seulement prêt à vivre avec elle.

— Et que vas-tu faire si elle ne te plaît plus ? Comment réussiras-tu à la pousser vers la sortie ?

— Nous ne parlons pas d'un squatter, Izzie. Jennifer est la femme avec qui j'ai une relation de couple et à laquelle je tiens beaucoup.

Dépitée, Izzie comprit qu'il était inutile de discuter. Et lorsqu'elle tenta de raconter ses malheurs à Sean, il ne lui prêta qu'une oreille distraite, trop préoccupé par ses propres problèmes.

Gabby ne se montra guère plus disponible, elle aussi déstabilisée par les changements qui s'étaient opérés au sein de sa famille en son absence. Michelle, forte d'une nouvelle confiance en elle à l'issue de sa thérapie, lui reprocha de continuer à la traiter comme si elle était invisible, et une dispute sans précédent s'ensuivit. Gabby essaya de relativiser : la virulence de sa sœur à son égard était sans doute un signe de rétablissement…

De son côté, Billy dut retourner à L.A. dès le lendemain de Thanksgiving, car il jouait un match important le dimanche. Gabby le rejoignit le samedi pour pouvoir l'encourager depuis les tribunes, tandis que le reste de la bande suivait la retransmission télévisée.

Le week-end passa en un éclair. Le dimanche soir, seul Sean était encore chez ses parents, dans l'attente de son audience du lendemain. Le juge le condamna à une amende plutôt salée, assortie d'une sévère réprimande. L'avocat avait plaidé la clémence, arguant que Sean était très affecté par la récente disparition de son frère. En outre, il s'agissait d'une première infraction, il put donc conserver son permis et ne fut pas obligé de suivre un stage de remise à niveau. Sean reprit l'avion pour Washington dans l'après-midi, profondément soulagé, se jurant bien qu'on ne l'y prendrait plus.

11

Un mois plus tard, chacun trouva sa maison décorée en rentrant pour les vacances de Noël. Même Sean : sa mère s'était fait violence et avait accroché des guirlandes dans le sapin. Mike y jeta à peine un coup d'œil. Il n'eut pas le cœur à l'aider, ni à suspendre la multitude de petites ampoules multicolores sur la façade, comme il le faisait d'habitude.

Les Weston achetaient tous les ans un sapin artificiel somptueusement décoré par leur fleuriste. Blasé, Andy aurait préféré un arbre naturel, moins régulier et moins prétentieux, tel que ceux qu'il voyait chez ses amis, en particulier dans la famille de Billy.

Il faut dire que Marilyn et Jack avaient sorti le grand jeu pour célébrer le premier Noël des jumelles. Brian aida son beau-père à installer une girandole dans le jardin. Ils hissèrent même un faux renne sur la cime du toit et branchèrent un père Noël lumineux devant la maison. Ils avaient bien conscience que le tout était kitsch à souhait, mais ni eux ni leurs amis ne boudaient leur plaisir.

Judy, elle aussi, se sentait d'humeur particulièrement festive. Elle avait commandé un sapin floqué blanc, qu'elle orna de décorations or et argent, avant de suspendre une couronne assortie sur la porte d'entrée. Elle était très satisfaite de sa récente opération des paupières, pour laquelle Adam l'avait beaucoup complimentée, et sa nouvelle Jaguar venait d'être livrée. Mais le plus important, c'était que la santé de sa fille cadette semblait s'être stabilisée. Michelle avait repris du poids et, malgré sa longue absence à l'école, son bulletin trimestriel était très satisfaisant. Elle était surtout bien plus détendue, sa colère de Thanksgiving était retombée et elle s'aperçut même avec surprise que sa sœur lui avait manqué. Maintenant qu'elle avait appris à exprimer ses émotions et à s'aimer un peu plus elle-même, Gabby ne lui apparaissait plus comme une menace.

Celle-ci, de son côté, était en lice pour une campagne de publicité nationale, qui lui permettrait – si elle était retenue – de devenir l'égérie d'une célèbre marque de cosmétiques et de gagner une somme rondelette. Sa carrière de mannequin était désormais sur les rails. Elle était entrée de plain-pied dans la vie active et Billy avait hâte d'en faire autant. Pour lui, la fac n'était qu'un moyen d'atteindre son rêve : intégrer la National Football League.

Il avait d'ailleurs un dernier match à jouer avant les vacances de Noël et ne rentra que quelques jours après les autres. Izzie et Gabby avaient en revanche réservé leurs places dans le même avion et se partagèrent un taxi depuis l'aéroport. Izzie arriva chez elle la première. Tandis qu'elle descendait de voiture avec une mine lugubre, Gabby lui souhaita bonne chance. Jennifer avait en effet emménagé chez son père juste après Thanksgiving…

Au premier coup d'œil, la maison lui sembla inchangée. Mais elle s'aperçut bientôt que le canapé avait été déplacé, que le bureau de son père avait été poussé devant la fenêtre et que les livres sur les étagères n'étaient plus les mêmes. Un nouveau fauteuil de relaxation trônait au milieu du salon et des vases de fleurs étaient disposés sur les tables. Lorsqu'elle s'approcha du sapin, elle constata qu'aucune des décorations qu'elle adorait depuis son enfance n'y était accrochée. Heureusement, sa chambre était intacte – pas de signe d'invasion ici. Elle eut pourtant l'impression, en s'asseyant sur son lit, de ne pas se trouver à sa place. Elle se sentait étrangère dans sa propre maison.

Au même moment, elle reçut un SMS de Sean, qui partait de Washington sous une tempête de neige et arriverait tard dans la soirée. En réponse, elle lui souhaita un bon voyage, ajoutant qu'elle venait de rentrer et que c'était un peu bizarre.

Elle se rendit compte alors qu'elle n'avait pas de cadeau de Noël pour Jennifer et sortit dans le quartier commerçant de Fillmore Street. Elle acheta un pull de chez Marc Jacobs et un livre de photos sur Cuba, sans signification particulière mais qui lui plaisait bien. A son retour, elle monta directement dans sa chambre.

En fin d'après-midi, quand elle entendit Jennifer rentrer, elle resta allongée sans bouger. Quelques instants plus tard, sa porte s'ouvrit et Jennifer sursauta en l'apercevant.

— Oh... tu es rentrée... Excuse-moi, je voulais juste vérifier que tout était en ordre et que rien ne manquait pour ton arrivée. Tout va bien ?

— Oui, oui, dit Izzie en se redressant, gênée. Juste un peu fatiguée par le voyage.

— Est-ce que tu as faim ? Je viens d'acheter du fromage et une baguette française. Ton père m'a dit que tu aimais bien ça. Et aussi ton pâté préféré !

— Non, merci. Ce soir, je sors avec des amis.

En réalité, Gabby assistait au ballet *Casse-Noisette* avec sa famille et les garçons ne seraient pas encore rentrés. Izzie avait bien conscience qu'elle était stupide d'opposer une telle hostilité à la gentillesse de Jennifer, mais elle ne parvenait pas à surmonter ce sentiment. Elle se sentait trahie par son père.

Elle suivit néanmoins la jeune femme dans le salon. Jennifer était en train de disposer sur la table basse des magazines. Izzie en remarqua deux qui lui plaisaient, mais s'abstint d'y toucher. Au lieu de quoi elle s'approcha du sapin, puis se tourna vers Jennifer d'un air accusateur.

— Qu'est-ce que vous avez fait des autres décorations ?

— Ton père les a descendues à la cave, certaines étaient en mauvais état, et nous en avons acheté de nouvelles. Mais on peut les remonter, si tu veux…

Jennifer s'assit dans le fauteuil de relaxation. Elle portait un jean et une paire de bottes, ainsi qu'un pull noir moulant. Izzie devait reconnaître qu'elle était jolie, avec ses longs cheveux, bruns et brillants, qui lui balayaient le dos. Elle devait à la pratique quotidienne du yoga sa silhouette élancée et ne paraissait pas ses trente-neuf ans.

— Non, pas de problème, répondit Izzie en s'asseyant, tendue, sur le bord du canapé.

C'est alors que Jennifer décida de crever l'abcès. Si elle ne le faisait pas, elles risquaient toutes les deux de passer une semaine désagréable. C'était idiot.

— Je sais que ce n'est pas facile pour toi, Izzie, commença-t-elle d'une voix douce. J'ai vécu une situation similaire étant jeune. Ma mère est décédée quand j'avais quinze ans et je suis restée seule avec mon père. Peu après, il est tombé amoureux de la meilleure amie de maman et il l'a épousée un an plus tard. Elle avait déjà deux enfants, plus jeunes que moi, que je n'aimais pas beaucoup ; mon père et elle en ont encore eu deux autres.

Izzie se redressa et l'observa attentivement. Jennifer poursuivit :

— Au début, je trouvais ça horrible, je me suis mise à la détester, alors que je l'aimais bien du vivant de ma mère. J'en ai voulu à mon père pendant un bon moment. J'ai décidé de m'inscrire dans une fac très loin de chez moi. Je rentrais le moins souvent possible. Mais avec le temps, j'ai fini par comprendre que mon père et elle s'aimaient vraiment, qu'elle lui apportait beaucoup. Aujourd'hui, je m'entends très bien avec elle. Ce n'est pas ma mère, elle n'a jamais essayé de la remplacer, mais c'est quelqu'un de formidable. J'adore aussi mes demi-frères, même s'ils sont parfois aussi pénibles que quand ils étaient petits. Maintenant que mon père est décédé, il y a un an, je ne manque pas une occasion de revenir les voir.

— Est-ce que mon père et toi avez l'intention de vous marier et d'avoir des enfants ? demanda Izzie, un peu inquiète.

— Je ne sais pas. Sans doute que non. Ni lui ni moi n'en avons envie pour le moment. Je crois que le fait de perdre ma mère si jeune m'a rendue méfiante envers toute forme d'attachement. Comme si je craignais que les gens meurent parce que je les aime trop.

Izzie vit dans le regard de Jennifer qu'elle était franche et sincère, sans artifice.

— C'est triste, finit-elle par dire. Tu es encore assez jeune pour avoir des enfants. Je ne m'étais jamais imaginé que mon père puisse en vouloir d'autres, mais c'est peut-être le cas.

— Nous n'en avons pas parlé jusqu'ici. Nous vivons ensemble, ça nous suffit. Et quoi qu'il arrive, que ce soit avec moi ou avec une autre, tu resteras toujours sa fille, quelqu'un d'unique dans sa vie.

— Toi aussi, tu es quelqu'un d'exceptionnel pour lui.

— Et lui pour moi, ajouta Jennifer en souriant. Il y a donc trois personnes extraordinaires sous ce toit ! Tu crois que nous allons réussir à cohabiter et que tu vas retrouver ta place ?

— Hum, peut-être…

— Dis-moi, qu'est-ce que je pourrais faire pour te rendre les choses plus faciles ?

Izzie sourit. Elle fut brièvement tentée de répondre « Rentrer chez toi ! », mais parvint à se retenir. Après tout, elle appréciait les efforts de Jennifer pour se rapprocher d'elle, surtout que la situation ne devait pas être simple pour elle non plus. Elle avait été touchée par son récit concernant sa mère et sa belle-mère.

— Je suppose qu'il me faudra juste un peu de temps pour m'habituer au changement, dit-elle. J'aime bien le fauteuil, et c'est très joli, tous ces bouquets de fleurs.

— Est-ce que tu vas voir ta mère pendant les vacances ?

— Non, elle est à Londres pour les fêtes. Mais elle va passer à L.A. pour ses affaires dans quelques semaines et on dînera ensemble.

Jennifer hocha la tête et s'abstint de tout commentaire. Mais elle était triste de voir qu'Izzie n'avait jamais bénéficié de la présence d'une figure tutélaire féminine.

— Bon, et si je sortais quand même ce pâté et ce fromage ? proposa-t-elle.

Elle se dirigea vers la cuisine, où elle composa un beau plateau de fromages, décoré de petites grappes de raisin. Puis elle coupa la baguette en tronçons et la plaça dans une corbeille garnie d'une serviette à carreaux rouges et blancs. Izzie s'assit face à elle. Avant qu'elle ait eu le temps de s'en rendre compte, elle avait mangé la moitié du pâté et dévoré deux de ses fromages préférés. Tout en savourant ces denrées délicieuses, elle confia à Jennifer les problèmes qu'elle rencontrait avec sa camarade de chambre, qui lui avait pourtant semblé si sympathique en début d'année. Elle ne savait pas si elle devait demander à en changer dès maintenant, ou s'il valait mieux attendre de prendre un studio en ville l'année suivante. Elle avait aussi envisagé de partager un appartement avec Gabby, mais, d'un autre côté, Billy venait souvent la voir et elle n'avait pas envie de se sentir de trop. Jennifer lui conseilla de changer de colocataire dès son retour. A quoi bon être malheureuse jusqu'au mois de juin ?

Lorsqu'il apparut une heure plus tard, Jeff les découvrit absorbées dans leur conversation. Izzie se leva d'un bond. Tandis qu'elle le serrait dans ses bras, il adressa un sourire à Jennifer par-dessus son épaule. Jennifer hocha la tête en retour. Les choses se passaient mieux que prévu et elle était prête à s'armer de patience, le temps que la jeune fille prenne ses marques.

Tous trois dînèrent ensemble à la cuisine. Jennifer avait acheté du poulet rôti, que Jeff servit accompagné de salade et de pâtes comme lui seul savait les préparer. Ils s'offrirent de la glace en dessert, puis passèrent au salon pour admirer le sapin. Jeff et Izzie s'assirent côte à côte sur le canapé, Jennifer face à eux, dans son fauteuil de relaxation. Elle savait qu'ils avaient besoin de cette proximité. Jeff avait mis un CD de chants de Noël, les guirlandes lumineuses scintillaient dans le noir et un parfum de fête flottait dans la maison.

Puis Izzie monta dans sa chambre. A peine eut-elle enfilé sa chemise de nuit qu'elle reçut un SMS de Sean : « Je suis rentré. » Elle sourit. Et tandis qu'elle éteignait sa lampe, elle s'aperçut qu'elle était bien chez elle. Après tout, les choses n'avaient pas tellement changé… et sans doute pour le mieux.

12

Les O'Hara accueillirent le retour de Sean avec une grande joie. Ils furent tout aussi heureux de voir ses amis, qui ne tardèrent pas à reprendre leurs habitudes chez eux. Mike complimenta Billy pour son début de saison prometteur. Il n'avait manqué aucun de ses matchs à la télévision et comptait bien emmener Sean et Connie à L.A. pour le voir jouer le grand match du jour de l'an au stade du Rose Bowl. Le jeune homme avait beaucoup de chance d'avoir pu entrer en jeu dès son arrivée dans l'équipe. Et jusqu'à présent, il n'avait pas trahi la confiance qui lui était accordée.

Le « Club des Cinq » au grand complet ainsi que leurs parents se réunirent chez les Norton pour la soirée de Noël. La fête fut mémorable, même si Connie et Mike ne firent qu'une brève apparition. C'était le premier Noël sans leur fils aîné et cela leur était sans nul doute très douloureux. Judy et Adam vinrent avec leurs deux filles, qui étaient très attendues, l'une par Billy, l'autre par Brian. Andy était accompagné de sa mère seulement, car son père s'imposait une période de réclusion volontaire pour boucler son dernier livre. Jeff arriva avec Jennifer à son bras et Marilyn fit observer à Connie qu'Izzie semblait mieux disposée que par le passé envers la compagne de son père.

Entre Noël et le jour de l'an, les O'Hara prêtèrent leur chalet de Tahoe aux jeunes, afin qu'ils puissent aller skier à la station de Squaw Valley. Billy, qui devait rentrer s'entraîner en prévision du match au Rose Bowl, ne les accompagna qu'une journée. Sean avait invité quelques amis supplémentaires, en particulier une camarade de fac sur laquelle il avait jeté son dévolu.

La joyeuse troupe prit la route de la montagne dans deux minibus pleins à ras bord de skis, de bagages et de passagers. Le chalet, qui comprenait un dortoir, les accueillerait tous sans problème. Dès leur arrivée, une ambiance bon enfant s'installa, et chacun mit la main à la pâte pour préparer le dîner. N'ayant jamais eu à déplorer d'incidents, les O'Hara leur faisaient totalement confiance. La seule condition était qu'ils ne consomment pas d'alcool et ils avaient promis de s'y tenir. Lorsque Billy sortit quand même sa flasque, Sean n'eut qu'à le rappeler à l'ordre pour qu'il la range aussitôt. Pour sa part, Sean n'avait pas bu une goutte d'alcool depuis son arrestation pour conduite en état d'ébriété.

Le deuxième soir, Izzie et Andy discutèrent de leurs études respectives au coin du feu. Le jeune homme conseillait à son amie de demander son transfert à Harvard, mais elle était très heureuse à L.A. et ne souhaitait pas quitter la Californie. Andy avoua que le cursus préparatoire aux études de médecine s'avérait plus éprouvant qu'il ne l'aurait cru. Tout comme le football pour Billy, c'était sa passion, et pas seulement le rêve de ses parents. Izzie, quant à elle, ne regrettait pas d'avoir tenu tête à sa mère. Elle appréciait de plus en plus ses études de psychologie et avait hâte d'aborder la psychopathologie au second semestre, même si l'idée de passer en revue tous ces troubles mentaux l'effrayait un peu. Elle n'excluait pas d'en faire sa profession, mais dans le fond elle n'avait pris aucune décision. Elle n'était pas pressée d'entrer dans la vie active ; après l'obtention de son diplôme, elle avait envie de prendre une année sabbatique. Pour effectuer un stage en entreprise ou même partir en mission humanitaire dans un pays en voie de développement. Comme son père, elle voulait aider ceux qui en avaient le plus besoin.

Les deux amis bavardèrent jusqu'à une heure avancée, bien après que les autres furent couchés. En fouillant dans la cuisine, ils découvrirent une bouteille de vin et, en dépit de leur promesse aux parents de Sean, ils décidèrent de l'ouvrir. La conversation glissa sur la camarade que Sean avait invitée. Tout le monde était d'accord pour dire qu'elle avait un corps de déesse et qu'elle skiait comme une championne. Pour le moment, elle s'était installée dans le dortoir avec les autres filles, mais Sean espérait conclure avant la fin de la semaine. Izzie les avait vus s'embrasser dans le couloir après le dîner.

— Et toi, alors ? Toujours puceau ? demanda Izzie à Andy d'un air canaille, après avoir bu la dernière goutte du verre de vin interdit. Est-ce qu'il y a des filles canon à Harvard ?

— Eh bien, c'est marrant que tu poses la question, parce que justement... Non, je plaisante, laisse tomber ! On a bien trop de boulot. Si je veux avoir des notes correctes, je ne peux même pas me permettre de *penser* à l'amour...

— Dommage. Moi non plus, je n'ai guère brillé

143

dans cette matière. C'est le problème des facs en milieu urbain : il n'y a pas beaucoup de soirées sur le campus. Je n'ai pas eu un seul rencard depuis cet été. En revanche, ma colocataire s'est révélée être la marie-couche-toi-là du quartier. Elle saute sur tout ce qui bouge, c'est l'horreur.

Ils s'accordèrent un deuxième verre de vin.

— Tu sais, on devrait peut-être régler notre problème ensemble, déclara Izzie. Je commence à me dire que ma virginité est encombrante, et toi aussi, je le sais… Si ça se trouve, ça suffirait à nous rendre sexy, et on deviendrait désirables aux yeux de la terre entière !

L'altitude aidant, l'alcool leur était immédiatement monté à la tête. Izzie regardait avec des yeux flous un Andy stupéfait. Il la trouvait très attirante, avec ses longs cheveux lâchés dans le dos. Pourtant, il l'avait toujours considérée comme une sœur jusque-là.

— Tu es sérieuse ?

— Bien sûr. Pourquoi pas ? Et si on s'aimait vraiment ? Je veux dire, plus que comme des amis. Nous allons peut-être nous révéler fabuleux au lit, avec un vrai talent pour la chose. On ne sait jamais. Et puis, à part nous, tout le monde couche ! Toi et moi sommes les seules personnes de cette planète à n'avoir pas goûté aux plaisirs de la chair, dit-elle, le regardant d'un air gourmand en attaquant son troisième verre.

Ce n'était pas vrai, tous deux le savaient. Aux dernières nouvelles, Sean était toujours vierge et ne leur avait pas annoncé de changement de statut depuis le mois d'août.

— Qu'est-ce que tu es en train d'insinuer, là ?

Elle désigna d'un geste vague la direction de la petite chambre de bonne qu'occupait Andy. Avant qu'ils aient le temps d'y réfléchir à deux fois, il lui tendit la main, puis ils emportèrent la bouteille et les verres et se glissèrent sur la pointe des pieds jusqu'à la chambre. Tout à coup, Andy eut l'impression que son corps entier s'enflammait. Izzie le suivit en zig-zaguant, avec un petit rire étouffé. A quoi devait-elle s'attendre ? Ses amies lui avaient raconté leurs expériences, les meilleures comme les pires.

— Je n'ai pas de préservatif, dit-il en refermant la porte, l'air malheureux.

Il ne se voyait pas en train de réveiller un garçon du groupe pour lui en demander un. Izzie le regarda, le visage resplendissant. Il l'avait toujours trouvée si belle, avec ses grands yeux bruns et ses traits réguliers… Et voilà qu'elle s'offrait à lui. Elle s'avança et entreprit de défaire sa braguette. Le cerveau d'Andy se mit à fourmiller de mille scènes plus osées les unes que les autres.

— Je te fais confiance, répondit-elle simplement.

Elle commença à se déshabiller, tandis qu'il ôtait son jean. Il avait les jambes longues et musclées, son corps dégageait un mélange parfait de jeunesse et de virilité. Elle retira son pull et dégrafa son soutien-gorge. Ses petits seins ronds apparurent, blancs comme neige sous le clair de lune. Il les prit dans ses paumes, puis ses mains parcoururent tout son corps. Elle sentait son érection et se demandait ce qu'elle ressentirait quand son sexe serait en elle. Elle ferma les yeux, essayant de ne pas y penser, ou du moins de ne pas avoir peur. Andy n'était jamais allé aussi loin avec une fille. Avant de pouvoir s'arrêter, ou de prendre son temps avec des préliminaires, il la pénétra. Il ressentit quelque chose d'incroyable et entendit à peine qu'Izzie étouffait un glapissement de douleur. Il ne pouvait plus s'arrêter.

Quand ce fut fini, il la tint serrée dans ses bras, ébloui. Il n'avait plus qu'une envie : lui dire qu'il l'aimait. Il s'aperçut alors qu'elle avait l'air interdite et qu'une goutte de sang perlait à l'endroit où elle s'était mordu la lèvre.

— Je t'ai fait mal ? s'inquiéta-t-il.

— Non, non, ça va. Tout le monde dit que c'est plus facile la deuxième fois.

Elle se serra contre lui et ils restèrent enlacés un long moment. Il avait envie de recommencer, mais craignait que ce ne fût pas réciproque.

— Tu regrettes qu'on l'ait fait ? finit-il par murmurer.

— Mais non, bien sûr que non… répondit-elle, stoïque.

Elle se demandait toutefois comment elle avait pu croire tout à l'heure que c'était une bonne idée. Elle n'était pas amoureuse de lui. A présent, elle en était certaine. Cette expérience avait servi de test révélateur, mais, en attendant, elle avait conscience d'avoir mis le doigt dans une situation compliquée.

— Et toi, tu regrettes ?

— Comment le pourrais-je ? dit-il en lui souriant. Je crois bien… que je suis amoureux de toi.

Elle ne répondit pas. Elle ne l'aimait que comme un frère et se sentait incestueuse. Sa mélancolie ne tenait pas à la seule perte de sa virginité. Elle avait commis une erreur, elle le savait.

— Je ferais mieux de retourner au dortoir, dit-elle au bout d'un moment.

Il comprit. Lui non plus ne voulait pas que les autres la voient sortir de sa chambre au petit matin. Pour le moment, ce qu'ils avaient fait ne regardait qu'eux. Il se leva, nu sous la lune. Bien qu'Izzie ne fût pas insensible à sa beauté, cela ne changeait rien à ses sentiments.

Tout à coup, elle paniqua. Ils n'avaient utilisé aucune protection. Dans la mesure où c'était la première fois pour lui aussi, elle ne craignait pas tant les maladies que de tomber enceinte.

— Je préfère que tu ne m'accompagnes pas, murmura-t-elle, livide.

Il l'embrassa, puis elle se rhabilla et sortit en emportant la bouteille et les verres. Dans la cuisine, elle vida le reste de vin dans l'évier, rinça les verres et enfouit la bouteille au fond de la poubelle. Elle regagna le dortoir sans un bruit, puis enfila sa chemise de nuit dans la salle de bains, après avoir rincé le filet de sang qui coulait le long de ses cuisses. Qu'allait-il se passer ? Si elle était enceinte, leurs parents seraient anéantis. Surtout ceux d'Andy, mais les siens ne sauteraient pas de joie non plus. Elle n'avait que dix-huit ans, Andy venait à peine d'en avoir dix-neuf, et il s'était engagé pour dix ou onze années d'études.

Elle s'allongea et remonta les couvertures sous son menton. Les filles n'avaient pas bougé à son arrivée. Elle essaya un instant de se remémorer le moment où ils avaient fait l'amour, mais s'aperçut aussitôt qu'elle n'avait pas du tout envie d'y penser. Elle aurait voulu s'évaporer pour se retrouver très loin de là, toute seule sur une île déserte. Elle fut prise d'un léger mal de mer en fermant les yeux, mais ne tarda pas à sombrer dans un profond sommeil.

Le lendemain matin, Sean préparait le petit déjeuner dans la cuisine, assisté de Gabby et de son invitée. Les autres n'aimaient pas beaucoup sa camarade de

Washington, trop bavarde et un peu écervelée. Elle était justement en train de parler à tort et à travers quand Izzie entra dans la cuisine en clignant des yeux, éblouie par la lumière matinale. Elle avait un terrible mal de tête qui lui donnait l'impression d'avoir reçu des coups de marteau sur le crâne. Le moins qu'on puisse dire est qu'elle n'était pas au mieux de sa forme. D'autant que les événements de la nuit lui étaient revenus en mémoire dès son réveil.

Andy, lui, pénétra dans la pièce avec le sentiment d'être le roi de l'univers. Il lui adressa un large sourire.

— Salut, fit-elle d'un air absent, en se servant une tasse de café.

— Comment ça va ? s'enquit-il avec sollicitude.

Personne ne s'en étonna, ils étaient toujours pleins d'égards l'un envers l'autre ; seule Izzie comprit tout ce que cette question impliquait. Elle avait envie de lui dire qu'elle était enceinte, elle en était sûre. Il suffisait d'une fois ! C'était arrivé à des tas de filles. D'ici neuf mois, la mère d'Andy l'accueillerait dans son service d'obstétrique. Toutes ces pensées lui donnaient le tournis, et sa gueule de bois n'arrangeait rien.

— J'ai une migraine, dit-elle simplement.

Il hocha la tête. Lui aussi ressentait les effets du vin, mais cela lui était bien égal. Encore subjugué par l'expérience de la veille et les sentiments qu'il éprouvait pour elle, il avait l'impression d'être sur un petit nuage. Il s'attabla devant un énorme petit déjeuner.

Au-dehors, un beau soleil brillait sur la poudreuse et tous avaient hâte de partir à l'assaut des pistes. Tous… sauf Izzie. Gabby, venue appliquer de l'écran total sur son visage, qu'elle devait garder impeccablement clair pour les castings, la trouva seule dans le dortoir, assise sur le bord de son lit, désespérée.

— Tout va comme tu veux ?

Izzie aurait voulu répondre par l'affirmative, mais au lieu de cela elle secoua la tête et se mit à pleurer.

— J'ai fait une grosse bêtise hier soir, dit-elle d'une voix étouffée, la tête sur l'épaule de son amie.

— Grosse comment ? s'inquiéta Gabby.

Comme il n'y avait aucun nouveau garçon dans les parages, elle craignit d'abord qu'il ne s'agisse de drogue.

— Vraiment très grosse, gémit Izzie. J'ai eu un rapport non protégé.

Gabby la regarda sans comprendre.

— Ah bon ? Mais avec qui donc ? Avec Sean ?

Izzie avait toujours été plus proche de lui que des deux autres garçons du groupe. Son amie secoua la tête.

— Non… avec Andy.

— Sérieux ? Waouh… Je n'aurais jamais imaginé ça. Même si j'avoue qu'il est mignon. Alors comme ça, tu es amoureuse ? demanda Gabby avec une sorte de tendresse maternelle.

— Non. C'était vraiment une idée stupide. Maintenant, notre amitié est fichue. Et qu'est-ce qui va se passer si je suis enceinte ?

— Tu ne prends pas la pilule ?

D'un air piteux, Izzie secoua la tête. Gabby se mit à fourrager dans son sac, à la recherche de sa trousse de toilette. Elle en sortit une petite boîte.

— Tiens, prends-en une. C'est la pilule du lendemain. J'en ai toujours sous la main, pour les fois où je me goure dans ma plaquette, ou bien si j'ai une gastro. Quand on est sous antibiotiques, c'est pareil : la pilule normale risque de ne pas fonctionner. Mais avec ça, tu évites les pépins à coup sûr.

Le visage d'Izzie s'était illuminé. Gabby était une véritable encyclopédie des choses de la vie en plus d'être sa sauveuse. Sans perdre un instant, Izzie avala le comprimé avec gratitude.

— Merci. Je m'apprêtais à sauter dans un ravin...

— De rien, et puis ça ne vaut pas la peine d'en arriver à de telles extrémités ! Alors, qu'est-ce que tu vas faire pour Andy ?

— Je ne sais pas. Je suis obligée de lui dire que c'était une erreur. Je ne suis pas amoureuse de lui. Mais je ne voudrais pas que notre amitié soit gâchée. J'ai peur de sa réaction. C'est rare, les relations comme la tienne avec Billy... De l'amitié à l'amour...

Gabby acquiesça.

— Et comment vas-tu le lui dire ?

— Aucune idée. Aussi simplement que possible, j'imagine. Mais en attendant, je crois que je vais passer la journée au chalet. Je ne me sens vraiment pas bien.

Elle ne dit rien de son mal aux cheveux. Son premier aveu lui avait assez coûté.

— Le pire, ajouta-t-elle, c'est que c'était mon idée. Je lui ai dit qu'on pourrait se débarrasser ensemble de notre virginité. Sauf que ce n'est pas si simple...

— Je suis sûre qu'il voit les choses de la même façon, la rassura Gabby.

Malheureusement, ce n'était pas le cas. Pendant toute la journée, Andy se répéta qu'il l'aimait. Et il était si absorbé dans sa rêverie érotique qu'il faillit percuter un sapin, en dépit des cris d'alerte de Sean, qui le traita d'imbécile. Sa déception fut donc amère quand Izzie parvint à lui parler en tête à tête le soir venu.

— C'était donc si horrible que ça ?

— Bien sûr que non. J'ai eu un tout petit peu mal,

mais il paraît que c'est normal la première fois. Seulement, si on se lance dans une relation suivie, ça a toutes les chances de mal se terminer. Or il n'y aurait rien de pire pour moi. Tu es trop important à mes yeux, je ne veux pas risquer de te perdre.

Izzie vit qu'Andy était à la fois flatté et un peu vexé par ce discours, qui remettait tout de même en cause ses performances sexuelles.

— Tu es super au lit... ou tu ne tarderas pas à l'être, le rassura-t-elle. Et puis tu es taillé comme un dieu grec ! Mais je ne veux pas troquer notre belle amitié contre de simples rapports sexuels.

— De simples rapports sexuels ? A ton avis, ce n'était rien d'autre ? Pour moi, c'était très beau, et très important !

— Pour moi aussi, mais on avait bu, et je continue à penser que c'était stupide. Tu te souviens de notre serment ? *Amis pour la vie !*

Izzie semblait plus mûre et plus raisonnable que lui. Pourtant, Andy savait lui aussi qu'il était utopique de vouloir faire durer une relation à distance pendant dix ans. Mais il n'avait pas envie de laisser ce qu'il venait de découvrir lui échapper si vite.

— Pourquoi est-ce qu'il faudrait choisir ? s'obstina-t-il. La conjonction de l'amitié et du sexe, n'est-ce pas la définition de l'amour ?

— Je t'aime déjà. Je le sais. Je n'ai pas besoin de coucher avec toi pour m'en convaincre. Mais que se passerait-il si tu sortais avec quelqu'un d'autre pendant que tu es à la fac ? Ou si moi je te trompais à L.A. ? On finirait par se détester. Hier soir, c'était bien, c'était un moment très spécial. Mais c'était une erreur pour toi comme pour moi, conclut-elle, inflexible.

Ce soir-là, il s'assit loin d'elle à table et alla se

coucher de bonne heure. Sean s'aperçut qu'il y avait anguille sous roche.

— Est-ce que tu es fâchée avec Andy ? demanda-t-il à Izzie.

Les disputes étaient très rares au sein de leur petite bande. Même en cas de désaccord, ils n'élevaient pas la voix et ne prononçaient pas de paroles blessantes.

— Non, c'est juste un différend sans importance, rien de grave, je t'assure.

— Ah, tant mieux… A propos, tu dois une bouteille de vin à mes parents. Tu connais les règles, ajouta-t-il d'un air sévère.

Il avait découvert le cadavre en sortant les poubelles.

— Je te demande pardon, dit-elle, mortifiée. Je te jure que j'allais la remplacer…

— Ç'a à voir avec ta dispute avec Andy ?

— Oui… En fait, il m'a vue la prendre et m'a fait la morale en long et en large.

— Andy a raison, tu sais. Mes parents ne s'en rendraient sûrement pas compte, mais je vais quand même demander à quelqu'un de majeur d'en racheter une autre avant la fin de la semaine.

— Merci, dit-elle avant d'aller chercher un billet de vingt dollars.

Andy et elle s'évitèrent tout le reste de la semaine. Le dernier jour, il se décida à aller lui parler.

— Excuse-moi, Izzie, si j'ai été un peu froid avec toi. Ce que tu m'as dit m'a déçu sur le moment. Mais j'ai eu le temps d'y réfléchir et je pense que tu as raison. Moi non plus, je n'ai pas envie de gâcher notre amitié.

Il la prit dans ses bras.

— N'empêche, tu es sacrément bien foutue…

murmura-t-il à son oreille. Si jamais tu changeais d'avis…

Elle éclata de rire.

— C'est gentil, Andy, mais, blague à part, c'était une mauvaise idée.

— Moi, je ne regrette rien. Quitte à ne plus être puceau, autant que ce soit avec une amie.

Ces propos firent réfléchir Izzie. Au fond, Andy n'avait peut-être pas tort. L'expérience n'était pas une totale réussite, mais elle devait admettre qu'elle se sentait plus légère : la question de perdre sa virginité n'était plus de mise.

Le 30 décembre, toute la bande était d'excellente humeur lorsqu'ils prirent le chemin du retour. Sean n'était pas parvenu à ses fins avec son invitée, mais sans trop de regrets. A l'instar de ses amis, il la trouvait désormais agaçante en ayant vécu sous le même toit. Le lendemain, ils iraient à L.A., afin de voir Billy jouer son grand match du jour de l'an au Rose Bowl. Larry avait prévu de faire la route avec un groupe d'amis, dans un bus aménagé loué pour l'occasion. Et Marilyn et Jack avaient invité tout le monde à la soirée de la Saint-Sylvestre dans l'hôtel où ils descendraient.

Pour sa part, Andy devait repartir pour Boston le matin du 1er janvier et il manquerait à la fois la fête et le match. Izzie n'était pas mécontente de mettre de la distance entre eux…

La joyeuse troupe prit donc ses quartiers à Los Angeles. Alors que certains avaient réservé des chambres dans des hôtels de Pasadena, tout près du stade, Sean et ses parents étaient descendus au célèbre Beverly Hills de Sunset Boulevard. Billy, lui, était tenu de rester sur le campus avec son équipe et de se coucher à vingt-deux heures. Il disait avoir encore des milliers de tactiques de jeu à réviser pour le lendemain, et Gabby savait à quel point il était stressé.

Lui excepté, tous se retrouvèrent à l'hôtel de Marilyn et Jack pour fêter le réveillon. Alors qu'ils attendaient les douze coups de minuit, l'excitation était à son comble ; ils ne parlaient que du grand match et de Billy, dont le rêve était sur le point de se réaliser.

Le lendemain matin, les O'Hara louèrent un minibus pour emmener tout le monde voir la Parade de la Rose à Pasadena. Brian ne tenait pas en place et Gabby se rongeait les sangs, mais cela leur fournit une agréable distraction en attendant l'heure d'aller au stade. Après le défilé, ils se rendirent sur Sierra Madre et Washington Boulevard, où les incroyables chars entièrement recouverts de fleurs étaient stationnés.

Ils prirent place dans les tribunes bien avant le coup d'envoi, prévu à quatorze heures. Un beau soleil brillait et la température était douce. Marilyn espérait que Larry ne serait pas ivre et ne ferait rien qui puisse embarrasser les garçons. Izzie et Gabby bavardaient avec Michelle, Brian ne cessait de se lever pour acheter des souvenirs aux marchands ambulants, et Mike régalait tout le monde de boissons et friandises. L'attente leur sembla interminable. Enfin, ils virent apparaître les maillots rouge et or des Trojans. La foule était en délire. Les pom-pom girls dansaient au son d'une musique entraînante, tandis que les supporters soufflaient dans les trompettes. Un ballon dirigeable, amarré au-dessus du terrain, était prêt à filmer le match.

Les joueurs de l'équipe adverse, une université de l'Alabama, avaient eux aussi fière allure en entrant sur le terrain. Cependant, l'USC ne tarda pas à mener le jeu. L'Alabama marqua deux fois lors du deuxième quart-temps, mais l'issue du match fut scellée au début de la dernière période.

Larry, flanqué de part et d'autre de jeunes filles en débardeur et minijupe blanche, commentait chaque action avec sa bande d'amis et s'époumonait comme un beau diable pour encourager Billy.

En quatrième période, grâce à une tactique brillante élaborée par l'entraîneur, Billy marqua le *touchdown* décisif, assurant la victoire à l'USC. En plus du titre de champion pour son équipe, cet exploit lui valut la distinction très prisée de meilleur joueur du match.

Lorsqu'on lui remit le trophée, Marilyn ne put s'empêcher de pleurer, Sean et les filles bondirent dans tous les sens, et Brian descendit les gradins en courant et en hurlant le nom de son frère. Larry alla jusqu'à se retourner pour adresser un signe de la main à Marilyn. C'était un de ces moments de pure joie pendant lesquels les différends s'estompent.

La famille et les amis de Billy quittèrent les tribunes en même temps que les neuf mille autres fans, puis ils l'attendirent à la sortie du vestiaire. Le héros du jour ne reparut qu'une heure plus tard. Marilyn lui sauta au cou la première. Puis il embrassa passionnément Gabby et lui dit qu'il l'aimait en la soulevant de terre. Chacun était fier de le connaître en personne. Après avoir essayé d'entrer en force dans le vestiaire, Larry était reparti de bonne heure avec sa clique, non sans avoir crié à son fils toutes ses félicitations. Billy invita Sean, Izzie et Gabby à la grande fête organisée le soir même. En attendant, il retourna sur le campus avec ses coéquipiers, dans un luxueux autocar où régnait la plus totale euphorie.

A vingt-trois heures, les quatre jeunes gens se retrouvèrent au Club Empire, la boîte de nuit branchée de

Hollywood, où les Trojans célébraient leur victoire pour la seconde fois. Billy, aux anges, garda le bras autour des épaules de Gabby toute la soirée. A un moment, Sean et lui se retrouvèrent ensemble aux toilettes. Ils étaient côte à côte devant les lavabos, comme cela leur était arrivé des centaines de fois à Atwood, lorsque Billy sortit discrètement de sa poche un petit flacon renfermant quelques pilules blanches et lui en proposa. Au regard complice que lui adressait son ami, Sean comprit qu'il s'agissait d'une substance illicite.

— Qu'est-ce que c'est que ce truc ? demanda-t-il, choqué.

— De l'ecstasy, mec, pas la peine de t'énerver comme ça. Je ne crains rien, ils nous ont fait passer les contrôles anti-dopage juste après le match, tout va bien.

— Non, tout ne va pas bien ! gronda Sean.

En une fraction de seconde, il saisit son ami par le col et le plaqua contre le mur. Malgré ses vingt kilos de moins, il parvint à le maîtriser. Billy était stupéfait.

— Pas bien du tout, même ! Tu ne veux pas comprendre ? Mon frère est mort à cause de cette merde. Chaque fois que tu en achètes, tu soutiens toute une industrie de salauds qui n'hésitent pas à assassiner des gens. Je pensais que tu avais pris ton pied aujourd'hui avec ta victoire, que tu avais tout donné pour en arriver là. Si c'est vraiment le cas, ne fous pas tout en l'air, et ne gâche pas la vie des autres par la même occasion. Je tiens à toi, mec. Alors, balance-moi ça tout de suite. Et si jamais tu recommences, je te tue !

Sur ce, frémissant de rage, il lui arracha le flacon des mains et le jeta à la poubelle. Billy le regardait, très calme.

— Tout le monde en prend, dit-il. Il suffit d'être malin et de l'avaler juste après les analyses.

— Billy, ce n'est pas le problème ! Je t'en prie, ne gâche pas tout... implora Sean.

Il tremblait encore quand son ami passa le bras autour de ses épaules pour l'entraîner au-dehors. Seule Izzie s'aperçut que Sean était plus pâle que d'habitude. Gabby n'avait d'yeux que pour Billy.

Ils déposèrent Izzie sur son campus, puis Sean à son hôtel. En se quittant, les deux garçons s'étreignirent fort. Billy savait à quel point Sean tenait à lui, mais il vivait désormais dans un autre monde, un monde survolté où l'argent était roi. Il était impatient d'en finir avec la fac et d'intégrer la NFL. Son premier match de championnat avait aiguisé son appétit.

Le lendemain, les pages sportives des journaux ne parlaient que de lui. Plusieurs photographes avaient saisi le moment où il marquait le *touchdown* décisif, et le *L.A. Times* le sacrait « jeune joueur le plus talentueux de la planète ». Marilyn colla religieusement toutes les coupures de presse dans un album.

Ce matin-là, Izzie appela Sean avant qu'il décolle pour Washington. Elle était persuadée que quelque chose l'avait contrarié la veille.

— Qu'est-ce qui s'est passé entre Billy et toi hier soir ?

— Rien du tout, répondit-il. Juste une conversation entre mecs.

Sean espérait que son ami avait entendu le message d'avertissement. Cela faisait sept mois que Kevin était mort. Depuis, il n'y avait plus de place dans sa vie pour le laxisme, les demi-mesures, les exceptions ou les compromis.

— Est-ce que tu vas rentrer pour les vacances de printemps ? demanda Izzie, le tirant de ses idées noires.

— Peut-être, je ne sais pas encore. Certaines personnes de mon TD organisent un voyage au Pérou pour y étudier le système politique. J'ai assez envie d'y aller, même si je sais que ma mère veut que je rentre.

— Elle n'est pas la seule, dit Izzie.

— Je le sais bien, va, et tu me manqueras aussi. Je te tiens au courant, c'est promis.

Sur ce, ils raccrochèrent. Un sourire aux lèvres, Izzie repensait à la victoire de Billy en descendant pour déjeuner avec les autres au restaurant de l'hôtel, baigné par un beau soleil de janvier. Et lorsqu'elle vit le champion entrer à son tour, rayonnant, elle se sentit si heureuse pour lui que les larmes lui montèrent aux yeux.

13

Une semaine après la victoire de l'USC au Rose Bowl, Gabby apprit qu'elle avait été retenue pour représenter la grande marque de cosmétiques. Son agence continuait à l'envoyer à différents castings, notamment pour Victoria's Secret, célèbre enseigne de lingerie fine. Petit à petit, elle apprenait les ficelles du métier.

Billy avait passé la nuit chez elle et s'était levé de bonne heure pour sa séance de musculation sur le campus. Ils étaient convenus de se retrouver à l'heure du dîner.

La jeune fille se glissa dans une robe noire, courte et moulante, et enfila une paire de sandales à talons hauts. Ses longs cheveux blonds étaient parfaitement lissés. Elle venait de se faire éclaircir quelques mèches, ce qui paraissait parfaitement approprié sous le soleil de L.A. Sa peau était éclatante de santé. Elle ne portait qu'un maquillage très léger, car son agence préférait qu'elle se présente sous une allure fraîche et juvénile. C'était également l'opinion de Billy. Après le match de championnat, il lui avait offert une bague pour remplacer celle qu'il lui avait donnée au lycée. Celle-ci était sertie d'un petit diamant en forme de cœur, avec des brillants tout autour. Il avait fait graver « Je t'aime » à l'intérieur de l'anneau. Bien que ce ne fût pas encore une vraie bague de fiançailles, Gabby la portait à la main gauche. Billy parlait de l'épouser dès qu'il aurait vingt et un ans ; la NFL lui proposerait sans doute un contrat juteux, et la tentation de décrocher de la fac serait forte. Gabby n'y voyait pas d'objection. Du moment qu'ils étaient ensemble, Billy pouvait bien faire ce qu'il voulait ; elle continuerait à le soutenir dans tous les cas.

Les trois castings de Gabby se déroulèrent à merveille ; elle était presque certaine d'être sélectionnée pour chacun d'entre eux. A la fin de la journée, elle sortit prendre un verre au bar du Ivy Restaurant, le rendez-vous du Tout-Hollywood, en compagnie d'une mannequin avec laquelle Gabby avait déjà posé pour *Vogue*. La jeune fille avait débarqué de Salt Lake City six mois plus tôt et, pour elle non plus, le succès ne s'était pas fait attendre. Par chance, leur physique correspondait exactement à ce que le monde de la mode recherchait à ce moment-là. La nouvelle amie de Gabby était sur le point d'accepter un rôle dans un spot publicitaire au Japon.

En sortant du bar, Gabby essaya d'appeler Izzie, mais tomba directement sur son répondeur. Billy lui téléphona ensuite pour lui demander comment s'étaient déroulés ses rendez-vous. Ils convinrent de se retrouver à l'appartement d'ici une heure, après que Billy lui eut dit qu'il l'aimait. Elle tenait encore son BlackBerry en main quand elle s'élança sur North Robertson pour héler un taxi. Elle étendit le bras, sublime jeune fille en petite robe noire, les cheveux blonds flottant au vent. A cet instant, une voiture lancée à toute vitesse déboula au coin de la rue.

Gabby ne saurait jamais ce qui l'avait percutée. Le choc la projeta dans les airs, elle retomba violemment sur le pare-brise, puis glissa sur la chaussée, tête la première. Elle resta étendue au sol, inerte. Au même moment, le chauffard faillit renverser quelqu'un d'autre en montant sur le trottoir. Il sauta hors de son véhicule et s'enfuit en courant, mais quelqu'un parvint à l'arrêter et à le plaquer au sol. Les passants hurlaient, des coups de klaxon retentirent. En quelques minutes, un fourgon de police, deux ambulances et une voiture de pompiers arrivèrent sur les lieux et bloquèrent la circulation. L'homme fut embarqué. L'un des policiers ramassa le téléphone de Gabby et l'enferma dans un sac en plastique. Les photos du press-book de la jeune fille jonchaient la rue. Lorsque les brancardiers la recouvrirent d'un drap, un frisson d'horreur parcourut la foule des badauds. Gabby Thomas venait de mourir à l'âge de dix-huit ans.

14

Depuis plusieurs heures, Billy ne cessait d'appeler Izzie pour lui demander si elle avait des nouvelles de Gabby. Celle-ci avait bien eu son message sur répondeur vers dix-sept heures, mais c'était tout.

Or il était déjà vingt heures et Gabby n'omettait jamais de le prévenir si elle était en retard.

— Peut-être que son agence l'a envoyée à un autre casting et qu'elle n'a pas eu le temps de te prévenir, tenta de le rassurer Izzie. Ou alors son BlackBerry ne capte pas. Il y a des endroits où il n'y a pas de réseau...

— Non, je suis sûr que quelque chose cloche, répondit-il.

Sa voix étranglée fit sourire Izzie : ces deux-là étaient vraiment inséparables...

— Mais non, voyons. S'il y avait un problème, c'est sûr qu'elle t'aurait appelé, ou bien moi. Détends-toi et patiente. Elle peut avoir perdu son portable, ou être simplement à court de batterie.

Un millier de raisons sans gravité pouvaient, certes, expliquer son retard. La réalité, elle, était tragique.

Au même moment, deux policiers se présentaient au domicile des Thomas à San Francisco. Dès qu'elle ouvrit la porte, Judy comprit qu'un terrible événement venait de se produire. Elle les fit entrer dans le salon, la gorge serrée, et les invita à s'asseoir. Ils s'efforcèrent de lui annoncer la nouvelle avec le plus de ménagement possible. Gabby avait été renversée par un chauffard ivre, étudiant en première année à l'USC. Son taux d'alcool était de 1,9 au moment de l'accident et il avait été placé en garde à vue. Leur fille avait été tuée sur le coup. Judy tomba dans les bras d'Adam, secouée de sanglots hystériques.

Alertée par les cris de sa mère, Michelle sortit de sa chambre et comprit aussitôt.

— Gabby !

Elle courut jusqu'à ses parents et les serra dans une même étreinte, comme pour les protéger de la catastrophe. Chaque fois qu'elle avait jalousé sa sœur aînée, elle en avait été rongée de remords. Et bien qu'elle les eût confessées à sa mère, à son groupe de parole et même à Brian, il lui semblait que ces pensées coupables avaient fini par tuer Gabby.

Les policiers leur indiquèrent les coordonnées du commissariat à L.A. Il y avait toute une série de formulaires à remplir et le plus simple serait qu'ils se rendent sur place pour organiser le rapatriement du corps. L'un des agents révéla qu'il avait une fille de l'âge de Gabby. Il imaginait, disait-il, ce qu'ils pouvaient ressentir. Mais Judy savait bien qu'il n'en avait aucune idée : sa fille à lui vivait encore.

Ils se retrouvèrent seuls. Restèrent prostrés pendant près d'une heure. Puis Judy pensa à appeler Connie, dont elle partageait désormais le malheur. Son amie, sous le choc, songea qu'il fallait prévenir Billy, mais se sentit incapable de le faire par téléphone et dit qu'elle chargerait Izzie de cette mission. Puis Judy et Adam réservèrent leurs billets d'avion. Il était trop tard pour prendre un vol le soir même ; d'ailleurs, ils n'étaient pas en état de voyager.

Tandis qu'elle composait le numéro d'Izzie, Connie se demandait comment lui annoncer la nouvelle. La jeune fille remontait tout juste de la cafétéria, où elle venait de prendre une salade à emporter. Soucieuse de sa ligne, elle ne voulait pas se retrouver avec les sept kilos bien connus qu'engendre la première année de fac. Persuadée que c'était encore Billy, elle décrocha sans regarder le numéro qui s'affichait.

— Tiens, Connie ! dit-elle d'un ton enjoué. Quoi de neuf ?

— J'ai de mauvaises nouvelles, Izzie. Très mauvaises, en fait.

— Qu'est-ce qui se passe ?

Le ton de Connie lui était étrangement familier. Quelque chose semblait brisé en elle, comme si la fin du monde venait de se produire.

— Si tu savais à quel point je suis navrée de te le dire au téléphone, Izzie... C'est Gabby.

— Quoi, Gabby ? Qu'est-ce que tu veux dire ?

Izzie avait l'impression de hurler, mais sa question était à peine audible. Son cœur s'était mis à cogner dans sa poitrine. Cette fêlure dans la voix de Connie... Ne l'avait-elle pas déjà entendue ? Si... *Après la mort de Kevin.*

— Elle a été renversée par un chauffard ivre. Elle est... il l'a tuée, articula Connie dans un sanglot.

— Oh mon Dieu... oh mon Dieu... Billy... est-ce qu'il sait ?

— Pas encore.

— Il en mourra... Qui va le lui apprendre ? Il m'a

encore appelée tout à l'heure, il s'inquiétait. Il n'avait plus de nouvelles depuis cinq heures et demie.

— Je crois que c'est arrivé à ce moment-là. Le type a déboulé au coin d'une rue. Je ne sais pas très bien à quel endroit.

— Mais qu'est-ce qu'on va faire pour Billy ?

— Il faut que quelqu'un le lui dise, et pas au téléphone. Est-ce que tu t'en sens capable ?

Toutes deux savaient qu'elle n'avait pas le choix.

— Est-ce que Sean est au courant ?

Elle aurait tellement eu besoin de son soutien, ou de celui d'Andy...

— Pas encore, je t'ai appelée la première.

— Il est à l'appartement de Gabby, dit Izzie comme si elle réfléchissait tout haut. Il faut que j'y aille.

— Je suis désolée... Toi non plus, tu n'aurais pas dû l'apprendre au téléphone, mais...

En effet. Gabby était sa meilleure amie, presque une sœur. Mais Billy venait de perdre son premier amour, et la femme qu'il voulait épouser.

En raccrochant, Izzie avait l'impression d'avoir été frappée par une bombe. Désorientée, elle sortit sans prendre le temps d'essuyer ses larmes et sauta dans un taxi. En sonnant à la porte de l'appartement, elle se serait presque attendue à voir Gabby lui ouvrir. Billy apparut, une cannette de bière à la main, l'air anxieux.

— Qu'est-ce qui se passe ?

Incapable de parler, Izzie se mit à sangloter dans ses bras, tandis que la bière se répandait partout sur le palier.

— Oh non... Oh non... gémit-il.

Sans qu'elle sût comment, il avait compris. Elle l'entraîna doucement à l'intérieur, referma la porte et s'assit près de lui sur le canapé.

— Un chauffard, qui a essayé de prendre la fuite. Un jeune de l'USC. Il avait bu.

Un bref accès de rage parcourut le visage de Billy, puis il éclata de nouveau en pleurs et tous deux restèrent un long moment serrés l'un contre l'autre, jusqu'à ce que le téléphone d'Izzie se mette à sonner. C'était Sean.

— Mon Dieu… dit-il, la voix brisée par l'émotion. Comment va Billy ?

— Pas bien. On est chez Gabby.

Le prénom mourut dans sa gorge. Pendant une bonne minute, elle ne parvint pas à articuler un mot de plus.

— J'arrive par le vol de nuit, annonça Sean.

— D'accord.

Elle n'avait même pas la force de lui dire à quel point elle lui était reconnaissante de venir si vite. C'était comme s'ils avaient été précipités tous en même temps du haut d'un immeuble.

— Est-ce que tu as appelé Andy ? demanda-t-elle.

— Non, je voulais te parler d'abord. Je vais le faire tout de suite. Et toi, tu tiens le coup ?

— Non. Bien sûr que non.

Elle ferma les yeux et se cramponna à Billy.

— Courage, dit Sean. Tiens jusqu'à demain, j'arrive.

— Je veux rentrer chez moi, dit Billy dès qu'elle raccrocha.

Il pleurait comme un bébé.

— Ses parents seront là demain. On ferait mieux de les attendre.

— Ne me laisse pas tout seul.

— Non, ne t'inquiète pas, je reste là.

Billy essaya de dormir dans le lit de Gabby, qu'il avait si souvent partagé avec elle. L'oreiller était imprégné de son parfum. Il ouvrit les placards pour humer ses vêtements, gémissant comme un animal, puis il tomba de fatigue, sa chemise de nuit serrée contre lui. Pendant ce temps, Izzie s'était installée pour passer la nuit sur le canapé.

Lorsqu'ils retrouvèrent les Thomas au commissariat, le lendemain, Izzie et Billy portaient leurs vêtements de la veille. Judy était hagarde, Adam pleurait et Michelle semblait frappée de mutisme. Les policiers les informèrent que le conducteur était sous les verrous.

— J'espère qu'il y restera jusqu'à la fin de ses jours, marmonna Adam.

Il remplit les documents nécessaires au transfert du corps. Tout était déjà arrangé avec une entreprise de pompes funèbres de San Francisco. Puis ils se rendirent à l'aéroport. Izzie et Billy n'avaient pas emporté le moindre bagage. Ils n'avaient qu'une idée en tête : rentrer chez eux. A l'arrivée, une voiture les déposa chez Billy. Marilyn et Jack les attendaient. Brian était en classe et Marilyn avait pensé à informer Atwood du drame.

Pendant que son beau-père lui serrait l'épaule, Billy se blottit en pleurant dans les bras de sa mère. Malgré son mètre quatre-vingts et ses quatre-vingt-dix kilos de muscles, on aurait dit un petit garçon plutôt qu'un quarterback de championnat. Marilyn tenta de trouver des mots réconfortants, puis le fit monter dans sa chambre et le borda comme un enfant.

— Merci d'être restée avec lui, Izzie, dit-elle une fois redescendue.

— C'est normal, c'est mon ami, répondit simplement la jeune fille.

Jack la raccompagna chez elle. Dès qu'elle franchit le seuil, Jennifer, qui guettait anxieusement son retour depuis des heures, la prit dans ses bras sans un mot et la laissa pleurer tout son saoul.

— Je suis vraiment désolée, ma chérie… répétait-elle sans cesse.

Elle lui expliqua que son père était au tribunal avec un client, sans quoi il serait là, lui aussi. Izzie lui exprima sa gratitude : elle n'aurait pas supporté de rentrer dans une maison vide. Elle se sentait mourir de chagrin.

Jennifer lui fit couler un bain et resta assise près d'elle tandis que la jeune fille, allongée dans la mousse, lui parlait de sa meilleure amie. Elle lui raconta leurs histoires d'enfance et toutes les bêtises qu'elles avaient faites ensemble. Un peu plus tard, elle retourna chez Billy. Sean était arrivé.

— Ça va aller, lui dit-il en la serrant contre lui, ça va aller.

— Non, ça ne va pas du tout…

Comme Billy dormait toujours, Sean accompagna Izzie chez les Thomas, puis ils allèrent chez lui et ils s'allongèrent côte à côte sur son lit. Il lui apprit qu'Andy était en période d'examens et ne pourrait venir que pour l'enterrement.

— Je me fais beaucoup de souci pour Billy, dit Izzie.

— Moi, je me fais du souci pour nous tous. On lit partout dans la presse des histoires de jeunes de notre âge qui se font tuer par balle ou qui meurent dans des accidents de la circulation. Sans compter ceux qui se suicident et ceux qui tirent sur tout ce qui bouge. Franchement, qu'est-ce qui ne tourne pas rond avec notre génération ? Pourquoi toute cette merde ?

— Je ne sais pas, répondit-elle tristement.

Il y avait du vrai dans ce que disait Sean. A sept

mois d'intervalle à peine, deux d'entre eux avaient disparu. Et il était révoltant de penser que Gabby n'y était absolument pour rien. Elle n'avait pas, contrairement à Kevin, pris de risques. A moins de considérer que héler un taxi était un comportement dangereux. Mais le garçon qui l'avait renversée avait bu avant de prendre le volant et devrait payer le prix de son irresponsabilité. Pour lui non plus, rien ne serait plus comme avant. La vie était une partie de roulette russe.

15

L'église était emplie d'énormes bouquets de fleurs blanches, au point qu'on se serait cru à un mariage. Mais après tout, cette abondance était appropriée pour rendre un dernier hommage à une jeune femme telle que Gabby. Toute l'assistance fut très émue lorsque la chorale entonna un *Ave Maria*, suivi d'*Amazing Grace*. Izzie était assise entre Sean et Andy, avec Jeff et Jennifer derrière eux. Au premier rang, Billy pleurait comme un bébé près de la famille Thomas. Quand ce fut terminé, ils durent l'aider à se mettre debout, puis Jack l'épaula tandis qu'il sortait de l'église au côté de Michelle.

Après la cérémonie, la foule de tous ceux qui avaient aimé Gabby se rendit chez Judy et Adam. Une heure plus tard, Billy était passablement éméché, et Marilyn et Jack le ramenèrent à la maison. Sa mère estima que le moment était mal choisi pour lui faire la leçon.

Malgré la fraîcheur, Sean, Izzie et Andy s'étaient assis dehors. Ils avaient besoin de se retrouver entre eux.

— Je n'arrive pas à le croire, dit Andy. D'abord ton frère, Sean, et maintenant Gabby...

— Et nous, qu'est-ce qu'on devient dans tout ça ? interrogea Izzie d'un ton lugubre.

— On retourne à la fac, à notre vie de tous les jours, répondit Sean. Il ne nous reste plus qu'à nous surpasser, pour se dire qu'ils auraient été fiers de nous. C'est peut-être idiot, mais je ne vois rien d'autre.

— Je ne sais plus où j'en suis. En quoi est-ce qu'on peut encore bien croire ?

— En nous-mêmes, en ceux qui restent. Comme on l'a toujours fait.

Izzie opina sans conviction.

— Quand est-ce que tu rentres à Washington ?

— D'ici quelques jours. Je ne veux pas laisser Billy dans cet état. Je pense qu'il ne retournera pas à la fac avant un moment.

— Dans l'avion, il m'a dit qu'il voulait laisser tomber les études et le football. La vie n'a plus aucun sens pour lui, maintenant que Gabby est partie.

Quand Jack avait appelé l'USC pour leur expliquer la situation, l'entraîneur, compatissant, lui avait dit que Billy pourrait rester en congé autant qu'il le faudrait.

— Laisse-lui un peu de temps, répondit Sean. J'ai bien peur qu'il ne se remette jamais complètement du choc, mais il apprendra à vivre avec. C'est comme pour mes parents avec Kevin. Billy ne peut pas tout abandonner à dix-neuf ans. A nous de l'aider à ne pas péter les plombs.

Malheureusement, il en semblait capable ; sa tendance à réagir à un choc en se réfugiant dans l'alcool le prouvait. La boisson était un anesthésiant, une échappatoire facile. Hélas, son père lui en avait montré le triste exemple dès son plus jeune âge. Sean avait bien l'intention de lui répéter que ce n'était pas une solution.

Si Billy voulait un jour retrouver une vie normale, il allait devoir affronter la réalité, avec un esprit lucide.

Izzie et Sean avaient prévu de repartir chacun de leur côté à la fin de la semaine. Après avoir consolé les autres pendant plusieurs jours, Izzie se retrouva face à son propre chagrin. Elle ne reverrait plus jamais Gabby. Comment pourrait-elle vivre sans elle ? Elle finit par fondre en larmes dans les bras de Sean.

— J'aimerais bien que tu restes encore un peu, dit-elle.

— Je reviendrai bientôt, ici ou à L.A. Et puis tu pourrais venir me voir à Washington pour un week-end. Je suis sûr que cela te plairait.

Quand Billy se décida à retourner à L.A., un mois plus tard, Izzie s'efforça de le prendre sous son aile. Elle l'appelait plusieurs fois par jour et ils se retrouvaient souvent pour dîner ensemble à l'un ou l'autre de leurs restaurants universitaires. Elle l'emmenait se promener, le forçait à travailler, le mettait au lit les fois où il avait trop bu.

A la fin de l'année scolaire, il se sentait un peu mieux. De retour pour les vacances d'été, il confia à Sean qu'il ne s'en serait jamais sorti sans Izzie. C'était une sainte.

— Pas exactement ! se récria Izzie lorsque Sean lui rapporta ses propos. Mais ça me touche qu'il ait dit ça.

— Oh, je sais bien que tu n'es pas Mère Teresa, répondit-il avec un sourire narquois. Tu te rappelles cette bouteille de vin que tu as volée à mes parents ? Cela dit, je ne voulais pas ternir l'image idéale qu'il a de toi !

— Je te l'ai remboursée, enfoiré ! répliqua-t-elle, encore un peu honteuse.

Au moins, Sean ne semblait pas au courant de son

incartade avec Andy. Elle n'en avait d'ailleurs pas reparlé avec le principal intéressé, lequel venait de rencontrer une fille qui lui plaisait beaucoup, en prépa médicale comme lui.

Aucun d'entre eux n'avait de grands projets pour l'été. Sean travaillait de nouveau pour son père, tandis qu'Izzie envisageait de suivre un cours à l'université de San Francisco. Ils n'avaient qu'un rendez-vous important à leur agenda : assister à la condamnation du chauffard qui avait renversé Gabby. Judy avait mobilisé l'association Mères contre l'Alcool au Volant, de façon à s'assurer que le « tueur », ainsi qu'elle le désignait, écoperait de la peine maximale. Or son avocat avait déjà plaidé coupable pour son client et négocié avec le procureur six ans de prison, dont cinq avec sursis. Les Thomas, scandalisés par la légèreté de la sentence, avaient envoyé au juge un flot de lettres de recours.

Izzie, Sean, Billy et Andy prirent ensemble l'avion pour L.A. Tous les parents du groupe étaient également présents. Cette fois-ci, même Robert Weston, le père d'Andy, les accompagna. Ils descendirent au Sunset Marquis, à West Hollywood, et se présentèrent à la salle d'audience à l'heure dite. Ils attendirent en silence l'arrivée du juge, qui fit entrer l'accusé, accompagné de ses parents et de son avocat. Izzie ne le quittait pas des yeux. Malgré ses dix-huit ans, il en paraissait à peine quatorze et avait plus l'air d'un enfant que d'un assassin. Sa mère pleurait en silence, la main dans celle de son mari. C'était un bien triste spectacle.

Le procureur lut l'ensemble des accusations, puis la peine qui avait été négociée, ainsi que la durée et les conditions de son application. L'accusé avait plaidé coupable pour homicide involontaire et négligence criminelle. Il avait exprimé ses profonds remords devant les services sociaux près le tribunal, ainsi que devant le procureur. Ce dernier avait d'ailleurs évoqué la possibilité de le placer en cure de désintoxication plutôt qu'en prison, mais le juge y avait opposé un refus catégorique. Une jeune femme de dix-huit ans était morte par sa faute. Le magistrat arborait son air le plus sévère lorsqu'il appela à la barre l'avocat de la défense. Celui-ci déclara que son client n'avait plus touché une goutte d'alcool depuis l'accident. Vint ensuite le tour du procureur. Lorsqu'ils eurent terminé, le magistrat demanda si la famille de la victime souhaitait faire une déclaration.

Judy et Michelle pleuraient sans retenue lorsque Adam, escorté de son avocat, s'approcha de la barre dans son costume sombre. Quant à Billy, il avait l'air hagard ; on n'aurait su dire s'il était sur le point de s'évanouir ou d'agresser quelqu'un.

Le père de Gabby prononça un discours ardent en hommage à sa fille, belle, talentueuse, chérie de tous. Il évoqua l'avenir radieux dont elle avait été privée et brandit une photo qui fit à Izzie l'effet d'un coup de poignard dans le cœur. Il parla de sa relation avec Billy, de leur projet de se marier et d'avoir des enfants. Bref, il évoqua tout ce qui n'adviendrait jamais par la faute de James Edmondson, qui avait lui-même un visage d'enfant, et qui l'avait tuée parce qu'il avait bu.

A la fin de son allocution, la salle d'audience au grand complet était en larmes. Billy sanglotait au premier rang, sous le regard compatissant du juge. Ce dernier avait reconnu en lui le nouveau quarterback de l'USC, dont l'imposante carrure était soulignée par son costume bleu marine.

La représentante de l'association Mères contre l'Alcool au Volant sollicita la parole, mais le juge la lui refusa. Il ne voulait pas que sa salle d'audience se transforme en cirque médiatique et il déclara avoir pleinement conscience de la gravité des faits. Il appela alors l'accusé à la barre. D'une voix tremblante, James Edmondson exprima ses regrets, visiblement sincères. Le garçon ne paraissait pas de taille à supporter la prison, ne serait-ce que cinq minutes. Sa mère semblait tout aussi anéantie que Judy.

D'une voix grave, le juge répéta qu'une jeune femme avait été fauchée à la fleur de l'âge et que M. Edmondson devait assumer les conséquences de son crime. Il stupéfia toute la salle en invalidant l'aménagement de peine négocié par le procureur et en condamnant le frêle jeune homme à cinq ans ferme, suivis de deux avec sursis. La principale condition de sa libération était qu'il ne touche pas une goutte d'alcool pendant ces deux années. Son permis de conduire ne lui serait restitué qu'au bout de ces sept ans. Le juge lui demanda s'il comprenait les termes de sa condamnation et le jeune homme acquiesça, le visage baigné de larmes. Son avocat lui expliqua qu'il serait sans doute libéré au bout de trois ans et six mois. Pour lui, c'était une éternité. Il n'y avait pas besoin d'être particulièrement perspicace pour voir qu'il n'était en rien préparé au monde carcéral qu'il allait affronter, peuplé de violeurs et d'assassins.

Au coup de marteau du juge, tout le monde se leva. Un huissier et un agent de police emmenèrent le condamné menotté. Sa mère sanglotait à présent comme une hystérique, tandis que son mari l'accompagnait vers la sortie. Elle n'eut même pas la force de jeter un regard en direction des Thomas.

Devant le tribunal, personne ne parla, pas même

Billy. Ce qui venait de se passer ne lui ramènerait pas Gabby, mais au moins le garçon qui l'avait tuée était-il puni. Pour Izzie, cette condamnation avait un arrière-goût amer. Elle regarda ses amis, aussi secoués qu'elle sous le soleil de juin. Pour eux, le cauchemar de la procédure judiciaire était terminé. Pour le garçon qui avait tué Gabby, il ne faisait que commencer.

16

Les vacances apportèrent à chacun d'entre eux un temps de réflexion bienvenu en cette période sombre. Sean, Andy et Izzie parlaient beaucoup de Gabby et du vide qu'elle avait laissé dans leurs vies. Billy, cependant, s'enfonçait dans la dépression. Marilyn l'obligeait à voir un psychiatre. En dépit des constantes remontrances de Sean, il continuait à boire de façon excessive. Tous espéraient que sa passion pour le football aurait pour lui l'effet d'une planche de salut.

Andy lui rendait visite dès que son job d'été, aussi peu motivant que celui de l'année précédente, lui en laissait le loisir. En outre, il dînait souvent avec Sean et tous deux passaient des heures à discuter, essayant de donner un sens à l'incompréhensible.

De leur côté, les mères du groupe se serraient les coudes. La tragédie semblait avoir rapproché Judy de sa fille cadette. Elles firent un voyage à New York, et le simple fait de s'éloigner de la Californie, où tout leur rappelait Gabby, les aida dans leur processus de deuil.

Quant à Marilyn, elle ne savait plus où donner de la tête depuis que les jumelles apprenaient à marcher. Cela la distrayait de son inquiétude au sujet de Billy. Même dans ces circonstances difficiles, ses deux filles étaient pour elle une source de joie inépuisable ; leur innocence lui faisait l'effet d'un rayon de soleil entre les nuages.

Début août, alors que Billy s'était un peu ressaisi et avait repris l'entraînement à L.A., Izzie partit avec les O'Hara dans leur chalet de Tahoe, où ils essayèrent de passer des vacances normales. Ils jouèrent au tennis, se promenèrent en montagne, pêchèrent, se baignèrent et firent même du ski nautique. Izzie profita de son séjour pour discuter avec Sean de leur avenir. Le rêve du jeune homme de travailler pour le FBI était devenu un véritable projet. Bien sûr, ils n'oubliaient pas Gabby, qui serait toujours présente dans leurs cœurs, mais ils se sentaient prêts à aller de l'avant.

Début septembre, Izzie eut cependant beaucoup de mal à retourner à L.A. sans sa meilleure amie. Malgré la gentillesse de sa nouvelle colocataire, avec laquelle elle s'entendait bien mieux qu'avec la précédente, rien ne sembla pouvoir combler son sentiment de solitude. Elle devait pourtant rester forte et continuer à soutenir Billy, qui souffrait davantage qu'elle. Il avait perdu tout intérêt pour les études et ses résultats scolaires s'en ressentaient. L'espoir d'intégrer la NFL était devenu sa seule raison de vivre. Concentré sur son objectif, il s'entraînait comme un forcené, aussi bien au stade qu'à la salle de musculation. Et – ce qui était remarquable – il avait arrêté de boire.

C'est donc dans une forme physique éblouissante – et avec une insatiable rage de vaincre – qu'il aborda son premier match de deuxième année, ainsi que le reste de la saison. Marilyn et Jack, mais également Larry, venaient l'encourager aussi souvent que possible. Lorsqu'il gagna sa deuxième finale de championnat, il n'eut plus aucun doute sur sa vocation. Il fallait juste qu'il tienne le coup une année de plus, jusqu'à l'âge de la majorité, et il passerait enfin professionnel. Dès le lendemain du match, le 2 janvier, il l'annonça à son conseiller d'orientation, qui n'y était pas opposé.

Izzie aurait aimé avoir une vision aussi claire de ce que serait sa carrière professionnelle. Or elle se sentait plus perdue que jamais. Elle ne savait pas dans quelle direction concrétiser son envie d'aider les autres et la psychologie ne lui plaisait plus autant qu'au début. Elle envisageait de choisir la littérature comme matière principale l'année suivante.

Un jour où Katherine était de passage à L.A., elle lui fit part de ses doutes. Bien qu'elles n'aient jamais développé de véritable relation mère-fille, leurs rapports étaient désormais apaisés, presque amicaux.

— Je ne comprends pas pourquoi tu ne veux pas faire du droit…

Katherine restait une belle femme et ne paraissait pas ses cinquante-quatre ans, même si Izzie la soupçonnait d'avoir eu recours à la chirurgie esthétique. Elle vivait à Londres, avec un certain Charles Sparks, qu'Izzie avait rencontré deux fois en six ans. Plus âgé qu'elle, il était immensément riche. Sa mère semblait heureuse et c'était le principal.

— Je n'ai aucune envie d'être juriste, répondit-elle. N'est-ce pas la meilleure raison ? Et contrairement à toi, je n'ai pas le sens des affaires. Je suis quelqu'un de très organisé, mais une école de commerce ne me conviendrait pas non plus.

— Ne deviens pas aussi idéaliste que ton père, dit Katherine d'une voix teintée de déception. Il n'a jamais défendu que les pauvres, ce n'est pas comme ça qu'on gagne de l'argent.

— Eh bien, justement… Je pensais enseigner pendant

quelques années, ou bien faire de l'humanitaire en Inde.

Elle avait adopté un air d'excuse et avait l'impression de jouer son avenir aux dés. Dans son enfance, sans doute parce que Katherine assurait si mal ce rôle, elle n'ambitionnait rien d'autre que de devenir une bonne mère de famille. Entre-temps, elle s'était aperçue que la société ne considérait pas cette voie comme une carrière. Et puis elle avait encore le temps de songer à se caser. Connie et Marilyn, ses principaux modèles féminins, avaient toutes deux exercé une activité professionnelle avant de devenir les mères formidables qu'elles étaient. De toute façon, Izzie n'avait pas trouvé le grand amour et ne le cherchait pas vraiment non plus. Elle avait eu des petits copains, mais les avait laissés tomber au bout de quelques rendez-vous. Pour le moment, elle voulait avant tout terminer sa formation universitaire.

— J'attends le déclic, ajouta-t-elle.

— Tu finiras bien par trouver, la rassura Katherine.

Elle repartait pour Londres le soir même et Izzie ne savait pas quand elles se reverraient.

Izzie ne regretta pas d'avoir choisi la littérature comme matière principale en troisième année. Le cursus lui plaisait beaucoup, de même que les options de philosophie et de français auxquelles elle s'était inscrite. Connie, qui avait adoré son métier d'institutrice, l'encourageait à envisager une carrière dans l'enseignement.

En janvier, Billy constitua son dossier de candidature à la NFL et il reçut au mois d'avril une réponse favorable en provenance de Detroit. Bien que ce ne fût pas la meilleure équipe du championnat, ce jour-là était à marquer d'une pierre blanche pour le jeune homme. Il engagea un agent et un manager ; sa vie amorçait un nouveau tournant.

Gabby était morte depuis deux ans lorsqu'il s'autorisa à sortir avec d'autres filles. On le voyait régulièrement dans la presse avec à son bras des mannequins ou des actrices de son âge, voire plus jeunes. Quoique toutes très photogéniques, elles semblaient parfois un peu vulgaires. Marilyn ne pouvait s'empêcher d'en être irritée. Mais ne valait-il pas mieux qu'il reprenne goût à la vie, plutôt que de pleurer éternellement son premier amour ?

Izzie atteignait la fin de sa troisième année de fac, quand Jeff et Jennifer décidèrent de se marier et déclarèrent qu'ils voulaient adopter un enfant. Si la jeune fille considérait qu'ils formaient un couple harmonieux, en revanche, elle se demandait si adopter un bébé à l'âge de son père était une bonne idée. Mais après tout, ce geste était en parfait accord avec leur volonté commune de venir en aide aux plus défavorisés.

Elle venait d'avoir vingt et un ans. Pour célébrer son entrée dans la majorité, sa mère lui offrit un tour d'Europe. Munie d'un sac à dos et d'un billet InterRail, elle retrouva Sean et Andy à Copenhague début juillet. Ils visitèrent la Suède et la Norvège, puis mirent le cap sur Berlin. De là, Izzie partit seule pour Paris, puis Londres, où elle resta quelques jours chez sa mère et son compagnon. Elle rentra à San Francisco fin août, prête à attaquer sa dernière année d'études, la tête pleine de beaux souvenirs.

Andy lui avait donné rendez-vous pour déjeuner la veille de son départ pour Boston. Il avait hâte de retrouver sa petite amie. A l'issue de sa quatrième année, il espérait rester à Harvard pour y commencer ses études de médecine proprement dites ; il se destinait à la chirurgie orthopédique.

— Et toi, qu'est-ce que tu feras une fois ton diplôme en poche ? demanda-t-il à Izzie.

— Ma mère m'a invitée à passer un an à Londres. J'avoue que c'est tentant, mais je préfère me trouver une occupation utile. Je vais peut-être enseigner, ou bien m'engager comme bénévole dans les Peace Corps. Je sais qu'il faut que je me décide avant l'année prochaine. Je me sens à peu près aussi adulte et responsable que quand je vous ai distribué de la nourriture en plastique, le premier jour de la maternelle... Tu te rappelles ? Tu avais commandé un sandwich dinde-mayo, je m'en souviens comme si c'était hier !

Ils éclatèrent de rire. Aucun d'entre eux n'avait vraiment changé depuis. Andy était resté sérieux et réfléchi, comme quand il était petit. Il voulait déjà être médecin à l'époque. Et si elle avait vécu, Gabby serait sans aucun doute devenue actrice...

— Tu devrais envisager d'ouvrir un restaurant de nourriture en plastique... la taquina Andy.

A cet instant, un déclic se produisit dans l'esprit d'Izzie. Ce qu'il venait de dire lui donnait une idée. Cela ne correspondait certes pas exactement à son projet initial, mais n'en était pas si éloigné que ça.

— Ce serait sans doute meilleur que si j'essayais de cuisiner pour de vrai, dit-elle, songeuse. Les doughnuts roses étaient vraiment mignons...

— Toi aussi, tu étais mignonne, ajouta Andy en lui ébouriffant les cheveux.

Ils se souvenaient avec tendresse de la nuit où ils avaient fait l'amour. A présent, Izzie était ravie de voir qu'il avait rencontré une fille à laquelle il tenait. Elle s'appelait Nancy et ils partageaient le même mode de vie et les mêmes centres d'intérêt. L'avenir leur dirait si cette relation était faite pour durer.

Depuis la mort de Gabby, Izzie ne croyait plus aux lendemains qui chantent. Elle n'avait foi ni en la vie ni en elle-même. Comment pouvait-on avoir confiance en quoi que ce soit après un événement aussi inacceptable ? Elle ne se sentait prête à s'engager ni sur le plan affectif ni sur le plan professionnel.

Une conversation similaire se répéta avec Sean quelques jours plus tard.

— Tu finiras bien par trouver ta voie, dit-il.

— Je croirais entendre ma mère, soupira Izzie.

En réalité, son projet commençait à se décanter, mais elle estimait qu'il était trop tôt pour en parler.

— Et toi, alors ? Tu vas intégrer le ministère de la Justice ? Celui des Affaires étrangères ? Ou bien tu ne jures que par le FBI ?

Les étudiants de l'université George Washington étaient souvent nommés à des postes de hauts fonctionnaires, et Izzie sentait que Sean s'orientait plutôt vers l'international.

— Quelque chose comme ça… répondit-il, mystérieux.

— C'est-à-dire ? Qu'est-ce que tu essaies de me cacher ?

Il éclata de rire. Ils se connaissaient par cœur.

— Je ne sais pas trop, en fait. Je suis encore en train de me renseigner. Je n'en ai même pas parlé à mes parents. Mais c'est quelque chose que j'ai envie de faire depuis un moment déjà.

— Policier ? Pompier ? Shérif ?

Il rit de plus belle.

— En effet, c'est dans cet ordre d'idées.

— Allez, quoi ! Dis-moi !

— Bon, d'accord... Mais ne le répète à personne tant que je ne suis pas sûr de moi. Voilà : je pensais soit à la CIA, soit à la DEA. En attendant, j'ai un entretien d'admission pour l'académie du FBI. J'espère qu'ils voudront bien me prendre sans expérience professionnelle préalable.

— Attends, c'est quoi, toutes ces abréviations barbares ?

Elle n'avait qu'une vague idée des organismes auxquels se référaient ces sigles, mais certains évoquaient des missions à haut risque, en particulier la Drug Enforcement Administration, la DEA, chargée de la lutte contre le trafic de stupéfiants.

— Tu sais que j'ai toujours voulu arrêter les salauds tels que celui qui a tué mon frère... La seule façon d'y parvenir, c'est de remonter à la source et de démanteler les cartels en Amérique du Sud. C'est de là que vient toute cette merde. Les trafiquants vendent de la drogue pour financer l'armement de terroristes à l'échelle planétaire.

Une lueur d'excitation s'alluma dans ses yeux, comme quand, enfants, ils jouaient aux gendarmes et aux voleurs. Il lui était souvent arrivé par le passé d'arrêter Izzie en brandissant son pistolet de cow-boy, puis de l'emprisonner dans sa chambre pendant qu'il descendait se préparer un goûter.

— Ce n'est pas un jeu, Sean. Certains y laissent leur peau et je ne voudrais pas perdre un ami de plus.

— Ça n'arrivera pas, dit-il avec une confiance inébranlable. De toute façon, je n'ai pas pris ma décision. J'ai aussi envie de voir à quoi ressemble le FBI.

— Quelle chance tu as... Toi et les autres, vous

avez toujours su ce que vous vouliez faire. Par comparaison, je me sens complètement nulle.

— Arrête tes bêtises. Tu finiras par trouver ta voie, et tu as raison de garder l'esprit ouvert à différentes possibilités.

— Mon esprit n'est pas ouvert, il est vide.

— N'importe quoi, dit-il en déposant un baiser sur sa joue. Tu es la fille la plus intelligente que je connaisse.

Elle lui sourit et le serra contre elle. En parlant ainsi à cœur ouvert avec lui, elle avait l'impression de compenser un tout petit peu le vide laissé par Gabby.

Le père d'Izzie épousa Jennifer le lendemain de Noël. Après une brève cérémonie célébrée par un juge, en présence de la plupart de leurs amis et de leurs collègues d'Amnesty International, ils partagèrent un sympathique déjeuner dans un restaurant du quartier. Naturellement, les amis d'Izzie, ainsi que leurs parents, étaient invités. Judy semblait encore très fragile, tandis que Michelle avait de nouveau perdu du poids. Elle avait été admise dans une prestigieuse université, en l'occurrence Stanford, au cœur de la Silicon Valley. Quant à Billy, avec son costume en cuir et ses santiags en croco, il avait exactement l'allure du footballeur professionnel plein aux as qu'il était devenu, ce qui lui attira quelques railleries de la part de ses amis. D'autant que les tabloïds lui prêtaient une relation avec une superbe créature, danseuse à Las Vegas.

Andy venait de recevoir sa lettre d'admission pour poursuivre ses études médicales à Harvard. Et Sean refusait de dire à Izzie comment s'était déroulé son entretien à l'académie du FBI : il changeait de sujet chaque fois qu'elle lui posait la question. Pour sa part, elle était désormais très active dans sa recherche d'emploi et visait un poste en particulier. Elle ne l'envisageait pas comme une véritable carrière, mais se voyait bien exercer ce métier deux ou trois ans, de façon à se laisser le temps de réfléchir à la suite. Elle aurait tant aimé pouvoir discuter de toutes ces décisions importantes avec Gabby... Sa meilleure amie avait toujours abordé la vie de façon mûre et réfléchie.

Dès le mois de mai, la procédure de demande d'adoption de Jeff et Jennifer aboutit et ils accueillirent chez eux une petite Chinoise de deux ans. Elle était adorable, se prénommait Ping et allait bientôt faire la joie de toute la famille.

En juin, le grand jour de la remise des diplômes arriva pour tout le petit groupe. Andy décrocha la mention très bien, assortie des félicitations du jury, Sean reçut une mention très bien en espagnol à l'université George Washington et Izzie obtint de bons résultats dans son cursus de littérature.

La semaine précédente, elle venait d'être acceptée comme institutrice auxiliaire en maternelle à Atwood. C'était exactement ce qui lui convenait pour le moment et son père lui dit combien il était heureux pour elle. Même si cela ne ferait pas aussi plaisir à sa mère, la jeune fille était convaincue d'avoir – enfin ! – pris la bonne décision et s'apprêtait à partir en vacances l'esprit léger. Elle avait prévu, cette fois-ci, d'aller en Italie.

La cérémonie organisée à l'UCLA fut émouvante et empreinte de solennité. A l'exception d'Andy, qui était retenu à Cambridge, tous ses proches étaient venus l'applaudir : Jeff, Jennifer et Ping ; sa mère, qui avait fait le déplacement depuis Londres ; et bien sûr Sean et Billy. Ce dernier fit d'ailleurs sensation quand il entra dans la salle. Tout le monde le reconnut et les étudiantes accoururent pour lui demander des autographes à l'intention de leurs frères.

Dans ces moments-là, Izzie souffrait plus que jamais de l'absence de Gabby, même si elle sentait qu'elle l'accompagnait en esprit. Elle était morte depuis trois ans et demi déjà, c'était à peine croyable. Le temps avait passé à toute vitesse.

Après la cérémonie, Jeff et Jennifer reçurent les invités pour déjeuner à l'hôtel Bel-Air. Il faisait un temps superbe et la bande était ravie de se retrouver.

— Et dire que nous sommes amis depuis le premier jour de la maternelle... dit Sean avec tendresse.

Izzie en profita pour leur annoncer qu'elle allait être institutrice à Atwood, dans la classe des plus petits.

— Quelle bonne idée ! approuva Sean. Je suis sûr que tu t'y sentiras comme un poisson dans l'eau. Tu as un super contact avec les enfants.

Il avait souvent eu l'occasion de l'observer en compagnie des jumelles Dana et Daphne, maintenant âgées de quatre ans. L'année suivante, si tout se déroulait bien, elles intégreraient Atwood à leur tour.

— C'est sans doute temporaire, précisa Izzie. Et toi, Sean ? Tu ne m'as toujours pas dit comment ça s'était passé avec le FBI.

— J'ai signé. Je ne sais pas pourquoi, le fait que je n'avais pas d'expérience professionnelle ne les a pas découragés. Je me suis dit que c'était un miracle, qu'il ne fallait pas laisser passer l'occasion.

— Ah bon ? Mais pourquoi est-ce que tu ne me l'as pas dit plus tôt ? J'espère qu'ils ne te confieront pas de mission dangereuse. Tu commences quand ?

Aux yeux d'Izzie, ce n'était pas vraiment une bonne nouvelle, encore moins un miracle.

— Au mois d'août. La formation a lieu à Quantico, en Virginie. J'y resterai jusqu'en janvier.

A ce moment, Katherine se leva de table et prit congé avant de partir pour New York. Les autres invités rentreraient à San Francisco dans la soirée. Billy retournait pour sa part à Miami, où il venait d'être transféré, mais reviendrait en Californie en juillet pour voir ses parents, ainsi que ceux de Gabby. Quant à Brian, il passait en terminale à la rentrée et Izzie avait déjà promis de l'aider à constituer ses dossiers de candidature aux différentes universités qui l'intéressaient. Il était enchanté de savoir qu'elle travaillerait à Atwood, ce qui lui permettrait de la croiser tous les jours dans les couloirs, comme au bon vieux temps.

Ce soir-là, Sean et Izzie étaient assis côte à côte dans l'avion pour San Francisco. La conversation tournait autour de Billy et de la vie qu'il menait. Heureusement, il semblait s'être calmé en dépit des nombreuses tentations qui s'offraient à lui. Izzie se disait cependant que, sans Gabby, il était plus vulnérable. Les hordes de jolies filles qu'il fréquentait ne représentaient pour lui que des trophées, symboles de sa réussite, au même titre que ses costumes hors de prix, ses bottes en croco et sa Rolex en or cerclée de brillants. Malgré tout ce luxe, il restait le garçon qu'ils avaient toujours connu, l'enfant qui avait laissé son ballon dans son casier le premier jour d'école et était tombé amoureux de Gabby lorsqu'elle lui avait volé ses blocs de construction.

17

Ce mercredi-là, juste avant Labor Day, Izzie était munie de sa propre clé quand elle s'approcha de la porte si familière, qu'elle avait franchie des centaines de fois. Elle entra dans la salle de classe de maternelle et alluma la lumière. Les badges-prénoms étaient disposés sur le bureau, il n'y aurait plus qu'à les distribuer aux enfants. Tous seraient là dans une heure à peine, pour leur première rentrée.

La disposition de la classe n'avait pas changé, avec son coin construction dans le fond de la salle. La nouvelle cuisine miniature, rutilante, était équipée d'un fourneau et d'un réfrigérateur rose vif. Les aliments en plastique semblaient encore plus nombreux qu'autrefois, mais quand elle s'approcha pour chercher les doughnuts parsemés de paillettes multicolores, elle s'aperçut à regret qu'ils avaient été remplacés par un gâteau au chocolat, découpé en portions et orné de bougies d'anniversaire.

Il y avait aussi un coin déguisement, avec des robes de princesse, des uniformes de policier et de pompier, un chapeau et un holster de cow-boy, mais pas de pistolet. Le règlement intérieur n'avait pas été modifié depuis son époque. Elle aurait voulu remonter le temps et tout recommencer. En fermant les yeux, elle pouvait voir et entendre les cinq petits enfants qu'ils avaient été, assis autour de la table de camping, en train de jouer à la dînette. D'ici quelques instants, d'autres voix fluettes résonneraient, de nouveaux visages se présenteraient. Quelle drôle de sensation, d'être tout à coup devenue la maîtresse, alors que la petite fille à nattes lui semblait si proche ! Tout avait changé en un clin d'œil, pendant qu'elle avait le dos tourné. Les enfants d'autrefois avaient grandi, certains avaient disparu. Tout en quittant sa veste pour enfiler une blouse, elle essaya de ne pas penser à Gabby et à ses petites chaussures à paillettes.

Mlle Wendy, l'institutrice titulaire, avait pris le temps de tout lui expliquer. Pour mettre les enfants à l'aise, elles commenceraient par leur faire modeler de l'argile. Izzie se souvenait qu'à son époque Mlle Pam et Mlle June leur avaient distribué des instruments de musique.

Wendy arriva au moment où Izzie se préparait à quitter la classe pour accueillir les élèves dans le hall, munie de la liste d'appel. Elle connaissait déjà tous les prénoms, il lui restait à associer un visage à chacun.

— Fin prête ? lui demanda sa tutrice avec un large sourire.

Izzie acquiesça. Le broc de jus de fruits et les gobelets en plastique étaient sortis, ainsi qu'une assiette de biscuits, sans noix ni noisettes, auxquelles certains enfants pouvaient être allergiques. Les pupitres et les chaises minuscules étaient installés par groupes. Izzie se souvenait que certaines des mères s'y étaient assises pour assister à la première partie de la matinée et que la sienne n'était pas restée.

— Fin prête, acquiesça-t-elle, avant d'aller se poster devant l'entrée des maternelles.

Comme à son époque, les plus petits pénétraient dans le hall par une porte séparée, à l'abri de la ruée des grands. Elle les accueillit tous avec un sourire, se demandant lesquels d'entre eux noueraient des amitiés durables, peut-être pour la vie. Alors qu'elle épinglait un badge à chacun, elle aurait voulu leur dire à quel point ce jour était important.

Lorsqu'elle rejoignit la salle de classe avec les derniers arrivés, certains enfants jouaient au jeu de construction ou s'amusaient dans le coin cuisine, tandis que d'autres avaient commencé à modeler l'argile. Parmi les cinq ou six mamans assises au fond de la classe, Izzie en remarqua une qui était enceinte et semblait dans une position très inconfortable sur la petite chaise. Une image similaire lui revint alors en mémoire. Après un instant de réflexion, elle se dit qu'à l'époque il devait s'agir de Marilyn, enceinte de Brian. Ce dernier démarrait en ce moment même son année de terminale à Atwood, dans une salle de classe située au dernier étage du bâtiment. Ainsi se succédaient les générations d'élèves, en une chaîne ininterrompue.

Sur un signe de Mlle Wendy, Izzie se présenta à la classe, annonça qu'ils allaient faire de la poterie et les invita à s'asseoir en cercle. Ils approchèrent les uns après les autres et, lorsqu'ils furent réunis, Izzie et Wendy s'assirent avec eux sur le tapis. Wendy demanda à chacun de dire son prénom, puis leur fit chanter une chanson, avant de les installer aux tables pour modeler l'argile. Après quarante-cinq minutes d'atelier poterie, ils se lavèrent les mains et revinrent s'asseoir sur le tapis, où Izzie leur lut un album. Ils l'écoutèrent avec fascination. Après la récréation, elle distribua le jus de fruits et les biscuits, et lut une seconde histoire. Puis Wendy demanda à chacun de choisir et de montrer une carte où figurait la première lettre de son prénom. Izzie ne vit pas passer la matinée, il était déjà l'heure de raccompagner les enfants dans le hall, où leurs mères les attendaient. Puis elle ôta son tablier, adressant à Wendy un large sourire. Sa collègue correspondait exactement à l'image de la maîtresse de maternelle telle qu'elle se la représentait. De bonne humeur, les yeux doux, elle était un peu ronde, avec une longue natte blonde qui lui descendait dans le dos. Elle portait une blouse décorée de petits camions de pompiers, qu'elle avait cousus elle-même.

— Alors, comment as-tu trouvé ta première journée de classe, Izzie ?

— C'était super !

Peu importait si sa mère n'accordait que peu d'estime à ce métier. Izzie se sentait en sécurité dans cet environnement familier, alors que tout lui semblait incertain depuis la mort de sa meilleure amie.

— Les enfants t'ont adorée. Tu verras, il y a une bonne ambiance ici. Demain, nous leur montrerons les instruments de musique et nous commencerons la numération. Ils se sont bien débrouillés avec les lettres aujourd'hui. Plusieurs d'entre eux connaissent déjà leur alphabet.

Ils étaient si mignons ! Il y avait notamment une petite Chinoise qui rappelait Ping à Izzie, et elle se demanda si elle compterait un jour sa petite sœur adoptive parmi ses élèves.

Une demi-heure plus tard, tout était en ordre et prêt pour le lendemain. Elles éteignirent la lumière et fermèrent la porte à clé. Il n'était que quatorze heures trente, Izzie avait l'après-midi devant elle. Elle pouvait rentrer chez elle à pied, car elle avait trouvé un petit deux-pièces en location à proximité de l'école.

Cependant, elle décida d'abord de rendre visite à Connie, qui se sentait toujours aussi seule depuis la mort de Kevin. Elle lui raconta avec enthousiasme sa première journée de classe.

— C'est merveilleux, de pouvoir travailler dans un environnement aussi agréable, avec tous ces gamins plus mignons les uns que les autres !

Connie lui révéla qu'elle avait décidé de reprendre un emploi. Elle s'ennuyait à la maison et souhaitait désormais aider Mike à plein temps, et s'occuper de la comptabilité de son entreprise. Il avait d'ailleurs bien besoin de ce coup de main supplémentaire depuis que Sean avait quitté la maison. Ce dernier était en formation à la base de marines de Quantico, où il resterait cinq mois avant de retourner à Washington.

Elles discutèrent longuement des projets du jeune homme, qui se concrétisaient enfin. Izzie avoua qu'elle s'inquiétait pour lui. Mais Connie mettait un point d'honneur à accepter et respecter son choix profession-nel, quel qu'il soit. La jeune femme n'osa pas la contredire. Connie était une mère exemplaire, si différente de la sienne, qui avait toujours voulu lui imposer de marcher sur ses traces.

Izzie revint tenir compagnie à Connie aussi souvent que possible, le week-end ou en soirée. Chaque fois, elle en informait Sean par SMS, pour le rassurer et lui dire que ses parents allaient bien.

Les garçons ne trouvaient que rarement le temps de lui téléphoner. Billy se plaisait bien à Miami, mais il voyageait beaucoup pour ses différents matchs. Izzie devait donc se contenter de suivre son évolution dans les tabloïds. Il menait pratiquement une vie de rock-star. Les journalistes rapportaient parfois qu'il avait été aperçu ivre ou qu'il avait perturbé l'ordre public dans un bar ou une boîte de nuit. Et il ne paraissait jamais deux fois de suite au bras de la même femme.

Izzie ne revit ses amis qu'aux vacances de Noël. Cette année-là, elle décora le sapin avec l'aide de Ping, puis Jennifer et elle avaient emmené la petite fille émerveillée à la traditionnelle représentation de *Casse-Noisette*. Billy ne rentrerait à San Francisco qu'après le 25 décembre si son équipe participait aux phases finales du Super Bowl, auquel cas Marilyn, Jack et Brian ne manqueraient pas d'aller le voir jouer.

Le lendemain de Noël, Sean invita Izzie et Andy à dîner chez ses parents, qui sortaient au restaurant, et tous trois préparèrent le repas ensemble. Izzie raconta aux garçons son expérience d'institutrice de maternelle à Atwood. Malgré la quantité de travail à fournir, Andy adorait ses études de médecine. Quant à Sean, il souriait en parlant du FBI, mais restait très évasif dès que les deux autres tentaient de lui soutirer des détails concrets. Il s'entendait bien avec les autres membres de son programme. Plusieurs avaient un haut niveau d'études, deux d'entre eux étaient même titulaires d'une thèse. Après sa période de formation, il serait affecté à un poste administratif à Washington, ce qui rassura Izzie. Finalement, cela paraissait moins dangereux qu'elle ne le craignait.

Ils évoquèrent le succès fulgurant de Billy et ses dernières frasques. Le magazine *People* rapportait qu'il avait pris part à une bagarre, à l'issue de laquelle quelqu'un avait été tué par balle. Profondément affecté, Sean attendait avec impatience son retour à San Francisco pour lui en parler.

Ils étaient en train de nettoyer la cuisine, lorsque Mike téléphona pour leur dire d'allumer la télévision avant de raccrocher sans autre explication.

Stupéfait, Sean lâcha son éponge, traversa la salle à manger et attrapa la télécommande dans le séjour. Izzie et Andy le suivirent. Une photo de Billy apparut à l'écran, suivie d'une séquence vidéo montrant une ambulance qui s'éloignait de son immeuble.

— Mais qu'est-ce que... marmonna Sean.

D'une voix excitée, le présentateur du flash d'informations annonça que la star du football américain, Billy Norton, était décédée dans la soirée d'une overdose, à son domicile de Miami. Les trois amis se regardèrent, abasourdis.

— Oh non... Oh, mon Dieu... gémit Izzie. Ça recommence...

Ni Sean ni Andy n'avaient encore réussi à prononcer le moindre mot lorsque Connie et Mike rentrèrent, bouleversés. Tous se regardèrent avec effroi. Que faire ? Marilyn était-elle au courant ? La nouvelle était diffusée en boucle sur toutes les chaînes, et les reporters se pressaient peut-être déjà devant sa porte. Izzie se sentait incapable de vivre une fois de plus le même cauchemar. Gabby n'avait disparu que depuis quatre ans, il lui semblait que c'était hier. Elle se tourna vers Sean et vit qu'il bouillonnait de rage. Il semblait, lui, revivre la mort de Kevin.

— C'est tellement absurde... dit-il en balançant la télécommande à l'autre bout du salon.

Il ne pouvait penser qu'au comportement irresponsable de Billy. Il se rappelait la fois où celui-ci lui avait proposé de l'ecstasy après le championnat avec la plus grande insouciance, sous prétexte qu'il avait déjà été contrôlé. Sean sortit de la pièce en trombe, monta l'escalier quatre à quatre et claqua la porte de sa chambre.

— J'appelle Marilyn, déclara enfin Connie.

Au bout du fil, son amie paraissait étrangement calme. Pas de cris, pas de scène d'hystérie. Elle semblait assommée par le choc.

— Je le pressentais, dit-elle. Il ne supportait pas cette pression et ce mode de vie, et Gabby n'était plus là pour l'aider à garder les pieds sur terre.

A vingt-trois ans, les millions qu'il gagnait lui avaient tourné la tête. Tout cela n'avait abouti qu'à un épouvantable gâchis : la disparition d'un athlète de talent, et surtout du garçon adorable qu'ils aimaient.

Connie proposa à Marilyn de passer la voir, ce que son amie accepta avec gratitude. Sean ne répondit pas quand elle frappa à sa chambre pour le prévenir. Il resta prostré sur son lit, porte close. Ils sortirent en silence. Andy raccompagna Izzie chez elle, tandis que Connie et Mike se dirigeaient vers la maison des Norton. Comme ils le craignaient, les cameramen étaient arrivés en masse dans des camions de régie et les reporters sonnaient avec obstination dans l'espoir de parler à un membre de la famille. Brian avait vu les nouvelles chez un ami, et Marilyn, qui ne pouvait pas plus retenir ses larmes que lui, avait insisté pour qu'il ne rentre pas tout de suite.

D'un ton sec, Mike ordonna à la meute de journalistes de descendre du perron. Connie et lui s'engouffrèrent à l'intérieur dès que Jack entrouvrit la porte. Il la referma à double tour derrière eux. Tous volets clos, la maison était littéralement assiégée. Une chance que les jumelles soient déjà couchées.

— Ma chérie… dit Connie en serrant Marilyn contre elle.

Les deux hommes pleuraient eux aussi à chaudes larmes. Billy n'était certes que le beau-fils de Jack, mais pendant sept ans ce dernier l'avait aimé comme son propre fils.

Connie et Mike veillèrent à leurs côtés jusqu'à deux heures du matin. En rentrant chez eux, ils trouvèrent Sean assis sur le canapé, en train de regarder les rediffusions du flash et des meilleures actions de jeu de Billy. Et dire qu'il prévoyait d'assister au Super Bowl pour la première fois de sa vie…

— Comment vont-ils ? demanda le jeune homme.

— Pareil que nous quand Kevin est décédé, soupira Mike. Sauf qu'en plus ils ont une horde de journalistes devant chez eux. Je ne sais pas comment ils vont faire pour sortir et organiser toutes les démarches.

— Il faut que la police les escorte, répondit Sean, pragmatique. Vous voulez que je m'en occupe ?

— Tu sais à qui t'adresser ? s'étonna son père.

Mike avait déjà oublié qu'il fréquentait l'académie du FBI.

— Je peux passer quelques coups de fil.

— Bonne idée, fiston.

Sean décrocha le téléphone. Il composa différents numéros, annonçant chaque fois son matricule. En vingt minutes, il avait obtenu que deux agents de la police de San Francisco se présentent devant la maison de Marilyn et Jack le lendemain à la première heure et les accompagnent toute la journée.

Pour le moment, Sean n'avait pas encore accès à son chagrin. Il n'éprouvait qu'une profonde colère contre le comportement de Billy, et une haine irrépressible envers ceux qui lui avaient permis d'en arriver là. Lui-même n'avait jamais vu son ami s'administrer de substance illicite, mais les indices de sa toxicomanie, abondamment relayés par la presse, n'étaient que trop nombreux. Et maintenant son copain d'enfance était mort, alors que les vrais coupables couraient toujours. Sean n'avait plus qu'une idée en tête : les éliminer un à un, de la façon la plus douloureuse possible. Il ne tarderait pas à en avoir les moyens.

18

Les funérailles de Billy suscitèrent un battage médiatique inouï. Lors de son transfert depuis l'aéroport, les polices fédérales et municipales durent protéger le corbillard, puis installer des barrières de sécurité devant l'église pour contenir la foule. Marilyn, Jack et Larry furent obligés d'attendre que l'émeute se calme, aux alentours de minuit, pour se rendre sous escorte au salon funéraire et enfin voir le corps. Si les fans étaient partis, les journalistes étaient encore embusqués devant la porte et, pour ne rien arranger, le tumulte avait suscité la fureur bien légitime des autres familles en deuil.

Dans un sens, ce chaos généralisé atténuait la douleur, car chaque étape du processus constituait une épreuve en soi. En attendant l'enterrement, Marilyn avait envoyé Brian séjourner chez les O'Hara, où Sean entoura le jeune garçon de toute sa compassion. Il ne connaissait que trop bien le sentiment de vide laissé par la perte d'un frère aîné, chéri et admiré.

Un millier de personnes furent admises à l'intérieur de la cathédrale Saint Mary, tandis qu'une foule deux fois plus nombreuse attendait à l'extérieur, maintenue par un cordon de police.

Après la cérémonie, les proches étaient invités à se retrouver au restaurant de Jack. Les agents de sécurité et les policiers qui gardaient la porte ne laissaient entrer que les personnes dont le nom était inscrit sur la liste. Larry recevait ses amis dans un autre établissement.

Le lendemain, Marilyn vint chercher refuge chez Connie avec Brian et les jumelles.

— Qu'est-ce qu'on va faire ? soupira-t-elle. On ne peut pas continuer à vivre comme ça !

— Ils ne tarderont pas à se calmer, déclara Sean. Mais vous devriez rester ici encore une semaine ou deux.

Jack et Marilyn s'installèrent donc dans la chambre d'amis, Brian dans celle de Sean et les jumelles dormirent sur le canapé de la salle de jeux.

Une semaine plus tard, l'agitation commençait tout juste à retomber quand Sean se prépara à rejoindre l'académie du FBI. Ce soir-là, il avait invité Izzie à dîner, tandis qu'Andy était reparti pour Cambridge la veille. Les deux jeunes gens cherchèrent refuge au sous-sol, afin de se parler en tête à tête. Izzie était affolée de voir comment son ami réagissait au drame. Il semblait rongé de l'intérieur par une rage profonde, froide et implacable.

— Ne laisse pas le ressentiment te bouffer comme ça, dit-elle d'une voix douce. Ça va mal finir.

— On voit bien que tu ne connais pas les salauds qui sont responsables de ce drame, répliqua-t-il. Ils méritent la mort. Billy n'a jamais fait de mal à une mouche. C'était le type le plus adorable qui soit.

Ses yeux se mouillèrent et Izzie le prit dans ses bras, mais ces marques d'affection ravivaient sa douleur. Seule la colère lui permettait de tenir le chagrin à distance.

— Tu n'arriveras jamais à les tuer tous, remarqua-t-elle. Et Billy n'aurait pas aimé que tu réagisses comme ça.

— Billy n'était pas de taille à se défendre contre ces gens-là, il faut les éliminer.

— Qu'est-ce que tu comptes faire maintenant ? demanda-t-elle, anxieuse.

— Retourner en cours.

— Et après ?

— Je te le dirai quand j'en saurai davantage.

— Ta formation dure encore combien de temps ?

— Jusqu'à fin janvier.

D'ici là, elle savait bien qu'il n'aurait pas le temps de se calmer, pour peu qu'il y parvienne un jour.

Alors qu'ils remontaient pour rejoindre les autres, il lui promit de lui téléphoner le plus souvent possible. Le « Club des Cinq » se réduisait comme peau de chagrin, ils n'étaient désormais plus que trois : Izzie, Sean et Andy. Et c'était sans compter la mort de Kevin. Par trois fois, ils avaient connu l'expérience du deuil.

Puisque Brian et sa famille étaient rentrés chez eux, Izzie put passer la nuit dans le lit jumeau de la chambre de Sean. Le lendemain, la maisonnée dormait encore quand Sean s'en alla. Il avait pris congé la veille au soir, mais ne manqua pas, avant de partir, de déposer un baiser sur la joue d'Izzie, qui ne se réveilla pas.

Au cours des semaines qui suivirent, Jack, Marilyn, Brian et les jumelles durent faire face aux reporters qui sonnaient chaque jour à leur porte. Depuis que l'autopsie avait révélé des doses mortelles de cocaïne et d'ecstasy dans l'organisme de Billy, une enquête complète était menée sur l'usage de stupéfiants dans son équipe.

Izzie retourna à Atwood comme un automate.

Elle avait perdu toute motivation pour son travail à la maternelle. Pour ne rien arranger, Sean ne donna presque aucun signe de vie au cours des deux mois suivants. Il avait terminé sa formation et débuté son travail à Washington.

Au mois de mars, il les gratifia d'une visite-surprise et appela Izzie à sa sortie de l'école pour l'inviter à dîner. Le soir venu, il l'emmena dans un petit restaurant de quartier réputé pour ses hamburgers. Après avoir passé la commande, il la regarda dans les yeux et prit sa main dans la sienne.

— Comment vas-tu ? lui demanda-t-il avec une mine inquiète.

Elle semblait maigre, fatiguée et déprimée.

— Pas très bien, avoua-t-elle. Et toi ? Comment ça se passe à Washington ?

Elle sentait qu'il lui cachait quelque chose qui ne lui ferait pas plaisir.

— Je vais partir, dit-il.

— Dans un coin où ça chauffe ?

— C'est possible. Je n'ai pas le droit d'en parler, mais je voulais que tu sois au courant.

— Est-ce toi qui t'es porté volontaire pour cette mission ?

Il opina en silence et, l'espace d'un instant, elle lui en voulut profondément. Alors qu'ils avaient déjà perdu tant d'amis, il se préparait à risquer sa vie de son plein gré. Elle n'imaginait que trop bien le type d'endroit où il irait. En Colombie, sans doute, ou au Mexique.

— Pour combien de temps ? demanda-t-elle encore.

— Un an. Peut-être plus, peut-être moins. Tout dépendra de l'évolution de la situation. Je ne pourrai pas revenir aux Etats-Unis tant que mon départ est susceptible de menacer la réussite de l'opération, ou la sécurité d'autres agents.

— Et si tu ne reviens jamais ? objecta Izzie, les larmes aux yeux.

— Eh bien, j'aurai eu beaucoup de chance de t'avoir connue et d'avoir été ton ami.

— Ce que tu feras là-bas ne nous ramènera ni Billy ni Kevin.

— Non, mais ça permettra d'en sauver d'autres. Il faut bien qu'on arrête ces crapules.

— Mais pourquoi est-ce que ce serait à toi de t'en charger ?

— D'abord je ne suis pas tout seul. Et puis parce que c'est mon travail, dit-il en serrant sa main un peu plus fort.

— Je ne veux pas que tu partes. Est-ce que tu pourras donner des nouvelles ?

— Non, c'est une mission secrète. Je te préviendrai dès mon retour. Et je te jure que je rentrerai.

— Et ta mère, tu as pensé à elle ?

— Je le lui ai dit ce matin. Elle comprend, mon père aussi.

— Tant mieux pour eux. Moi, j'avoue que ça me dépasse. Comment est-ce que tu peux leur imposer ça après ce qu'ils ont souffert ?

— Ils savent à quoi je me suis engagé depuis le début ; ils connaissent mes motivations.

Lorsqu'il avait décidé de s'enrôler dans le FBI, il ne pensait qu'à venger Kevin. La mort de Billy avait encore renforcé ses convictions.

Ils quittèrent le restaurant, puis marchèrent en silence jusqu'à chez elle.

— Tu pars quand ? demanda-t-elle enfin.

— Demain. Prends soin de toi, Iz. Je veux te retrouver en un seul morceau à mon retour.

— C'est plutôt à moi de te dire ça.

Il l'embrassa sur la joue. Elle rentra chez elle sans se retourner. Elle ne voulait se souvenir que des bons moments, de leur insouciance quand ils étaient enfants. Elle refusait de garder de lui cette image d'homme borné, en colère. Car elle était intimement convaincue de l'avoir vu pour la dernière fois.

19

Les mois qui suivirent le départ de Sean en mission furent extrêmement étranges pour Izzie. Elle ne pouvait attendre aucune nouvelle de sa part et personne ne savait où il se trouvait, même pas sa mère. Elle rendait de fréquentes visites à cette dernière, le plus souvent le week-end, car Connie travaillait désormais tard le soir pour l'entreprise de Mike. Chaque fois, elle lui semblait avoir vieilli.

Marilyn restait anéantie et Judy n'était jamais redevenue la même après la mort de Gabby. Toutes trois faisaient partie d'un club bien singulier, dans lequel personne n'avait envie d'entrer : celui des mères qui ont perdu leur enfant. Cette douleur immense se lirait toujours au fond de leurs yeux.

Izzie restait en contact par mail avec Andy. Il avait deviné que Sean participait à une opération du FBI, mais voyait bien qu'Izzie n'en savait pas davantage. Il ne doutait pas que son ami referait surface tôt ou tard. De son côté, il s'en sortait toujours aussi brillamment à Harvard et filait le parfait amour avec Nancy. Izzie était heureuse pour lui.

Et puis un jour, au cours du week-end de Memorial Day, les professeurs du collège l'invitèrent à un barbecue. Elle ne fréquentait aucun homme depuis longtemps et sortait très peu depuis le décès de Billy. Wendy l'encouragea à y aller et elle finit par céder, n'ayant rien de mieux à faire.

Une cinquantaine de personnes étaient présentes, pour la plupart des enseignants accompagnés de leurs conjoints respectifs et, parfois, de leurs enfants. Izzie bavarda longuement avec la professeur d'arts plastiques, qui lui présenta son frère, un certain John Applegarth, âgé d'une petite trentaine et récemment divorcé. Il était écrivain et diplômé de l'université Brown. Originaire de la côte Est, il venait d'arriver à San Francisco, après avoir vécu un temps dans l'Oregon. Il n'avait pas de charisme particulier, mais sa conversation était agréable et son intelligence transparaissait dans ses propos.

Le lendemain, il lui envoya un SMS pour l'inviter à dîner le week-end suivant. Izzie s'aperçut alors qu'elle n'avait plus aucune vie sociale depuis la mort de Billy. Elle accepta donc. Au pire, ce serait l'occasion de se faire un ami.

John l'emmena à une exposition d'architecture néoclassique qu'elle tenait à voir, puis ils mangèrent dans un petit restaurant marocain. Ils passèrent une bonne soirée, au cours de laquelle il lui expliqua avoir reçu une bourse pour le livre qu'il était en train d'écrire. Il la réinvita plusieurs fois par la suite et elle finit par coucher avec lui, bien qu'elle n'en eût pas réellement envie. Elle n'était pas amoureuse, elle avait seulement besoin de s'assurer que tout n'était pas mort en elle. L'expérience fut plus concluante qu'avec Andy ou avec les deux autres garçons avec qui elle avait fait l'amour depuis, néanmoins elle n'atteignit pas le septième ciel. Le déclic n'avait pas eu lieu.

A la même période, Katherine la gratifia d'une de ses visites éclair. Elle trouva que sa fille avait mauvaise mine.

— Comment vont les deux autres ? Est-ce que tu les vois ?

— Andy bosse comme un fou pour ses études de médecine et Sean n'est pas joignable pendant quelque temps.

— Qu'est-ce que tu entends par là ?

— Il travaille pour le FBI.

— Et est-ce que tu fréquentes quelqu'un qui compte pour toi ? demanda Katherine sans tergiverser.

Après une hésitation, Izzie secoua la tête.

— Pas vraiment, je sors avec un type, mais je ne suis pas folle de lui. Il est un peu trop calme, et pas vraiment mon genre. Enfin, au moins, il est sympa.

Katherine lança à sa fille un regard perspicace.

— Izzie, ça ne suffit pas. Ecoute-moi, et réfléchis bien à ce que je vais te dire. Tu as vingt-trois ans. C'est la meilleure période de ta vie. Tu es jeune, tu es belle. Tu peux faire ce que tu veux, tu n'es liée à rien ni personne. Tu peux sortir avec qui te plaît et aller où ça te chante. Tu es libre. Au lieu de ça, tu fais un boulot pour lequel tu es largement surqualifiée. Tu vis comme une vieille fille, ou plutôt tu survis. Deux de tes meilleurs amis sont décédés beaucoup trop jeunes, les deux autres sont loin et tu ne leur parles pas. Tu vis dans une ville de province. Et par-dessus le marché, tu sors avec un garçon dont tu te fiches éperdument, qui ne te fait pas vibrer.

Katherine s'arrêta une seconde, mais reprit de plus belle, sans s'inquiéter de voir que sa fille se mettait à pleurer :

— Si tu laisses maintenant la vie t'échapper, tu ne

la rattraperas pas. C'est la bêtise qu'a commise ton père en travaillant pour Amnesty International. En ne s'occupant que des pauvres, il s'est interdit toute évolution de carrière. C'est vrai, on ne peut pas vivre que pour le travail, mais il était brillant, il aurait pu faire mieux. Izzie, il te manque une passion dans la vie. J'admets avoir échoué avec toi en tant que mère, en revanche je ne regrette aucune des décisions que j'ai prises dans les autres domaines de mon existence et dans ma carrière. Ma chérie, je veux que tu te réveilles et que tu saisisses la vie à pleines mains. Personne ne va te la servir sur un plateau d'argent.

Dans le fond, Izzie savait que sa mère avait raison, à part peut-être en ce qui concernait son père. Jeff adorait la vie qu'il menait avec sa nouvelle femme et leur petite fille, et sa carrière le passionnait, quoi qu'en pense Katherine. En revanche, Katherine l'avait percée à jour. Sa vie était désolante de médiocrité. Elle avait perdu toute motivation pour aller de l'avant depuis la mort de Gabby, tout espoir de prendre en main son propre destin. Puisque sa meilleure amie avait été fauchée par une voiture au coin de la rue, cela pouvait aussi bien lui arriver du jour au lendemain. Alors pourquoi faire des efforts ? Elle avait tenté de se protéger en ne vivant qu'au jour le jour. Malgré les défaillances de sa mère et tout ce qui les séparait, Izzie devait reconnaître qu'elle voyait juste.

— Qu'est-ce que tu fais cet été ? reprit Katherine.

— Pas grand-chose. J'avais l'intention de suivre un stage pour me perfectionner en pédagogie, mais j'ai laissé passer la date d'inscription.

En réalité, elle était si déprimée qu'elle n'en avait pas eu le courage.

— Et tu appelles ça des vacances ? Non, il faut que

tu fasses quelque chose d'amusant. N'importe quoi, ça m'est égal. Pars en Indonésie, au Vietnam, au Mexique, que sais-je ! Aux îles Galápagos ! Prends des cours de danse. Sors, rencontre des gens, débarrasse-toi de ce type dont tu te fiches et trouves-en un que tu aimes. Réveille-toi, Izzie. Ne t'inquiète pas pour l'argent, c'est moi qui paie. Tu peux aller n'importe où, tu as carte blanche. Mais je veux que tu *t'amuses* !

Izzie fut touchée.

— Et toi, maman, tu t'amuses dans ce que tu fais ? demanda-t-elle.

— Absolument. J'adore mon job. Je travaille dur, je m'amuse tout autant. Et j'aime Charles, aussi excentrique soit-il. C'est ça qu'il te faut : un homme avec qui t'éclater. Tu n'as pas eu de chance jusqu'ici, tu as connu deux deuils terribles. Il est temps pour toi d'équilibrer la balance avec des bonnes choses.

— Je ne sais même pas ce que je pourrais faire, ni où aller.

— Donne-toi une semaine pour y réfléchir. Et fais ce qui te plaira le plus. J'ai les moyens. Ce serait dommage de t'en priver !

Izzie serra sa mère contre son cœur. Aussitôt rentrée chez elle, elle alluma son ordinateur et consulta les sites de différentes agences de voyages. Il y avait des publicités pour les Antilles, le Maroc, des safaris en Afrique. Mais ce qui la tentait le plus, c'était l'Argentine ou le Brésil. Or elle avait entendu dire qu'il était dangereux pour une femme de voyager seule au Brésil. Restait donc l'Argentine. Elle approfondit ses recherches, obtint une liste d'hôtels recommandés. Plus elle lisait, plus tout cela lui semblait alléchant. Elle pourrait apprendre à danser le tango ! Elle éclata de rire et en fut tout étonnée. Elle n'avait plus ri depuis la mort de Billy, peut-être même bien avant.

Elle appela sa mère dès le lendemain. Katherine approuva son projet, tout en lui recommandant de rester prudente si elle devait voyager en Amérique du Sud. Izzie promit d'avoir recours aux services d'un chauffeur.

— Que dirais-tu de nous rejoindre ensuite sur la Côte d'Azur ? Charles et moi avons loué une villa à Saint-Tropez.

A cette idée, Izzie se sentit l'âme d'un globe-trotter.

Elle réserva donc son billet pour Buenos Aires, ainsi qu'une chambre dans un hôtel de luxe à un tarif étonnamment bas, puis envoya un mail à la réception pour leur demander de lui réserver une voiture avec chauffeur pendant toute la semaine. Elle acheta ensuite un billet d'avion Buenos Aires-Paris-Nice, où elle louerait une voiture pour se rendre à Saint-Tropez. Elle prévoyait d'y rester une semaine, avant de terminer, si le cœur lui en disait, par une semaine à Paris. Son départ était prévu pour le 4 juillet, sa date de retour restait ouverte. Satisfaite de sa feuille de route, elle appela son père pour lui faire part de ses projets. Il se montra à la fois enchanté pour elle et très reconnaissant envers Katherine. Sa fille avait tellement besoin de changer d'air, et lui-même n'aurait jamais pu lui offrir un tel cadeau.

Après avoir raccroché, Izzie composa le numéro de John, décidée à lui annoncer le soir même que c'était fini.

Il l'emmena dans un restaurant du quartier japonais et elle se rendit compte, tout en dégustant ses sushis, qu'elle se fichait complètement de ce qu'il lui racontait sur sa vie ou son livre. Alors qu'il était encore jeune, il semblait avoir renoncé à vivre pleinement. Pour sa part, elle refusait de s'avouer vaincue si vite. Lorsqu'il lui proposa de l'emmener faire du camping dans l'Oregon pendant le week-end du 4 Juillet, elle lui annonça qu'elle partait apprendre le tango en Argentine. Et, de nouveau, cette idée lui donna envie de rire. Sa vision du monde venait de changer du tout au tout : la vie était une aventure qu'il lui fallait absolument tenter.

— En Argentine ? répéta-t-il, incrédule. Quand est-ce que tu as décidé ça ?

— Il y a quelques jours à peine. Je dînais avec ma mère et elle m'offre un voyage, une sorte de cadeau de fin d'études à retardement. Après l'Argentine, je la retrouve en France.

A ces mots, elle eut l'impression d'être une petite fille gâtée, mais John n'était pas à plaindre non plus. Seulement, il vivait de ses économies et dépensait le moins possible pour éviter de reprendre un emploi salarié qui ne lui plaisait pas, en attendant de voir son livre publié. Ce mode de vie frugal était somme toute raisonnable, mais pas très excitant pour Izzie, qui avait besoin d'autre chose à ce moment-là. Elle lui expliqua qu'ils feraient mieux de mettre un terme à leur relation avant son départ. Quoique visiblement déçu, il ne chercha pas à la faire changer d'avis. A la fin du dîner, il admit que le caractère d'Izzie ne cadrait pas avec ses aspirations : une femme capable de partir pour l'Argentine sur un coup de tête ne le suivrait sans doute pas dans ses vacances planifiées sous la tente...

Lorsqu'il la raccompagna chez elle, elle le remercia pour tout et lui adressa un simple signe de la main en pénétrant dans le hall de l'immeuble. Tous deux savaient qu'ils ne se reverraient pas, et cela ne les affectait pas plus que ça.

Avant de partir, Izzie alla voir Connie, mais aussi Marilyn et Jack. Brian venait d'obtenir son diplôme à Atwood et intégrerait l'université Berkeley à l'automne. La jeune femme regrettait de ne pas pouvoir assister au barbecue organisé en l'honneur du jeune bachelier, le 4 juillet. Elle téléphona à Judy et envoya un mail à Andy, qui passait tout l'été à Boston. Le 3 juillet, elle dîna avec son père, Jennifer et Ping. Et lorsque, enfin, elle embarqua dans le vol pour Buenos Aires, elle s'aperçut que sa mère, autrefois si distante, était devenue sa meilleure alliée. Sans elle, elle aurait continué à se laisser dépérir à petit feu. En lui offrant ce voyage, Katherine lui avait sauvé la vie.

La capitale argentine, encore plus belle que dans son imagination, lui rappela un peu Paris. L'hôtel était parfait et le chauffeur ne se contentait pas de la déposer devant la porte des bars à tango chaque soir, il l'escortait personnellement jusqu'au vestiaire. Toute la nuit, elle dansait avec des inconnus, et toute la journée elle sillonnait les quartiers touristiques ou résidentiels, dont elle explorait les jardins et les cours intérieures. Alors qu'elle se promenait dans les Bosques de Palermo, un parc au cœur de la cité, elle se demandait si Sean se trouvait lui aussi en Argentine ou dans un pays voisin. Mais il n'y avait aucun moyen de le savoir et elle s'efforça de ne pas trop penser à lui. Un jour, elle fit une excursion jusqu'à l'*estancia* Villa Maria, un ranch luxueux situé à quarante-cinq minutes du centre-ville, où elle put monter à cheval et se baigner dans la piscine. Elle visita aussi le Parque de Tres de Febrero, qui ressemblait au bois de Boulogne, avec ses superbes roseraies, ses allées majestueuses et son lac artificiel. Elle écrivit des cartes postales à tous ses amis de San Francisco, sans oublier Andy à Boston.

A Paris, elle fit étape dans un petit hôtel de la rive gauche, avant de continuer vers Nice et Saint-Tropez. Katherine et Charles l'accueillirent chaleureusement. Ils l'emmenèrent dîner au restaurant et chez plusieurs de leurs amis, et ils sortirent danser aux Caves du Roy. Elle ne s'était jamais autant amusée avec sa mère.

Sur une impulsion, Izzie décida de s'offrir un week-end à Venise et encore quatre jours à Paris avant de rentrer. Elle n'aurait pu imaginer vacances plus parfaites. Il ne lui manquait peut-être que la compagnie d'un amoureux. Mais, au fond, cela n'avait aucune importance. Elle se sentait libre, vivante.

De retour à San Francisco, elle avait reconquis sa confiance en elle. Il lui semblait être devenue une femme du monde, sophistiquée et indépendante. Dès la rentrée, elle raconta son voyage à ses jeunes élèves : elle avait visité un pays lointain, l'Argentine, où les gens adoraient danser, mais aussi Paris – elle leur montra une photo de la tour Eiffel – et Venise, où l'on se déplaçait sur des bateaux que l'on appelait des gondoles.

— Moi, je suis allée voir ma mamie dans le New Jersey, intervint une petite fille, prénommée Heather, de sa voix flûtée.

— Et tu t'es bien amusée ? demanda Izzie avec un grand sourire.

— Oh oui ! répondit Heather. Mamie nous laisse courir tout nus dans son jardin, et même qu'elle a une piscine !

A ces mots, toute la classe éclata de rire.

Cette année-là, la rentrée revêtait un caractère particulier pour Izzie, puisque les jumelles de Marilyn,

Dana et Daphne, faisaient partie des nouveaux élèves. Elles étaient enchantées d'avoir pour maîtresse la grande amie qu'elles connaissaient depuis toujours.

— On dirait que tu as passé un été formidable, remarqua Wendy alors qu'elles servaient un jus de fruits et des biscuits aux enfants.

— C'est vrai, le meilleur de ma vie.

Après quatre ans de cauchemar, Izzie espérait que les mauvais moments étaient derrière elle. Pourvu que Sean soit vivant, et heureux lui aussi...

20

Jusqu'à Thanksgiving, Izzie se laissa porter par l'énergie positive accumulée au cours de son voyage. L'envie de partir à nouveau la démangeait : elle voulait découvrir le Japon, ou l'Inde, mais elle préféra attendre les vacances de Pâques ou même l'été suivant, afin de passer Noël en famille. Au téléphone, Andy avait été impressionné par le récit de ses pérégrinations.

— Et comment s'appelle le riche prétendant qui te chouchoute ainsi ? plaisanta-t-il.

— C'est ma mère, idiot ! Quand rentres-tu à San Francisco ?

— Je ne peux pas venir pour Noël. Entre l'hôpital, les cours et les révisions, c'est impossible. Et c'est pareil pour Nancy. Nous n'avons pas eu droit à une nuit de sommeil complète depuis trois mois. Enfin, bon, ça nous plaît.

Les vacances de Noël débutèrent avec un coup de fil et… une merveilleuse surprise. Une voix familière résonna dans le combiné. Son cœur fit un bond dans sa poitrine. Dieu merci, il était vivant ! Elle ne lui avait pas parlé depuis le mois de mars.

— Sean ! Où es-tu ? Tu vas bien ?

— Je me porte comme un charme, dit-il en riant. Regarde plutôt par la fenêtre.

Il était devant sa porte et lui adressait de grands signes. Elle descendit l'escalier quatre à quatre. Aminci et portant une barbe de plusieurs semaines, il paraissait néanmoins en bonne santé. Il rit encore lorsqu'elle lui sauta au cou.

— Alors, où étais-tu pendant tout ce temps ?

— En Colombie, répondit-il, aussi naturellement que s'il avait dit « à Los Angeles ».

— Moi, je suis allée en Argentine cet été.

Il la contempla d'un air étonné. Elle avait très bonne mine. Il se demanda si elle partageait sa vie avec un homme, mais ne remarqua aucun signe de présence masculine en entrant dans l'appartement.

— Qu'est-ce que tu es allée faire là-bas ?

— Apprendre à danser le tango. Et ensuite je suis partie pour Saint-Tropez, Paris et Venise.

— J'ai raté un truc ? Tu as gagné au loto ?

— Non, c'est ma mère. Elle m'a fait un très beau cadeau. Je n'arrivais pas à sortir de ma déprime depuis Billy, je me rongeais les sangs à cause de toi et je sortais avec un type complètement rasoir. Ma mère m'a convaincue de tout lâcher pour partir en voyage. Et toi, comment vas-tu ?

— Qu'as-tu fait du type rasoir ? demanda-t-il, éludant sa question.

— Je l'ai largué. Maintenant, j'ai envie d'aller au Japon pour les vacances de Pâques. Tu vois, tu n'es pas le seul à t'offrir de beaux voyages ! dit-elle en leur servant du café.

— Sauf que je n'étais pas vraiment en train d'apprendre le tango…

— Tu restes combien de temps à San Francisco ?

— Une semaine ou deux. Je repars en mission début janvier.

Izzie ne put cacher sa déception.

— Toujours incognito ?

Il opina. Il ne pouvait pas lui en parler, mais il s'était tiré de justesse d'une situation délicate. Ses supérieurs, très satisfaits de son travail en Colombie, prévoyaient de l'envoyer sur un site encore plus périlleux.

— C'est mon métier, dit-il simplement.

— C'est rude pour tes parents.

— Je sais, mais ils respectent mon choix. Quand est-ce que je peux t'inviter à dîner ? Est-ce que je risque les foudres d'un petit copain jaloux ?

— Non, je suis célibataire, répondit-elle sans hésiter. Et je suis libre ce soir si tu veux.

— D'accord, je passerai te chercher à dix-neuf heures.

Il se leva et la regarda longuement avant de la serrer contre son cœur.

— Tu m'as manqué, Iz. C'était horrible de ne pas pouvoir t'appeler pendant tout ce temps.

— Oui, toi aussi tu m'as manqué…

Elle resta pensive après son départ. Ils auraient pu entreprendre tant de choses ensemble s'il n'avait pas choisi de partir en croisade contre les trafiquants. Quoique toujours aussi séduisant, Sean semblait vieilli par sa mission en Colombie.

Pendant ses deux semaines de congé, il fut heureux de partager avec elle le temps qu'il ne passait pas avec ses parents. Un jour, il fit aussi la route jusqu'à Berkeley pour emmener Brian déjeuner. Il invita Izzie au restaurant presque tous les soirs, le plus souvent à la pizzeria ou au grill sans prétention qui servait leurs hamburgers préférés, et une fois dans un restaurant français huppé. L'argent lui brûlait les doigts. Alors que FBI le payait grassement pour les risques qu'il prenait, il n'avait rien pu dépenser pendant plusieurs mois et il avait plaisir à gâter Izzie.

Lorsqu'il vint lui dire au revoir, juste avant le jour de l'an, il n'essaya pas de s'excuser ou de se justifier, même s'il avait bien conscience que son amie d'enfance lui en voulait.

Il la prit dans ses bras en silence. Que pouvait-il dire ? Tous deux savaient qu'il passerait l'année sur le pied de guerre, à déjouer les pièges des trafiquants et à collecter des informations utiles à leur pays.

— Sois prudent, essaie de rentrer sain et sauf.

— Je suis trop malin pour eux, dit-il en souriant.

— Et bien trop sûr de toi, à mon avis !

Il dévala l'escalier quatre à quatre. Izzie le suivit du regard dans la rue, il lui adressa un signe de la main, monta en voiture et s'éloigna.

Cette fois-ci, elle décida de ne pas se laisser abattre par son départ. Le monde continuait de tourner, avec ou sans Sean près d'elle. Elle devait poursuivre son petit bonhomme de chemin.

Elle se rendit à un réveillon organisé par une ancienne camarade de l'UCLA, qui venait d'emménager à San Francisco, à Russian Hill. Même si, d'ordinaire, elle n'aimait pas beaucoup ce genre de soirées, n'importe quoi valait mieux que broyer du noir seule dans son salon.

Dès qu'elle eut franchi le seuil de l'appartement, le plus bel homme qu'elle eût jamais vu apparut devant ses yeux éblouis. Il lui adressa un large sourire. Il se présenta. Producteur à Hollywood, il tournait un film à San Francisco. Leur amie commune, qui avait fait des études de cinéma, avait travaillé pour lui pendant deux ans.

— Et toi, qu'est-ce que tu fais ? lui demanda-t-il en lui tendant une flûte de champagne.

Il dévorait Izzie des yeux. Il faut dire que celle-ci, moulée dans sa robe de satin blanche et chaussée de sandales à talons argentées, était superbe. Alors que la plupart des invités s'étaient massés sur le balcon pour fumer, il l'invita à s'asseoir près de lui sur le canapé.

— Je suis institutrice en maternelle, expliqua-t-elle sans cesser de sourire. C'est affreusement ennuyeux, n'est-ce pas ?

— Pas du tout. L'enseignement est sans doute une passion ?

— Même pas. Plutôt un choix par défaut. Je n'ai jamais su ce que je voudrais faire quand je serais grande !

— Moi non plus ! répondit-il en riant.

Il portait un costume bien coupé, une chemise blanche au col ouvert et une paire de chaussures noires parfaitement cirées qui semblaient hors de prix.

— Dis-moi, puisque tu habites dans le coin, tu pourrais peut-être m'aider à trouver un logement ? Je cherche un meublé pour un an, avec vue sur la baie. Un peu comme ici, dit-il en balayant du regard le superbe loft. Si je demandais à notre amie de déménager pour me laisser la place ?

Ils éclatèrent de rire.

— Et toi, tu loges où ?

— Juste à côté de mon école, dans un tout petit deux-pièces.

— Quelle chance ! J'ai toujours rêvé de pouvoir aller au travail à pied…

Tony Harrow semblait fasciné par tout ce qu'Izzie

lui racontait, même les propos les plus insignifiants. Elle savait que quelques-uns de ses films avaient connu un certain succès et elle était flattée qu'une telle personnalité lui témoigne de l'intérêt. Au quotidien, elle ne rencontrait pas d'hommes aussi charmants ni si sophistiqués.

— Ça te dirait de faire un tour dans la vallée de Napa demain ? proposa-t-il alors.

Surprise de cette invitation impromptue, Izzie finit par acquiescer sous l'intensité de son regard. A minuit, tandis qu'il lui tendait une seconde coupe de champagne, il se pencha pour déposer un léger baiser sur ses lèvres. Il l'avait à peine effleurée, c'était terriblement enivrant.

Et il recommença une heure plus tard, lorsqu'elle quitta la soirée sans avoir adressé la moindre parole aux autres invités. Il passerait la chercher à dix heures. Elle n'arrivait pas à croire qu'elle avait rendez-vous avec un homme si beau, si intelligent et si aimable.

Il apparut comme promis le lendemain, à l'heure dite, aussi séduisant en jean et blazer qu'en tenue de soirée. Elle remarqua alors que ses cheveux noirs grisonnaient aux tempes ; il devait avoir dans les trente-cinq ans. Sur la route, il lui révéla qu'il en avait trente-neuf, seize de plus qu'elle. Elle pensa à son père et Jennifer. Après tout, sortir avec un homme plus âgé avait du bon !

Tony l'emmena visiter deux chais perdus au milieu des coteaux et ils sillonnèrent la vallée d'un bout à l'autre. A l'heure du déjeuner, ils s'arrêtèrent à l'Auberge du Soleil, un hôtel-restaurant dont la terrasse offrait une vue imprenable sur les vignobles. Lorsqu'ils repartirent dans l'après-midi, Izzie était conquise. Tony était intéressant, de bonne compagnie, et très attentionné. Après avoir décapoté la voiture, ils rentrèrent par les petites routes bordées d'arbres majestueux. Il lui parla de l'industrie du cinéma et de son nouveau film. Bien qu'il ait déjà vécu plusieurs relations au long cours, il ne s'était jamais marié.

— Ah non ? Et pourquoi ? demanda Izzie, qui se sentait de plus en plus à l'aise avec lui.

Tony semblait n'avoir rien à cacher et parlait sans contrainte de son existence, ainsi que des erreurs qu'il avait pu commettre par le passé. En dépit de sa réussite professionnelle, il ne montrait aucune arrogance.

— Je crois que l'engagement me fait peur, répondit-il en toute franchise. Et puis, il y a tout un tas d'autres raisons. A la fac, je passais mon temps à faire la fête ; ensuite les films se sont enchaînés. C'est un travail très prenant et je prends mon travail très – trop – à cœur. Et j'ai connu quelques coups durs sentimentalement, de ceux qui vous rendent frileux. Quand j'étais étudiant, j'étais très amoureux d'une fille, on se connaissait depuis l'enfance. On disait qu'on se marierait – en fait, je venais d'acheter une bague pour lui faire ma demande lorsqu'elle est morte dans un accident de voiture. Elle était sur la route pour venir me voir. Il pleuvait, elle a perdu le contrôle de son véhicule. Je n'aurais jamais cru pouvoir continuer à vivre après ce drame, et pourtant je m'en suis sorti. Mais je n'ai plus donné mon cœur de la même façon. J'ai trop peur de souffrir. Peut-être qu'on ne peut aimer à ce point qu'une fois dans sa vie, quand on est très jeune.

Izzie prit une profonde inspiration.

— Moi aussi, j'ai perdu deux personnes au cours des cinq dernières années, des gens avec qui j'avais grandi. Ce n'étaient pas des histoires d'amour, mais des amitiés très fortes. Depuis, j'ai l'impression de me tenir à distance de tout ce qui pourrait m'arriver, par peur de souffrir.

— L'amour fait des dégâts, dit Tony. Je pense que, quand on aime quelqu'un, même d'amitié, on ne peut pas échapper à la souffrance. Les gens meurent, vous quittent, les relations évoluent...

— C'est vrai. Du coup, on a tendance à verrouiller sa vie. Je ne suis pas très proche de ma mère, mais l'année dernière, alors qu'on dînait ensemble, elle m'a littéralement secouée. Grâce à elle, j'ai compris que j'étais en train de gâcher mes plus belles années. Je suis partie en voyage en Argentine et maintenant j'ai le projet de visiter le Japon dès que possible. Sortir de mon environnement m'a aidée à changer de perspective, je me sens revivre, même si je pense qu'une partie de moi-même est morte avec mes meilleurs amis. C'est très dur d'envisager de s'attacher à nouveau à quelqu'un.

— A qui le dis-tu... soupira-t-il alors qu'ils s'engageaient sur l'autoroute. Mais le jeu en vaut la chandelle, Izzie, crois-moi. La fille que j'aimais est morte il y a dix-huit ans. Depuis, la plupart de mes amis se sont mariés et ont des enfants, tandis que j'ai encore l'impression que ce bonheur n'est pas pour moi. Ne commets pas la même erreur. Pour moi, j'ai bien peur qu'il ne soit déjà trop tard.

Izzie le plaignit : même si, en apparence, Tony profitait de la vie, il ne s'autorisait à aimer personne, il n'était pas vraiment vivant. Elle ne voulait pas lui ressembler. Et contrairement à lui ou à Marilyn, Connie et Judy, elle n'avait pas perdu un premier amour ou un enfant. Certes elle avait été traumatisée par la perte de ses amis, mais ce n'était pas la même chose. Elle ne devait pas pour autant se fermer au monde et rester sur le bord du chemin à regarder passer les autres.

Malgré le déclic de l'été précédent, Izzie s'aperçut qu'elle ne s'était pas débarrassée de tous ses blocages. Elle n'avait jamais été vraiment amoureuse. Elle devait laisser son cœur s'ouvrir. C'était un peu comme si le destin avait placé Tony sur sa route pour l'avertir de ne pas s'endormir au volant de sa vie. Devant sa porte, il lui demanda quand il pourrait la revoir.

— Est-ce que tu aimes le ballet ? proposa-t-il avec son sourire charmeur.

Izzie n'en croyait pas ses oreilles. D'habitude, on lui donnait plutôt rendez-vous au cinéma ou à la pizzeria du coin. Personne de sa connaissance ne l'aurait jamais invitée à l'Opéra. Tony était un homme du monde, et elle s'imaginait sans peine en train de danser le tango avec lui dans une belle salle de bal.

— Je n'en ai vu que deux dans ma vie, avoua-t-elle. *Casse-Noisette* et *Le Lac des cygnes*.

— La soirée d'ouverture de la saison a lieu la semaine prochaine, ajouta-t-il. Si tu veux, je prends des billets. Il y aura un dîner de gala ensuite.

— Avec plaisir !

— Le smoking est de rigueur pour les hommes. Pour les femmes, la contrainte est moindre – robe de cocktail demandée. Et avec ta silhouette… tu feras sensation même si tu choisis une tenue courte !

— Merci, Tony, j'ai hâte d'y être…

Avec un petit rire, il déposa sur sa joue un baiser à peine perceptible.

— Tu vas voir, avec moi on ne s'ennuie jamais !

Elle n'en doutait pas. En revanche, elle soupçonnait que leur relation resterait superficielle. Aussi généreux fût-il, ce célibataire endurci ne partagerait pas sa vie sur le long terme. Peut-être avait-il choisi de sortir avec elle parce qu'il avait pressenti que, vu son âge, elle n'était pas du genre à exiger le mariage, les enfants et tout ce qui allait avec. Ce n'était pas un problème. Elle n'était pas amoureuse de lui et, d'ailleurs, Tony avait été parfaitement honnête. Il cherchait une aventure, non une relation durable.

En entrant chez elle, elle pensa à Gabby avec un pincement au cœur. Si son amie avait encore été là, elle lui aurait demandé comment s'habiller pour cette soirée à l'Opéra ou, mieux, lui aurait emprunté une robe.

Izzie s'en remit aux conseils de Jennifer. Quelque chose d'habillé, sexy et court, lui dit cette dernière. Elle lui proposa même de l'accompagner pour faire des emplettes le lendemain. Elle laissa Ping sous la garde de Jeff, de sorte qu'elles purent profiter d'une vraie journée entre filles. Izzie, qui n'avait jamais rien partagé de tel avec sa mère, était aux anges.

Elles trouvèrent chez Neiman Marcus une petite robe de mousseline noire avec de fines bretelles rebrodées de strass, ainsi qu'une paire de chaussures assorties. Cette tenue mettait les formes d'Izzie en valeur et lui conférait une allure sophistiquée. Elle avait l'air d'une femme, et non plus d'une jeune fille ou d'une institutrice stagiaire.

— Une vraie bombe ! déclara Jennifer.

En sortant du grand magasin, elles s'attablèrent devant deux salades dans un petit café.

— Parle-moi de ce nouveau petit copain ! Tu dois tenir à lui, pour faire de tels frais de toilette.

— Non, c'est juste que ma vieille garde-robe ne convient pas pour la soirée chic qu'il me propose.

Ayant remis ses vêtements ordinaires, Izzie se sentait

comme Cendrillon après le bal. Elle portait un jean, un pull rose élimé et une paire de baskets trouées, sa tenue décontractée du week-end.

— Mais pour répondre à ta question, il est très agréable, et plutôt sexy, reprit-elle. C'est un producteur de cinéma, il va passer une année à San Francisco pour un tournage.

Jennifer sembla impressionnée.

— Il a quel âge ?

— Trente-neuf.

— Il n'est pas un peu trop vieux pour toi, Izzie ? demanda Jennifer en fronçant les sourcils. C'est vrai, c'est la même différence qu'entre ton père et moi, mais j'étais déjà plus mûre quand je l'ai rencontré.

— Peut-être bien… Je ne sais pas trop. J'ai l'impression qu'il n'est pas du genre à s'attacher. Il ne s'est jamais remis d'un chagrin d'amour de jeunesse. Pour le moment, je me contente de passer du bon temps avec lui.

— Prends garde qu'il ne te fasse pas souffrir… On tombe plus vite qu'on ne le croit dans les pièges de certains hommes. Ils sont charmants, charmeurs, et ils te filent entre les doigts au moment où on pense les avoir conquis.

— Tu sais, moi non plus, je n'aime pas m'attacher. Les gens meurent, Jen.

— Tout le monde ne meurt pas dans la fleur de l'âge, répondit sa belle-mère, peinée de la voir si triste et désabusée.

— Non, mais les gens de ma génération ne donnent pas l'exemple, ironisa Izzie.

— Comment ça se fait, à ton avis ?

En tant qu'assistante sociale, Jennifer avait elle aussi assisté trop souvent à des décès prématurés parmi la jeunesse. Qu'ils soient dus à un accident ou à un environnement à risque, ils apparaissaient comme un signe des temps modernes.

— Je ne sais pas, répondit Izzie. On nous a peut-être trop laissés regarder la télé quand nous étions petits. Tous les jours, aux infos, on voit des gens se faire tuer, cela devient banal, presque normal. On perd de vue l'importance de la vie, d'autant que, dans nos sociétés riches, on n'a plus à se battre pour survivre. Alors, on devient irresponsable, on n'a plus conscience des réels dangers. Regarde ce qui est arrivé à Billy...

— C'est comme si la vie était devenue à la fois trop facile et trop difficile.

Dans le cadre de son travail, Jennifer était particulièrement choquée par le nombre de suicides, deuxième cause de mortalité chez les jeunes après les accidents de voiture. Certains parents ignoraient tout des difficultés que rencontraient leurs enfants. Jennifer avait d'ailleurs surveillé sa belle-fille de près à la suite des deuils répétés qu'elle avait endurés, mais Izzie semblait avoir surmonté sa dépression. Son voyage en Argentine lui avait fait le plus grand bien et la nouvelle relation romantique, même si elle ne mènerait nulle part au dire de sa belle-fille, apparaissait à Jennifer comme un signe de son rétablissement.

— Revenons un peu aux vivants ! Comment vont Sean et Andy ? Tu ne me parles pas beaucoup d'eux ces derniers temps.

— Andy vit en ermite depuis qu'il est en médecine, et sa copine aussi. Il n'a même pas pu rentrer pour Noël. Quant à Sean, il est devenu fou. Il croit pouvoir arrêter tous les trafiquants de drogue de la planète. Il a passé l'année dernière en mission secrète en Amérique du Sud, sans aucun contact avec ses proches. C'est dur pour ses parents. Il est rentré pour les fêtes, puis il est reparti. Personne n'aura de ses nouvelles avant un an. À moins qu'il ne soit tué.

Izzie avait prononcé ces derniers mots avec colère.

— Tu vois, j'ai l'impression que ma génération se moque du danger. Kevin, Billy... Ils se croyaient immortels.

— C'est ce que tous les jeunes gens du monde ont toujours cru, répondit Jennifer. La différence tient sans doute au fait que ceux de ta génération prennent plus de risques.

En quittant le café, Izzie promit à Jennifer de lui raconter sa soirée à l'Opéra, puis elle rentra chez elle, tout excitée à l'idée de porter sa nouvelle tenue.

La petite robe noire produisit l'effet escompté : Tony ne cacha pas son admiration. Ils passèrent une soirée merveilleuse, dans un cadre magnifique. Plus tard, en la déposant devant chez elle, il l'embrassa, mais sentit qu'elle n'était pas prête à lui proposer d'entrer. Il se contenta donc de lui dire qu'il avait beaucoup apprécié sa compagnie.

— Au fait, je serai à L.A. la semaine prochaine, je rentre vendredi. On se voit samedi soir ?

Elle opina timidement.

— Parfait, je prévois déjà quelque chose de sympa, qui devrait te plaire.

Izzie savait qu'elle pouvait lui faire confiance sur ce point. Tout en lui adressant un signe de la main, Tony descendit l'escalier quatre à quatre. La jeune femme flottait sur un nuage, elle avait l'impression d'être une princesse de conte de fées.

21

Fidèle à sa promesse, Izzie appela Jennifer le lendemain pour lui faire un rapport circonstancié de la
soirée.

— Tu sais, ma tenue a fait sensation. Merci encore
pour ton aide.

— Contente qu'elle ait plu à ton cavalier. Et lui,
comment était-il ?

— Beau et charmant, dit Izzie avec un petit rire.
Je me suis vraiment bien amusée.

Elle lui raconta en détail le spectacle et le dîner. A
l'instant où elle raccrochait, son BlackBerry sonna :
c'était Andy.

— Alors, comment ça va, Iz ? demanda-t-il d'un
ton enjoué.

— Super ! répondit-elle. Hier, je suis allée à la
soirée d'ouverture à l'Opéra. Je n'ai pas vu tes parents,
qui ont un abonnement, non ? Ils y étaient ?

— Certainement, sauf si ma mère était de garde.
Mon père n'y va pas tout seul. C'est surtout elle qui
aime la danse. Mais, dis-moi, tu deviens une vraie dame
du monde. Il n'y aurait pas un homme là-dessous ?

— On peut dire ça comme ça…

— Tu m'intrigues… Raconte !

— Je l'ai rencontré au réveillon du jour de l'an. Il m'a emmenée déjeuner à Napa le lendemain, et à l'Opéra hier soir. Il est plutôt cool.

— Il doit avoir une bonne situation, dis donc ! Qu'est-ce qu'il fait dans la vie ? Pas médecin, j'espère… parce que sinon tu ne le verras jamais. Nancy et moi n'avons pas passé une nuit ensemble depuis deux semaines. Nos horaires sont tout le temps en décalé. Je crois qu'elle commence à en avoir marre… C'est vraiment dur. Je ne sais pas comment font mes parents pour tenir le coup. Nous, on passe notre temps à se disputer. Le manque de sommeil la rend méchante, et moi, névrosé.

Izzie ne put s'empêcher de rire.

— Ça passera, puisque vous vous aimez, lui assura-t-elle.

— J'espère… Parfois, je me demande si l'amour suffit.

Andy semblait traverser une phase de découragement. Certes, la carrière qu'avait choisie Izzie était moins glamour que celle d'Andy ou de Sean, en contrepartie sa vie était beaucoup plus simple !

— Et sinon, à part le manque de sommeil et les disputes avec Nancy, quoi de neuf ?

Elle était si heureuse d'avoir quelqu'un à qui parler… Quelqu'un qui ne prenait pas de risques inconsidérés dans la vie, à la différence de Sean, et qu'elle pouvait espérer voir à ses côtés pendant longtemps. Qu'elle pouvait donc continuer à aimer comme un frère.

— Il n'y a pas de « sinon » avec ce boulot, soupira-t-il. Nous ne faisons que travailler. Tu sais quoi ? Tu as eu raison de me larguer, à l'époque.

— N'importe quoi… C'est plutôt qu'une relation à distance n'aurait pas marché.

— C'est aussi mon avis. Bon alors, et ce nouveau mec ? Dis-moi tout !

— Il est beau, plus âgé que moi, producteur de cinéma. Très sympa.

— C'est sérieux entre vous ?

— Non.

— Vous avez couché ?

— Pas encore, docteur. Tu es aussi indiscret que mon gynécologue !

— Hé ! Attends un peu… C'est le rêve de ma mère : que je travaille avec elle en obstétrique. Moi, ça ne me dit rien du tout. Plus âgé que toi, tu dis ? De combien ?

— Pas tant que ça. Il a trente-neuf ans.

— Trente-neuf ? C'est vieux, ça !

— Peut-être. Mais je me sens très adulte avec lui, c'est grisant.

— J'imagine, s'il te sort le grand jeu et qu'il t'emmène à l'Opéra… Quand je pense que les seules sorties que nous nous permettons, Nancy et moi, c'est au McDo entre deux gardes, en luttant pour rester éveillés ! Mais tiens-moi au courant. C'est chouette de savoir comment vivent les gens normaux, ceux qui vont au resto, dorment, et même font l'amour à l'occasion. Le temps que je finisse ce parcours du combattant, je serai trop vieux pour ce genre de folies.

— N'exagère pas, Andy, tu vas me faire pleurer…

— D'accord, j'arrête. Mais prends soin de toi, et appelle-moi quand tu veux. Je t'aime et je tiens à toi, tu sais !

— Je le sais. Moi aussi, je tiens à toi.

— Bon, je raccroche, j'ai plein de boulot.

En ce samedi de janvier, un froid glacial régnait sur Boston. La grippe sévissait et un virus intestinal faisait des ravages depuis les fêtes. La moitié des enfants admis aux urgences souffraient de déshydratation. Andy se dit que s'il voyait encore arriver un gamin de trois ans en train de vomir partout, il se mettrait à hurler.

Il passa la journée à remplir une montagne de formulaires et à courir dans tout l'hôpital au service des internes et du chef de clinique, un triste individu qui prenait un malin plaisir à lui pourrir la vie. A vingt et une heures, il se sentait encore relativement frais pour quelqu'un qui était debout depuis la veille, quand on monta des urgences une petite fille de neuf ans. Son chef lui dit de réhydrater la jeune patiente, qui semblait grippée et se plaignait beaucoup d'avoir mal, et de faire baisser sa température. Dans la salle d'attente, trois autres enfants accompagnaient la mère, dont le mari était en voyage d'affaires. Leur pédiatre habituel, parti en week-end, avait laissé sur son répondeur le numéro d'une infirmière de garde, et c'est cette dernière qui avait préconisé de conduire l'enfant aux urgences.

La fièvre n'était apparue que depuis midi, mais elle ne cessait de monter malgré les antipyrétiques. Andy savait qu'il ne fallait pas négliger le risque de convulsions. A vingt-deux heures, il rappela le chef de clinique.

— Sa mine ne me dit rien qui vaille, dit-il.

Le médecin vint l'examiner de nouveau et admit à son tour que son teint grisâtre n'était pas rassurant. Entre deux sanglots, elle se plaignait maintenant de raideurs dans la nuque.

— Qu'en pensez-vous ? demanda Andy.

— La même chose qu'à son arrivée, répondit-il avec impatience. Mauvaise grippe. Espérons que la fièvre retombe cette nuit.

Sans s'attarder davantage, il repartit pour intuber un bébé de six mois qui souffrait d'un problème cardiaque. Un peu plus tard, alors qu'Andy l'examinait une troisième fois, les yeux de la fillette se révulsèrent et elle perdit connaissance. Il enfonça le bouton d'appel d'urgence, et aussitôt une équipe médicale complète s'engouffra dans la pièce. Andy recula, désemparé, pour leur laisser le champ libre. Une minute plus tard, le chef de clinique arriva d'un autre étage et jeta à Andy un regard sinistre.

— Ça ressemble à une méningite. Tu y avais pensé ?

La question se voulait didactique, mais Andy la perçut comme une mise en cause de ses compétences. Depuis que les raideurs dans la nuque s'étaient manifestées, il avait bel et bien envisagé ce diagnostic. Seulement, il n'avait pas osé contredire son supérieur.

— Oui, mais je me suis dit que ce n'était sans doute que la grippe.

— De toute façon, ça ne change rien, rétorqua sèchement le chef de clinique. On aurait traité de la même façon. On va faire une ponction pour vérifier.

L'enfant, toujours inconsciente, brûlait de fièvre. Ses collègues eurent à peine le temps de procéder à la ponction lombaire. Sa respiration se fit laborieuse et ils l'intubèrent, tandis que sa tension baissait rapidement. Puis son cœur s'arrêta. Impuissant, Andy les regarda appliquer le défibrillateur sur sa poitrine. Pendant une demi-heure, ils firent tout ce qui était en leur pouvoir. Le chef de clinique se tourna alors vers son élève en secouant la tête.

— C'était bien une méningite, dit-il, laconique.

— Comment est-ce que vous le savez ? demanda Andy d'une voix étouffée, tandis que les larmes roulaient le long de ses joues.

— Parce qu'elle est morte.

Bien que l'équipe médicale, beaucoup plus expérimentée, n'ait pas réussi à la sauver, Andy était rongé de culpabilité.

— Elle est partie en moins de douze heures, c'est caractéristique des cas les plus aigus, poursuivit le chef de clinique. Il n'y a rien de plus foudroyant, surtout chez les enfants.

Après l'avoir débarrassée des tubes et de la perfusion, ils recouvrirent la fillette d'un drap. Andy comprit avec horreur qu'il fallait maintenant informer la mère. D'un geste, le chef de clinique lui intima l'ordre de le suivre. La communication des mauvaises nouvelles faisait partie du métier. Dans la salle d'attente, la pauvre femme s'efforçait de discipliner ses trois autres enfants, excités par la fatigue en cette heure tardive. Elle fut prise de panique dès qu'elle vit entrer les deux médecins. Andy assista à la scène comme dans un cauchemar. Il n'avait jamais rien vécu d'aussi atroce.

Avec un mélange de tact et de professionnalisme, sans détours inutiles, le chef de clinique annonça à la mère que sa petite fille était décédée d'une méningite. C'était une maladie redoutable, à l'issue souvent fatale chez les jeunes enfants. Même si elle l'avait amenée à l'hôpital plus tôt, ils n'auraient rien pu faire, la crise était trop sévère. Elle avait pu être contaminée n'importe où : à l'école, au centre commercial, dans le bus, par un parfait inconnu. Il n'y avait pas de coupable. Le chef de clinique examina les trois enfants. Sanglotant comme une hystérique, la femme se tourna vers Andy et se mit à lui tambouriner la poitrine de ses poings, avec un regard fou.

— Pourquoi vous ne m'avez pas dit qu'elle allait

mourir ? Je serais restée à son chevet ! Elle est morte toute seule à cause de vous ! Je suis sa mère !

Andy aurait voulu disparaître sur place. Il s'excusa avec maladresse, dit qu'il ne savait pas, que l'issue n'était apparue comme fatale qu'au cours des dernières minutes, quand elle avait perdu connaissance.

Ils appelèrent une amie de la mère pour venir la chercher. Les autres enfants ne présentaient aucun signe de la maladie. Quel que soit le degré d'exposition, la méningite était complètement imprévisible.

La famille repartit vers deux heures du matin, après que le chef de service et le chef de clinique eurent signé les formulaires indispensables et la déclaration de décès. On avait emmené l'enfant à la morgue pour la nuit. Andy s'enferma dans une petite pièce où on stockait du matériel et laissa libre cours à ses larmes. Son patron ne tarda pas à découvrir sa cachette. Il le saisit fermement par les épaules et le regarda droit dans les yeux.

— Ecoute-moi bien, Weston. Nous n'aurions pas pu la sauver. Tu n'as commis aucune erreur. Tu ne savais pas ce qu'elle avait, et si tu l'avais su, ça n'aurait rien changé. Moi aussi, je croyais que c'était la grippe. Et même si je lui avais diagnostiqué la méningite à la minute où elle a été admise, elle serait morte. Malheureusement, surtout à cet âge-là, il arrive trop souvent qu'on ne puisse rien faire contre cette saleté.

Son chef l'engueulait presque. C'était la première fois qu'Andy voyait un enfant mourir, il sentait encore les poings de la mère lui frapper le torse.

— Maintenant, je veux que tu rentres chez toi et que tu dormes, conclut le chef de clinique.

Anéanti, Andy était convaincu d'avoir tué la fillette par son erreur de diagnostic. Son chef ne lui affirmait le contraire que pour le disculper et lui remonter le moral, c'était évident !

— Va te reposer, répéta celui-ci. Il nous arrive à tous de perdre des patients. C'est comme ça. Nous ne sommes pas mécaniciens. Nous soignons des gens, pas des voitures. Rentre chez toi, Weston, tu as besoin de sommeil.

Andy ôta sa blouse blanche et déposa son stéthoscope sur l'étagère. Sur le chemin du retour, il composa le numéro de Nancy, pensant la réveiller. Bien au contraire, elle semblait en plein stress.

— Tu n'es pas à la maison ? s'étonna-t-il.

— Non, je suis à l'hôpital. Il y a eu une fusillade entre gangs au marché aux poissons, on a quatre blessés par balles et ils m'ont appelée en urgence. Et toi, tu es où ?

— Je rentre, j'espérais que tu serais là.

— Quelque chose ne va pas ?

— Ils m'ont accordé une pause, répondit-il, laconique.

— Ah, OK. Excuse-moi, il faut que j'y retourne. Deux des types sont en train de coder. A plus tard.

Dans le jargon médical, cela correspondait au « code bleu », qui nécessitait une réanimation immédiate. Il raccrocha et espéra que Nancy aurait plus de chance que lui.

La petite fille qui était morte s'appelait Amy. Toute sa vie, il se souviendrait de ce nom, ainsi que de la réaction de la mère à son égard.

En entrant dans l'appartement, il trouva le lit défait. Nancy était partie en coup de vent. Un désordre indescriptible régnait, ils n'avaient pas fait le ménage depuis des semaines. Il ouvrit le frigo. La moitié d'une pizza traînait dans son carton, reste du dîner de Nancy, mais il n'en avait pas envie. Il alla à la salle de bains, se passa le visage à l'eau fraîche et se regarda dans le miroir. Il y vit un homme qui prétendait devenir médecin, mais qui avait déjà échoué – il n'était qu'un vulgaire escroc, un assassin. Il avait toujours donné le meilleur de lui-même, avec ses parents et Nancy, avec ses amis, ses patients. Jusqu'à ce soir.

« Dans quelque maison que je rentre, j'y entrerai pour l'utilité des malades, me préservant de tout méfait », disait le serment d'Hippocrate… Il venait pourtant de commettre un crime. Il avait tué la petite Amy. Il sortit de la salle de bains, le regard vide. Il entendit son BlackBerry sonner dans la poche de son blouson, mais ne regarda pas l'identité de son correspondant. C'était Nancy, qui venait d'apprendre ce qui s'était passé et l'appelait pour le réconforter. Il n'aurait pas répondu de toute façon.

Avec ses poutres apparentes, l'appartement ressemblait à un chalet suisse. Les deux canapés moelleux placés devant la cheminée et la neige qui tombait au-dehors complétaient l'illusion. Andy ouvrit le placard à outils et en sortit une corde. En quelques secondes, il plaça une chaise sous l'une des poutres, fit un nœud coulant – comme il l'avait appris chez les scouts – et se le passa autour du cou. Il n'avait pas le choix. Il le devait à Amy et à sa mère. Le BlackBerry continua à sonner longtemps après que tout fut fini.

22

Les funérailles d'Andy rassemblèrent un parterre de personnalités : sénateurs, membres du Congrès, médecins et éditeurs de renom. Il y avait tant de monde que les gens durent faire la queue pour entrer dans l'église. De l'ancien « Club des Cinq », seule Izzie était présente, accompagnée de son père et de Jennifer. Au premier rang, Nancy pleurait dans les bras de Helen. Toutes deux étaient inconsolables. Andy était décédé à l'âge de vingt-trois ans, presque cinq ans jour pour jour après Gabby, un an après Billy.

Le père d'Andy s'avança pour prendre la parole.

— Je n'aurais jamais cru qu'une chose pareille puisse m'arriver – ou plutôt nous arriver, rectifia-t-il en adressant un regard à Helen. On se dit toujours que ça n'arrive qu'aux autres, n'est-ce pas ? Et pourtant, si je suis ici aujourd'hui, c'est parce que je viens de perdre mon fils unique.

A ce moment, la carapace du psychiatre préféré des médias se fendit, et il fondit en larmes, incapable de continuer pendant plusieurs minutes. Enfin, il put articuler quelques mots : Andy avait été un fils modèle, un étudiant surdoué, un athlète hors pair et un ami fidèle.

— Il s'apprêtait à devenir un très grand médecin,

poursuivit-il. Malheureusement, un drame l'a conduit à douter de ses compétences. Il s'est donné la mort pour expier ce qu'il croyait être son crime, refusant d'admettre qu'il n'y était pour rien.

Le cœur d'Izzie allait exploser. Il lui semblait que sa vie était finie et elle ne pouvait même pas partager sa douleur avec Sean, toujours aux abonnés absents. Plus que jamais, elle le détestait d'avoir choisi ce métier suicidaire. Une horrible sensation de déjà-vu s'empara d'elle lorsqu'on chargea le cercueil dans le corbillard. C'en était trop. Quand son père et Jennifer lui proposèrent de passer un moment chez eux, elle refusa. Ils la laissèrent repartir à contrecœur, terrifiés à l'idée qu'elle n'ait atteint le seuil de ce qu'elle était capable d'endurer. Elle les rassura : non, elle ne nourrissait pas de pensées morbides ; elle avait seulement besoin de rester seule.

Ce soir-là, elle regarda de vieilles photos et s'arrêta sur un portrait d'Andy, lorsqu'ils étaient à Atwood. Il avait toujours été adorable. Et dire qu'elle lui avait parlé le matin de sa mort... Comme chaque fois, il lui avait dit qu'il l'aimait et qu'il tenait à elle.

Le téléphone sonna un peu plus tard. C'était Tony. Il avait appris par la une du journal local que le fils d'une éminente famille de médecins venait de se suicider. Il ne se doutait pas qu'il s'agissait d'un ami d'Izzie.

— Salut ! dit-il d'un ton enjoué. Tu as une drôle de voix. Je ne te réveille pas, j'espère ?

— Non.

— Qu'est-ce que tu dirais de sortir dîner demain soir ?

— Je ne peux pas, répondit-elle d'un ton éteint.

— Mardi alors ? Mercredi, je retourne à L.A., mais je reviens vendredi, si ça te convient mieux.

— Non, je ne peux pas. Excuse-moi, mais mon meilleur ami, étudiant en médecine, vient de mourir. Je pense que je vais quitter la ville.

Elle avait prononcé cette phrase sans réfléchir, mais partir était sans doute la meilleure solution ; peut-être pour toujours.

— Oh ! Je suis désolé… Qu'est-ce qui s'est passé ?

— Il s'est pendu.

— C'est atroce, je suis vraiment navré pour toi, Izzie. Je crois que je l'ai lu dans le journal. Tu veux que je passe te voir ?

— Non, merci, ça va aller. Je veux rester seule pour penser à tout ça.

— Tu es sûre que c'est une bonne idée ? Dînons ensemble ce week-end, à mon retour de L.A.

— Non, nous ferions mieux de ne plus nous voir, répondit-elle d'un ton calme. J'ai passé de bons moments avec toi, mais je ne pense pas que ça marchera entre nous. Même si on croit pouvoir vivre une relation sans engagement, l'un des deux finit toujours par souffrir, et je n'ai pas envie que ce soit moi.

Si elle voulait guérir ses blessures, il lui fallait trouver quelqu'un qu'elle aime, et qui l'aime en retour. Et elle ne voulait pas finir comme Tony : lisse et superficiel, en dépit de sa générosité.

— Je crois qu'il vaut mieux laisser tomber cette histoire avant qu'elle ne commence, conclut-elle.

Tony encaissa le coup. Au fond, elle n'avait pas tort. Il ne pouvait pas l'aider ni lui offrir davantage qu'un peu d'amusement.

— Je te demande pardon, Tony.

— Pas de soucis. Appelle-moi si tu as envie de sortir et de te changer les idées.

C'était là tout ce qui les différenciait. Il voulait se

distraire, tenir ses sentiments à distance. Izzie n'en était pas capable. Elle ressentait pleinement toutes ses émotions, même les plus douloureuses. Andy avait laissé dans son cœur un vide abyssal. Elle était pleine de trous, un vrai gruyère français. Tony raccrocha. Elle se regarda dans le miroir : qu'allait-elle devenir ?

Elle demanda un arrêt d'une semaine à l'école et passa ses journées à arpenter San Francisco de long en large, ne sachant que faire, où aller, ni comment continuer à exister… Enfin, elle prit son courage à deux mains et se rendit chez Helen Weston pour prendre de ses nouvelles. Elle y rencontra Nancy, avant qu'elle ne reparte pour Boston. Et elle comprit aussitôt pourquoi Andy l'aimait. Ils se ressemblaient même physiquement. Comme lui, elle était grande, mince, avec des traits fins et des cheveux d'une blondeur aristocratique. Au moment de se dire au revoir, elles s'étreignirent comme si elles s'étaient toujours connues. Izzie rendit aussi visite à Connie et vit dans ses yeux qu'elle était épuisée par une angoisse permanente : celle de perdre son fils survivant.

Au cours d'une longue promenade avec Jennifer, la jeune fille put exprimer ses doutes et ses interrogations. Tout ce qu'elle savait, c'est qu'elle voulait partir, or elle ne pouvait pas quitter San Francisco avant la fin de l'année scolaire. Mais un court séjour à l'étranger lui serait bénéfique. Elle se souvint qu'elle avait envisagé de visiter le Japon et décida de s'y rendre pendant les vacances de Pâques. Ensuite, elle verrait comment organiser sa vie. Pourquoi ne passerait-elle pas un an dans un pays lointain, avant de reprendre des études universitaires ? Personne désormais ne la retenait ici. A l'exception de Sean, ils avaient tous disparu, et d'ailleurs lui aussi était mort pour elle, ou tout comme. Comment osait-il se dire son ami, si elle ne pouvait lui parler qu'une fois par an ?

A son retour à l'école, Wendy lui témoigna toute sa sympathie. Elle avait assisté à l'enterrement. Ce jour-là, Izzie n'avait reconnu personne. Elle ne se souvenait que du cercueil et du discours du père d'Andy. En effet, ça n'arrivait pas qu'aux autres. Le destin avait particulièrement frappé les personnes de son entourage. Il semblait qu'ils avaient échoué à créer un environnement dans lequel les jeunes gens – qui avaient en apparence toutes les chances de leur côté – préféraient la vie à la mort. Et peut-être que les parents d'Andy portaient leur part de responsabilité, pour avoir fait peser depuis l'enfance une telle pression sur ses épaules, attendant de lui la perfection. Tout comme Larry avec Billy. Les deux garçons avaient tenté jusqu'au bout de faire plaisir aux autres, jusqu'à s'oublier eux-mêmes. Jusqu'à en mourir.

Cette fois-ci, Izzie financerait de sa poche son voyage au Japon. Elle avait l'intention de visiter la campagne, ainsi que les temples de Kyoto. L'école ne lui demanderait pas avant le mois de mai si elle comptait renouveler son contrat et elle espérait profiter de ce séjour pour prendre sa décision. Elle pressentait qu'elle avait besoin de redémarrer de zéro, car rien de ce qu'elle avait entrepris jusqu'à présent ne la satisfaisait vraiment.

La veille de son départ, elle dîna avec son père et Jennifer. Jeff la trouva taciturne, mais Jennifer le rassura : alors qu'Izzie aurait pu céder au désespoir, son voyage au Japon apparaissait comme un signe très positif.

Le dernier jour de classe, elle prit plaisir à peindre les œufs de Pâques avec les enfants, puis elle se rendit à l'aéroport en taxi. Elle était en train de choisir des magazines, munie de son passeport, de sa carte d'embarquement et de son unique bagage à main, lorsque son BlackBerry sonna. C'était Connie.

— Dieu merci… tu n'es pas partie, dit-elle d'une voix essoufflée.

— Presque. Mon avion décolle dans une heure. Qu'est-ce qui se passe ?

— Sean s'est fait tirer dessus.

Izzie ferma les yeux, prise de vertiges.

— Il est vivant, ajouta immédiatement Connie. Il a reçu deux balles dans la poitrine et trois dans la jambe. Ne me demande pas par quel miracle, mais il est sorti de la jungle en rampant et a pu donner sa position. Ils l'ont récupéré après une semaine de recherches. Il est rapatrié aujourd'hui de Bogotá à Miami. Mike et moi allons prendre un vol de nuit pour le rejoindre. Je pense que tu aimerais être à son chevet quand il arrivera.

— Qu'est-ce qui te fait croire ça ? demanda Izzie.

Connie resta interloquée.

— Parce que c'est ton ami… et que vous avez toujours été là les uns pour les autres. Tu es la seule amie qui lui reste…

— Lui n'est pas là pour moi, répliqua froidement Izzie. Ni pour toi ni pour son père. Il est obsédé par ce qu'il considère comme sa mission de venger Billy et Kevin. Il ne se soucie pas du mal qu'il nous fait. La prochaine fois, ils ne le rateront pas.

— Je ne pense pas qu'il repartira en mission, répondit Connie.

— Si, il repartira. Dès qu'il sera en mesure de bouger. Et, à nouveau, vous vivrez dans l'incertitude, ne sachant pas où il se trouve, ni s'il est mort ou blessé. Moi, je n'ai plus envie de jouer à ce petit jeu. C'est trop dur.

— Je comprends, Izzie, je suis désolée…

— Je te remercie de m'avoir appelée. Je t'aime beaucoup, Connie, tout comme j'aime Sean, et je suis soulagée qu'il en ait réchappé cette fois-ci. Mais si ça continue, ça va finir par me tuer. Embrasse-le de ma part. Moi, je pars au Japon.

— Prends soin de toi, répondit Connie avant de raccrocher.

Izzie paya ses magazines et s'installa dans la salle d'embarquement. Elle avait la nausée. Elle imaginait Sean, grièvement blessé, dans une nature hostile pendant une semaine. Pourtant, elle ne regrettait pas les propos qu'elle avait tenus à sa mère. Elle n'était même pas sûre d'avoir envie de revoir Sean un jour. Enfin, on appela les passagers de son vol et elle se leva pour se placer dans la file d'attente.

Comme les autres, elle suivit le couloir qui menait à l'avion pour Tokyo. Elle s'arrêta soudain, avant la porte de l'appareil. Elle ne pouvait pas laisser Sean. Impossible. Elle fit demi-tour et resta un long moment dans la salle d'embarquement, essayant de se raisonner. C'était au-dessus de ses forces. Maudissant Sean plus que jamais, elle traversa le terminal en sens inverse et acheta un billet pour Miami.

23

Izzie atterrit à Miami avant les parents de Sean. En arrivant à l'hôpital, Connie lui jeta un regard de gratitude et de soulagement. Le médecin leur expliqua que le jeune homme était placé en soins intensifs, ils ne pourraient le voir que quelques minutes.

Izzie fut choquée. La poitrine entièrement recouverte de bandages, des tubes branchés dans tous les membres, Sean lui parut avoir vieilli de dix ans... Mais il était vivant. On lui avait placé des drains dans la jambe, et des broches à l'endroit où une balle avait broyé le tibia. Il ouvrit les yeux.

— Qu'est-ce que tu fais ici ? murmura-t-il en la voyant.

Il tendit doucement la main vers la sienne, posée sur le lit. Elle ne put s'empêcher de lui caresser la joue et les cheveux.

— Je n'avais rien de mieux à faire, alors je me suis dit que je passerais à Miami pour te dire bonjour. On dirait que tu t'es bien arrangé, gros malin...

Il essaya de rire, mais ne put que grimacer de douleur.

— Ouais, ouais... passons ! Tu devrais plutôt voir dans quel état j'ai mis les autres ! dit-il faiblement.

Il ne lui expliqua pas qu'il avait abattu six hommes et que ses ennemis l'avaient laissé pour mort. Pour sa prochaine mission, le FBI lui attribuerait une nouvelle identité.

— Tu vas y retourner ? demanda-t-elle d'une petite voix.

Après une hésitation, il acquiesça.

— J'en étais sûre ! Tu n'es qu'un fou, un crétin de kamikaze, Sean O'Hara, et ce n'est pas un compliment de ma part. Mais je suis si heureuse que tu sois vivant.

Elle ne lui dit pas qu'ils étaient les deux derniers du « Club des Cinq ». Dans l'état de faiblesse où il se trouvait, elle ne voulait pas lui parler du suicide d'Andy.

Il ferma les yeux et s'assoupit. Les puissants analgésiques qu'on lui avait administrés l'abrutissaient, mais n'altéraient en rien ses facultés mentales. Le lendemain matin, Izzie retourna le voir et put de nouveau lui parler pendant quelques minutes. Puis elle rentra à San Francisco. Elle avait décidé de reporter son voyage au Japon. Elle passa ses vacances à faire de longues promenades, tâchant de mettre un peu d'ordre dans les pensées et les sentiments qui l'assaillaient.

Deux semaines plus tard, Connie l'appela pour lui annoncer qu'ils étaient de retour chez eux, mais que Sean resterait encore un moment hospitalisé à la suite d'une infection sans gravité.

— Il sera bientôt comme neuf, dit-elle.

Et toujours aussi inconscient et égoïste, songea Izzie.

Par un bel après-midi de mai, Izzie découvrit Sean qui l'attendait à la sortie de l'école. Barbu, dépenaillé, il s'appuyait lourdement sur une canne. Le cœur d'Izzie se serra. Ils étaient les deux seuls survivants d'un monde qui n'existait plus, une planète lointaine qui s'était peu à peu désintégrée dans le néant.

— Qu'est-ce que tu fais là ? lui demanda-t-elle sans chaleur, alors qu'il la serrait dans ses bras.

— Je suis rentré pour te voir, ainsi que mes parents.

— Ah bon ? Pourquoi moi ? De toute façon, tu ne vas pas tarder à mourir, comme les autres.

— Merci pour le vote de confiance, répondit-il d'un air malheureux. Je m'en suis pourtant tiré cette fois-ci.

— Et si ça se trouve, tu t'en tireras aussi la prochaine fois. Bravo, rétorqua Izzie avec ironie, c'est formidable !

— Est-ce que… tu aurais envie de prendre un café ?

— Bien sûr, maintenant que tu es là. Viens chez moi.

Elle allait ajouter qu'ils pouvaient s'y rendre à pied, mais s'aperçut qu'il marchait avec beaucoup de difficulté. Ils montèrent dans la voiture qu'il avait empruntée à sa mère et se garèrent juste devant sa porte. Il mit du temps pour venir à bout de l'escalier. Une fois à l'intérieur de l'appartement, il s'assit sur le canapé et regarda autour de lui. Plusieurs vieilles photos du « Club des Cinq » ornaient la pièce. Il fut touché de constater qu'il y avait aussi des portraits de lui. Izzie lut la question dans ses yeux.

— Tu es le seul qui reste, expliqua-t-elle.

Elle s'assit à ses côtés et lui tendit une tasse de café, qu'il posa soigneusement sur un magazine pour éviter de tacher la table basse, puis il la regarda droit dans les yeux.

— Izzie… commença-t-il.

Il ne put en dire davantage. Avant qu'ils comprennent ce qui leur arrivait, elle était dans ses bras et il l'embrassait. Izzie ne savait pas s'ils étaient en train de faire l'amour, de se battre, ou s'ils essayaient simplement de rester en vie. Une pulsion incontrôlable avait pris possession de leurs corps et toute l'énergie que Sean avait déployée pour survivre dans la jungle s'instillait maintenant en elle.

Avec une force surprenante, il la porta en boitillant jusqu'à la chambre et lui arracha ses vêtements, tandis qu'elle le déshabillait avec autant de fièvre. Ils étaient deux désespérés, qui s'aimaient avec une passion inouïe. Ils étaient vivants. Ils avaient survécu. Ils avaient besoin l'un de l'autre, comme deux moitiés d'un même tout. Ce corps à corps les laissa à bout de souffle. Elle le regarda avec étonnement.

— Qu'est-ce qui nous arrive ? murmura-t-elle.

— Je suis amoureux de toi, Izzie. C'est pour toi que j'ai pu sortir de cette jungle atroce... dans le seul espoir de te revoir.

Allongée contre lui, elle le dévisagea.

— Est-ce que tu comptes y retourner ? demanda-t-elle de but en blanc.

— Oui. Je ne peux pas faire autrement.

Elle opina, puis sauta à bas du lit aussi vite qu'elle y était entrée, attrapant au passage un peignoir de satin rose.

— Sors de mon lit ! Et de ma vie. Je ne veux plus te voir. Tu n'as pas le droit de me traiter de la sorte. Je ne te laisserai pas faire. Nos amis d'enfance ont arraché une partie de moi-même en mourant. Si tu meurs – ou plutôt, quand tu mourras –, tu emporteras le reste. Fais ce que tu veux, mais ne viens plus jamais chez moi pour me dire que tu m'aimes et coucher avec moi, avant de retourner au casse-pipe. Tu veux me briser le cœur, c'est ça ? Sors d'ici, immédiatement !

Il se rhabilla sans un mot, avec une seule idée en tête : lui ôter son peignoir et recommencer à lui faire l'amour. Pendant ce temps, Izzie le regardait d'un air implacable... qui ne laissait rien paraître de ses sentiments. C'était lui. L'homme de sa vie. Elle venait de trouver la passion qu'elle cherchait depuis si longtemps.

— Tu as raison, dit-il sur le seuil. Je n'aurais pas dû agir ainsi, je te demande pardon. Prends soin de toi, Izzie. Je t'aime.

La porte d'entrée se referma, Izzie entendit Sean descendre péniblement l'escalier. Elle se jeta sur le lit en sanglotant. Elle aurait voulu le détester. Mais comment rayer dix-neuf années d'amour d'un trait de plume ?

Elle décida de faire un voyage d'été en Inde, avec un départ à la mi-juin. L'école lui avait renouvelé son contrat et elle avait d'ores et déjà prévenu la direction qu'elle ne ferait pas de troisième année. Elle prévoyait de reprendre ses études pour décrocher un master, peut-être en Europe.

Le dernier jour de la maternelle était toujours très émouvant. Izzie et Wendy avaient bien préparé leurs petits élèves pour le CP et le monde des « grands » qui les attendait en septembre. Chaque enfant reçut un livre où elles avaient écrit une dédicace personnalisée. Izzie conservait encore l'exemplaire de l'album illustré *Bonsoir lune*, maintenant tout écorné, que lui avait offert Mlle June. A regret, elle les embrassa un à un, avec une tendresse particulière pour Dana et Daphne.

Après leur départ, Wendy et Izzie prirent leur temps pour ranger la classe. Wendy avait chaque année l'impression de voir des bébés hirondelles quitter le nid et déployer leurs ailes. Son métier lui tenait vraiment à cœur. Pour Izzie, c'était différent : elle se sentait plutôt comme les élèves, qui ont envie de s'égailler dans la cour. Hormis son père et Jennifer, plus rien ne la retenait à San Francisco. Connie lui apprit que Sean avait été renvoyé deux semaines auparavant à Washington, où il suivait des séances de rééducation intensive pour sa jambe. Il repartirait en mission d'ici quelques mois.

— Envoie-moi une carte postale quand tu seras en Inde, réclama Wendy au moment des adieux.

— Oh, tu mérites bien mieux, remarqua Izzie. Que dirais-tu plutôt d'un sari ?

Elle avait l'intention de rapporter de son voyage une foule de choses, parmi lesquelles la sérénité figurait en tête de liste.

De retour chez elle, elle venait d'ouvrir la porte de l'immeuble lorsqu'elle vit un homme, un peu en retrait sous un arbre, vêtu d'un jean et d'une veste camouflage : Sean. Elle le regarda s'approcher.

— Je suis revenu, dit-il.

— C'est ce que je constate, répondit-elle d'un ton neutre. Je t'ai dit que je ne voulais plus te voir.

Elle n'était pas fâchée, seulement distante. Il fut blessé par cette réaction, mais prit son courage à deux mains.

— Ecoute… J'avais quelque chose à te dire, en personne, pas au téléphone. En dehors du fait que je t'aime… Voilà : je rentre pour de bon. Tu avais raison pour mes parents. C'est plus qu'ils ne peuvent en supporter. Et mon père n'arrive plus à gérer son entreprise tout seul. Ils ne m'ont rien dit, ni exigé quoi que ce soit de moi. Je crois juste que j'ai respecté la part du contrat que je m'étais fixée. Notre dernière action s'est révélée payante. Même si j'ai failli y rester, nous avons démantelé l'un des plus dangereux cartels de Colombie et je ne regrette rien. Leurs chefs sont tous morts. Je sais qu'il y en a d'autres, mais je commence à accepter l'idée que je ne pourrai pas tous les arrêter. J'ai donné ma démission il y a deux jours ; je voulais que tu le saches… au cas où ça changerait quelque chose entre nous.

— Je ne sais pas, dit-elle froidement. Est-ce que tu crois pouvoir être heureux sans cette vie-là ?

— C'était une passion et je dois reconnaître que l'adrénaline me manquera. Mais j'ai découvert d'autres choses encore plus importantes pour moi. Je suis de nouveau libre, et disponible pour qui voudra bien de moi… Toi, par exemple… si tu étais d'accord. Je t'aime, Izzie… infiniment plus que je n'aime jouer à l'agent secret. Je ne le savais pas avant de partir. Mais tout le temps que j'étais là-bas, je ne pensais qu'à rentrer, pour te retrouver et construire ma vie avec toi.

Elle le regardait avec intensité, essayant de déterminer s'il était sincère, s'il ne sous-estimait pas son addiction au danger. Il semblait avoir parcouru un long chemin intérieur avant de venir la trouver. Et, en effet, ses paroles changeaient beaucoup de choses pour elle.

Elle se contenta de hocher la tête, incapable de parler. Trop d'émotions l'envahissaient d'un coup.

— Est-ce que tu veux monter ? finit-elle par dire.

Il la suivit dans l'escalier, n'osant la toucher, de peur qu'elle ne change d'avis.

Alors qu'elle préparait un café, tremblante, il l'attira à lui et l'embrassa avec la même passion qui les avait submergés la dernière fois. Leurs corps s'embrasèrent de façon incontrôlable, le feu dormant qui les avait maintenus en vie jusque-là se fit plus vif que jamais, les unissant en une seule flamme. Sean soupira de bonheur. La plus belle femme qu'il connaissait était à présent sienne.

Izzie le regarda avec ce sourire dont il était tombé amoureux dès leur première rencontre, le jour de la rentrée des classes, en maternelle. Se penchant vers lui, elle lui chuchota à l'oreille les mots qu'il avait attendus toute sa vie :

— Bienvenue chez toi.

Découvrez dès maintenant
le premier chapitre de

Victoires
le nouveau roman de
DANIELLE STEEL

aux Éditions
Presses de la Cité

DANIELLE STEEL

VICTOIRES

*Traduit de l'anglais (États-Unis)
par Sophie Pertus*

PRESSES DE LA CITÉ

1

Tirée du sommeil par la sonnerie de son réveil, Lily Thomas entrouvrit les yeux et vit tomber la neige par la fenêtre. L'espace d'un instant, elle fut tentée de se rendormir. Elle se trouvait dans la maison que louait chaque année son père à Squaw Valley. Au loin, elle entendit exploser les bâtons de dynamite qui servaient à déclencher préventivement les avalanches. La journée qui l'attendait était toute tracée. Le blizzard réduirait la visibilité à néant. Si jamais les pistes étaient ouvertes, elles ne le resteraient pas longtemps. Mais Lily adorait skier dans la neige fraîche ; c'était un excellent exercice. Et puis elle ne voulait pas manquer un seul jour avec Jason Yee, qui était l'un de ses entraîneurs préférés.

Son père et elle séjournaient à Squaw tous les ans pendant les fêtes. Ils passaient Noël chez eux, à Denver, puis prenaient l'avion jusqu'à San Francisco, où son père rendait visite à des amis et organisait quelques réunions pour ses affaires, notamment dans des sociétés de capital-risque de la Silicon Valley. Enfin, ils se rendaient en voiture à Squaw. C'était une tradition à laquelle Lily était très attachée. Et, pour skier, c'était formidable. Ils venaient ici depuis qu'elle avait commencé la compétition de descente, quand elle était petite. L'année précédente, à seize ans, elle avait remporté la médaille de bronze aux championnats du monde juniors. Désormais, elle s'entraînait en vue des Jeux olympiques d'hiver, qui allaient avoir lieu l'année suivante. Cette fois, elle espérait bien décrocher l'or.

Elle s'étira une dernière fois dans son lit douillet avant d'aller prendre une douche. Un coup d'œil dehors suffit à lui confirmer que la neige tombait dru. Il y en avait au moins soixante centimètres de plus que la veille au soir. Elle sourit en songeant à la matinée qui s'annonçait. Ils allaient être ralentis par les conditions climatiques, ce qui n'empêcherait pas Jason de la pousser à fond. Voilà pourquoi elle aimait tant skier avec lui, et aussi parce qu'il était beaucoup plus amusant que son coach habituel de Denver. Ce dernier la préparait depuis qu'elle avait douze ans en vue des Jeux. C'était son père qui avait eu l'idée de la mettre sur des skis, puis de l'inscrire à des compétitions quand il avait vu combien elle était douée. Lui-même adorait cela, quand il était plus jeune. Autodidacte, il avait saisi toutes les occasions de s'adonner à sa passion, même à l'époque où il avait très peu de moyens. Bill Thomas était issu d'une famille pauvre d'une ville minière de Pennsylvanie ; il avait perdu son père à l'adolescence, avait fait fortune avant vingt-cinq ans en spéculant sur le marché des matières premières, puis en investissant dans des transactions à haut risque mais d'un rapport considérable. Depuis, il avait opté pour des placements plus sûrs afin de protéger ses avoirs et de les transmettre un jour à Lily. Elle n'y songeait que rarement, mais savait combien elle était privilégiée. Malgré son aisance financière, son père prêchait toujours la discipline et le travail, et elle lui ressemblait beaucoup. Aussi brillante élève que sportive, elle était en première et espérait être admise dans une université de l'Ivy League[1]. Parallèlement, elle s'entraînait tous les jours, sans relâche. Elle était la prunelle des yeux de son père et son plus grand bonheur depuis le décès de sa mère, morte alors que Lily n'avait que trois ans.

Bill Thomas avait fait ses études à l'université publique de Pennsylvanie. Parce qu'il avait connu la très grande pauvreté, il avait alors pour unique ambition de pouvoir offrir un sort meilleur à la famille qu'il espérait fonder un jour. Une bourse lui avait permis d'entrer à la Harvard Business School, ce qui avait changé sa vie. Grâce au diplôme qu'il avait obtenu et à son sens aigu des affaires, il avait atteint son objectif. Sa mère n'était malheureusement plus de ce monde pour en être témoin. Et son frère avait été tué à dix-neuf ans. Bill était donc le seul de sa famille à avoir échappé au dénuement. A cinquante-deux ans, ses rêves réalisés, il était aujourd'hui en mesure de travailler chez lui et de passer un maximum de temps avec sa fille.

Douchée et habillée, ses longs cheveux bruns encore humides, Lily descendit, pieds nus, prendre son petit déjeuner. Déjà installé devant un café, son père leva la tête et lui sourit.

— Je pensais que tu allais peut-être faire la grasse matinée, dit-il. Quel temps de chien !

Il avait à peine fini sa phrase qu'une nouvelle explosion de dynamite retentit. Les remontées mécaniques

1. Groupe de huit universités privées du nord-est des Etats-Unis, qui sont parmi les plus anciennes et les plus prestigieuses du pays.

n'étaient pas encore en marche, mais elles n'allaient pas tarder à ouvrir.

— Je ne veux pas manquer une minute de cette journée, répondit Lily en saupoudrant de sucre roux les flocons d'avoine livrés par l'hôtel voisin.

L'établissement leur assurait un service de ménage et de restauration.

— J'adore skier avec Jason, poursuivit-elle. Je ne pourrai jamais manger tout ça, papa.

Sous une cloche qui les tenait au chaud se trouvaient des œufs brouillés, du bacon et des toasts de pain complet. Mince et athlétique, Lily affichait une forme physique éblouissante. Et elle était aussi belle que sa mère, qui lui avait transmis ses yeux d'un bleu presque violet, ses cheveux bruns et sa peau claire. Son sourire éclatant était celui de son père.

Bill ne s'était pas remarié et n'en avait nullement l'intention tant que Lily serait sous son toit. Toutefois, il sortait depuis deux ans avec une certaine Penny, une femme qui se consacrait corps et âme à sa carrière. Son entreprise de relations publiques la faisait beaucoup voyager, de sorte qu'elle ne se froissait pas de savoir que la fille de Bill occupait la première place dans sa vie et dans son cœur. Il existait entre Penny et Bill un accord tacite qui leur convenait parfaitement : lorsqu'ils se trouvaient dans la même ville au même moment, ils passaient une soirée ensemble. Le reste du temps, chacun menait sa vie de son côté.

Penny avait quarante-deux ans ; c'était une belle rousse qui se donnait beaucoup de mal pour entretenir un corps superbe, qu'elle avait fait « retoucher » çà et là. Bill était très fier de l'avoir à son bras quand ils sortaient.

Tous deux faisaient parfois de petites escapades,

généralement des séjours dans des hôtels dont elle assurait les relations publiques, ce qui permettait à Penny de joindre l'utile à l'agréable.

Lily s'entendait bien avec elle, même si Bill ne mêlait que rarement sa fille à sa vie sentimentale. Il passait les fêtes et presque toutes les vacances seul avec Lily. Ainsi, pendant leur séjour à Squaw Valley cette année, Penny orchestrait l'ouverture d'un hôtel de luxe à Saint-Barth. De toute façon, Bill ne l'aurait pas conviée. Il tenait trop à ces moments privilégiés avec sa fille, très prise, le reste du temps, par le lycée, ses amis et toutes ses activités. Il redoutait le moment où elle quitterait la maison pour poursuivre ses études, s'efforçant même de la persuader de s'inscrire à l'université de Denver alors qu'elle visait une des universités de l'Ivy League, dans l'est. Au vu de ses excellents résultats, cela ne devrait pas poser de problème.

— Tu es certaine de vouloir sortir ce matin ? s'enquit Bill.

— Les pistes vont fermer de bonne heure. Je voudrais faire le plus possible de descentes avant, répondit-elle en se levant.

— S'il se met à faire trop mauvais, je veux que tu rentres, d'accord ?

Il avait beau admirer son talent et sa détermination, il ne voulait pas qu'elle prenne des risques idiots par ce temps épouvantable. Mais ce n'était pas son genre. Elle était intelligente et raisonnable.

— Je sais, papa, assura-t-elle en lui décochant un sourire rayonnant. Ne t'en fais pas, tout ira bien. Jason connaît la montagne mieux que personne.

C'était d'ailleurs une des raisons pour lesquelles Bill l'avait engagé, il y a plusieurs années. Il voulait que Lily s'amuse, mais il tenait d'abord à assurer sa sécurité. Elle était tout ce qui lui restait depuis la mort de sa femme. Celle-ci roulait trop vite, la nuit de l'accident. Elle était sortie dîner avec une amie, et, au retour, sa voiture avait percuté un arbre après avoir glissé sur une plaque de verglas, le laissant veuf avec une petite fille de trois ans. Depuis, il protégeait cette dernière comme si elle était en verre.

Lily revint quelques minutes plus tard, équipée de pied en cap et chaussée d'après-skis, son casque sur le bras. Elle laissait ses skis, ses chaussures et ses bâtons dans un casier au pied des pistes. C'était là qu'elle avait rendez-vous avec son entraîneur. Elle enfila son blouson de l'équipe olympique et remonta la fermeture Eclair. Cette tenue officielle signalait une championne : les autres skieurs ne manqueraient pas de le remarquer. Bill, qui surveillait les cours de la Bourse sur son ordinateur, la regarda en souriant. Une fois de plus, son cœur se gonfla de fierté.

— Tu es à croquer, assura-t-il. Surtout, rentrez, Jason et toi, si les conditions se dégradent, lui redit-il en l'embrassant sur le front.

— C'est promis, répondit-elle gaiement.

Elle sortit. Il ne put s'empêcher de se lever et d'aller à la fenêtre pour la regarder monter dans la navette de la station. Il la contempla, le cœur serré. Elle était si jeune, si belle… Elle ressemblait tant à sa mère qu'on aurait pu les prendre pour deux sœurs. Le chagrin lui serrait encore le cœur, parfois. Sa femme aurait eu trente-neuf ans, aujourd'hui. Il avait peine à l'imaginer. Pour lui, elle en aurait toujours vingt-cinq, l'âge auquel elle était morte – à peine plus que celui de Lily aujourd'hui.

Il se remit au travail en espérant que sa fille rentrerait tôt. Il neigeait de plus en plus fort. Il songea qu'il devait y avoir du brouillard au sommet. Seuls les plus téméraires allaient se risquer à skier. Comme Lily, qui avait hérité de son cran et de sa détermination. Bill était certain que, grâce à ce tempérament autant qu'à son talent et aux longues heures consacrées à l'entraînement, Lily pouvait prétendre à la médaille d'or.

Dans la navette, Lily eut le temps d'envoyer un SMS à Jeremy, son amoureux, et à sa meilleure amie, Veronica, qu'elle connaissait depuis la maternelle. Tous deux étaient membres de l'équipe nationale de ski, comme elle. Jeremy lui répondit un rapide *« Je t'm »*. Et Veronica resta silencieuse, pour la bonne raison qu'elle n'était pas encore levée.

Comme prévu, Lily retrouva Jason devant les casiers. Ils sortirent leur matériel, rangèrent leurs bottes fourrées, chaussèrent leurs skis, mirent leur masque et se dirigèrent vers le télésiège. Trois personnes attendaient devant eux. Les remontées mécaniques venaient tout juste d'ouvrir. Lily regarda les skieurs embarqués sur les premiers sièges, impatiente d'y être à son tour. La neige qui tombait de plus en plus fort ajoutait une difficulté supplémentaire, un défi de plus à relever. Cela faisait partie des qualités que Jason admirait chez son élève : rien ne l'arrêtait jamais.

— Pour skier par un temps pareil, lança-t-il en riant, il faut être fou, très jeune, ou les deux à la fois.

Mais il n'y avait rien à craindre. Si le télésiège était ouvert, c'était qu'il n'y avait pas de danger majeur. Il fallait certes être très bon skieur pour sortir aujourd'hui, mais c'était leur cas à tous les deux. Ancien champion et coach hors pair, Jason connaissait la montagne comme sa poche. Et il complétait à merveille le travail de fond de l'entraîneur de Lily à Denver.

— Eh bien, ça veut dire qu'on est fous, repartit-elle joyeusement. C'est l'avis de mon père, en tout cas.

Une explosion de dynamite se fit entendre au loin au moment où Lily prenait place dans le siège qui se présentait. Jason attendit le suivant. Elle ressentit la même excitation qu'à chaque ascension dans les airs, au-dessus de la cime des arbres. Elle contempla la neige vierge, d'un blanc immaculé. Il n'y avait aucun skieur sur les pistes. Le vent lui fouettait le visage. Seul le ronronnement de l'appareil troublait le calme de la montagne. Puis, une nouvelle explosion retentit, étonnamment près. Précisément à cet instant, alors qu'ils descendaient vers un ravin, un long serpent de corde battit l'air au-dessus de sa tête. Elle n'eut même pas le temps de comprendre que le câble du télésiège venait de rompre. Elle s'écrasa au sol, s'enfonçant profondément dans la neige. Un grand blanc silencieux l'envahit. Puis ses yeux se fermèrent ; elle perdit connaissance.

Derrière elle, Jason était tombé dans le ravin. Tué sur le coup.

Vous avez aimé ce livre ?
Vous souhaitez en savoir plus sur Danielle STEEL ?
Devenez, gratuitement et sans engagement, membre du
CLUB DES AMIS DE DANIELLE STEEL
et recevez une photo en couleurs dédicacée.

Pour cela il suffit de vous inscrire sur le site
www.danielle-steel.fr
ou de nous renvoyer ce bon accompagné d'une enveloppe
timbrée à vos noms et adresse au
Club des Amis de Danielle Steel
– 12, avenue d'Italie – 75627 PARIS CEDEX 13

Monsieur – Madame – Mademoiselle

NOM :
PRÉNOM :
ADRESSE :

CODE POSTAL :
VILLE :
Pays :

E-mail :
Téléphone :
Date de naissance :
Profession :

La liste de tous les romans de Danielle Steel disponibles chez Pocket se trouve au début de cet ouvrage. Si un ou plusieurs titres vous manquent, commandez-les à votre libraire.